DEMOCRACY

Doba Shunichi

デモクラシー

堂場瞬一

集英社

デモクラシー■目次

デモクラシー

第一章　二十歳の義務

日本国憲法

第四十一条　国民議会は、国権の最高機関であって、国の唯一の立法機関である。

第四十二条　国民議会は、下院及び上院の両議院でこれを構成する。

第四十三条　両議院は、二十歳以上の日本国民から無作為に選出された議員でこれを組織する。

これがそうなの？　田村《たむら》さくらは、通知を見て首を傾《かし》げた。ワンルームマンションの郵便受けに入っていた手紙。こういう形で通知されると聞いてはいたが、自分に回ってくることは想像してもいなかった。国民議会議員――通称、国民議員――は、上下院合わせて千人しかいない。二十歳以上の日本国民からランダムに選ばれるから、選ばれる確率はそれほど高くないのに、当たってしまうなんて。

これ、辞退できるのかな――最初に考えたのはそれだった。

部屋に入り、封筒を開けてパソコンを立ち上げる。島根から東京に出てきて二年。この春からは大学三年生になり、就活も始めなければならないのに、国民議員の活動なんかしている暇があるわけない。

手紙に書かれたQRコードとアクセスキーを頼りに、国民議員――現段階では議員候補というべきか――専用のサイトにアクセスする。あった、あった……国民議員の活動内容、義務、報酬などについて詳細な情報が掲載されている。それによると、手紙を受け取ってから一ヶ月以内に、受けるかどうかを決めて連絡しなければならない。辞退はできるようだが、条件がある。家庭の事情、仕事の事情などで、どうしても議員活動の時間が取れない場合、病気などで活動に支障をきたす場合など。田村さくらが断るとしたら、今年から就活が始まるという事情ぐらいしかない。国民議員の任期は四年で、一度受けてしまえば、相応の理由がない限り、任期一杯続けなければならない。大学の残り二年、そして就職してからも活動は続くことになるわけだ。

正直、面倒臭いな、と思う。自分の時間をどれぐらい議員活動に割かねばならないか分からないが、大学の講義には間違いなく影響が出る。就職どころか、卒業も危ないのでは……留年などもってのほかだ。親には絶対に迷惑をかけられない。

仕事の内容を見ていくうちに、「議員報酬」の欄に目が吸い寄せられる。年間五百万円、しかも非課税。四年間で二千万円となると、大学の学費も生活費も心配しなくてよくなる。でも、就活には大きな壁になるから、やっぱり、受けない方がいいんじゃないかな。

でも、そういう理由――「学生だから」で辞退できるのだろうか。

国会が消滅し、代わりに国民議会が成立してから、間もなく四年になる。最初の国民議員の任期が切れて、第二期に切り替わるのがこの春だ。第一期の国民議員の中にも学生や元学生がいる可能性があるから、そういう人に話を聞いてみれば、もっと詳しい事情が分かるだろう。

国民議員の名簿――名前と年齢、選出都道府県まで――は一般公開されているから、近くに住んでいる同年代の人にアクセスしてみようか。でも、連絡先は公開されていないし、仮にそれが分かって連絡しても、相手にしてもらえるかどうか分からない。政治家ならともかく……国民議員は選挙によって選ばれた特別な人間ではなく、あくまで普通の国民からの選出だから。

「学生の皆様へ」というリンクがあったので、そこを確認してみる。これはちょっと気になる内容……学生に対しては、様々な配慮があるようだ。

・国民議会では、全ての審議にリアルタイムで参加する必要はない。アーカイブを後で確認することも可能。ただし、委員会・本会議で採決を行う際には、リアルタイムでの参加が必要になる。
・国民議会の活動によって学業に支障が出る場合、学校は単位取得などに関して相応の配慮をする必要がある。

「相応の配慮」が特に気になる。例えば国民議員の活動を単位に換算してもらえるとか……ただしこのホームページには、具体的な記載はない。各大学で個別の対応ということだろう。これはすぐに、大学に確認してみないと。

現在――第一期の国民議員の名簿を眺めていく。公開されているのは名前と年齢、選出都道府県だけだが、個人情報はすぐに丸裸になってしまいそうで心配だ。それに国民議員の活動は全て公開されているから、おかしな発言や行動をしたら、即、叩《たた》かれるだろう。もちろん、余計なことをしないで、採決の時だけ意思表示――要するに最低限の活動だけしている限りは、そんな心配はないだろうが。

いずれにせよ、自分と同じ立場――大学生がいるかどうかは分からなかった。調べると、「議員への連絡は、全て国民議会事務局を通じて行って下さい」という一文がある。取《と》り敢《あ》えず、問い合わせしてみようか……でも、本当に私が国民議員になる？

受けるかどうかはともかく、一応、両親には報告しておかないと。真面目な地方公務員のパパは何て言うだろう。

「それは悪くないんじゃないか……まだよく分からないけど」田村さくらの父・裕作《ゆうさく》は、賛成なのか反対なのかよく分からない物言いだった。

「パパは詳しく知ってるんじゃないの？　公務員なんだから」

「そんなこともないし、法律で公務員は国民議員になれないから、特に情報も集めてないよ」

「でも、選挙にかかわる仕事をしてるから、こういうことも分かるでしょう」

「いやいや……仕事という点では、国民議会はありがたいと思ってるけどな」

「ありがたいって？」

「きつい仕事が減ったからね」

そうか、パパの場合はそういう形で影響があるんだ、と田村さくらは納得した。父は、田村さくらが幼い頃から、時折日曜日に家を空けていた。そのまま月曜の朝まで帰って来ないこともあった。選挙の開票作業をしているのだ、ということを知ったのは、小学校の高学年になってからである。

「国政選挙がないと、やっぱり楽なの？」

「感覚的に、仕事は半分ぐらいに減った感じかな。参院選は三年に一回あったし、衆院選はいつ来るか分からないし。今は地元の市議選と市長選、県議選と知事選だけだ。あ、あとは首相の直接選挙か。こういう選挙は、やる時期が決まってるから準備もできるし、ストレスは明らかに減ったね」

「そうなんだ……」父の言う通りで、旧体制では衆院の急な解散も珍しくなく、議員が四年の任期を全《まっと》うすることなどあまりなかったはずだ。

「しかし、悪くないと思うぞ。大学によっては、かなりの単位に換算してくれるらしい。大学には確認したのか？」

「まだ」田村さくらはパソコンの画面を見た。「さっき、通知が来たばかりだから。明日、聞いてみようと思うけど」

「お前、今のところ単位はどうなってるんだ？」

「それは大丈夫だけど、今年は就活も始まるし、就職したらどうなるのかな。パパの近くで、誰か国民議員をやってる人、いない？」

「知り合いではいないな。島根は人口が少ないから、議員も少ないんだ」

「そっか」国民議員は、都道府県単位で定員が決まっている。人口比によって割り当て人数が決まるので、人口が少ない県の議員が少なくなるのは当然だ。「何か、島根っていろいろ不利よね」

「だけど、これが一番公平なのは間違いないだろう。昔は——国民議会ができる前の国会は、議員定数の増減がいつも問題になっていた。そりゃあ、国会議員の先生方にとっては死活問題で、議員数を減らされたらたまらないだろうけどな」

「昔は、そんなに揉《も》めてたんだ」

「ああ、よく揉めてた。一票の格差で、選挙の度に裁判にもなってたからな」

「そうなの？」

「人口が違えば、一票の価値も違ってくるだろう？」

「そうか……」

「有権者数の多い選挙区は、少ない選挙区の候補者より多くの票を得ても、落選することがある――まあ、一票の格差っていうのはそんなに単純なものじゃないけど、そういう感じかな。分かるか？」

「何となく」

「国民議会の制度なら、単純に人口比で決まるから、そういう不公平はない。でも、完全に人口比で議員数を決めていたら、そのうち島根や鳥取からは国民議員がいなくなるかもしれないけどな」

「それじゃ、民主主義が成立しないでしょう」

「そういうのは、中央の官僚がちゃんと差配して修正していくんだろう。とにかく俺は、この話は受けた方がいいと思うぞ。国民の義務だからな」

「任期、四年でしょう？　そうなると、就職しても議員を続けることになるわよね？」

「そうなるな」

「そんなの、できるのかな」

「この制度になってからもう四年か……多少の問題はあっても、一応ちゃんと回ってるんだから、大丈夫だろう。つまり、国民議員はきちんと仕事をしているということだよ。まあ、遊ぶ時間はなくなるかもしれないけど、経験しておいて悪いことはないだろう。それに、これはまだ噂《うわさ》だけど、議員経験者には特別な年金がつくっていう話もある」

「本当に？」田村さくらは思わず声を高くした。自分たちの世代は、親世代、あるいは祖父母世代と同じように年金がもらえるかどうかは分からない。少しでも足しになれば……。

「大したことはないと思うよ。月一万円ぐらいだっていう噂だけどね。まだ制度化されてないはずだ」

「一万円は大きいよ」

「夢がないねえ」父が苦笑した。

「だって、将来どうなるか分からないんだから。一万円でも多く年金をもらえたら、その方がいいじゃない」

「まあな」父が咳払《せきばら》いする。「とにかく、前向きに考えた方がいい。議員報酬だって悪くないだろう」

「四年やったら、二千万円」

「二千万稼ぐなんて、とんでもなく大変なんだぞ。大学の勉強や普通の仕事と並行して、それだけの金をもらえるなら、悪いことは何もないじゃないか」

「五百万の年俸を出してくれる会社なんか、なかなかないわよね」

「金のことばかり言うのも何だけど、二千万あれば、島根では立派な一軒家が建つ」

「家なんか建てるつもり、ないけど」田村さくらは少したじろいだ。気楽な東京暮らし……兄の正志《ただし》は既に県庁に就職して、結婚も間近である。家を継いで親の面倒を見るのは兄に任せて――はっきり話し合ったことはないが、田村さくらは大学を卒業しても地元に戻るつもりはなかった。法学部で学んだことを活《い》かして東京で就職し、適当なタイミングで結婚。ぼんやりと考えていた将来像は、国民議員になったら大きく変わってしまうかもしれない。

「それにしても、まさかこんなに急に世の中が変わるとは思わなかったよ」父が妙にしみじみした口調で言った。「きっかけは、あのパンデミックだったな」

「あれ、もう何年前?」田村さくらがまだ小学生の時だ。

「八年ぐらいになるのか……政府の対策は全て後手に回って、犠牲者もたくさん出た。その中で金の問題で不祥事が続いて、政府も民自連も一気に信頼を失ったからな。そこへ新日本党が、国会の解散を掲げて登場して、一気に政権を取った。あの時のスローガンはまだ覚えてるよ。『国会議員はいらない』『自分たちを消す』だからな」

「すごいことなんだよね」

「歴史の教科書に載ったくらいだからね。しかし、意外だった。いくら何でも国会がなくなるなんて思ってもいなかったけど……それだけ、民自連と政府に対する反発が強かったんだろうな」

「革命みたいな?」

「ただ、国会が廃止されても、結局はあまり世の中は変わってないんだよな。不思議なもんだねえ」

父の呑気《のんき》な口調で、少し気が楽になった。しかし……世の中が変わらなくても、自分の人生はこれから大きく変わる。


翌日、田村さくらは大学の学生課を訪ねた。キャンパスは十年ほど前に整備されたばかりで、まだ新しい。巨大なショッピングセンターのような趣もあった。

二月下旬、入試も終わって、キャンパス内は閑散としている。いつも本部棟前の芝生広場で練習している太極拳サークルの学生たちも、今日は見当たらない。四階建ての本部棟に入り、一階にある学生課に顔を出す。ここへは、ほとんど来たことがなかった。教務課には、講義の関係などでたまに顔を出すことがあるのだが、学生課には縁がない。田村さくらは取り敢えず、カウンターの近くにいた若い女性職員に声をかけた。

「すみません」

「はい」自分とさほど年齢が変わらないように見える女性職員がすぐに立ち上がって、対応してくれた。

「法学部の田村さくらです。ちょっと確認したいことがあるんですが」

「はい、どういうことでしょう」

「実は」田村さくらは昨日届いた手紙を見せた。

「ああ、はい」女性職員が、急に納得したようにうなずいた。「これですね……ちょっと待って下さい。手紙、借りますね」

女性職員が、手紙を持って部屋の奥に引っこんだ。一番奥のデスクに座っている人――学生課長だろうか――に手紙を見せて、何事か相談している。すぐに戻って来ると、「こちらへどうぞ」と田村さくらを案内してくれた。

通されたのは、パーティションで隔離された部屋の片隅だった。緊張してソファに腰を下ろすと、先ほど女性職員が相談していた男性が入って来る。田村さくらは慌てて立ち上がろうとしたが、「そのままで」と制された。何だか落ち着かなくなって、先ほどよりも浅く座り直す。

「課長の朝倉《あさくら》です」中年の職員が頭を下げる。「田村さくらさん、ね」

「はい」

う。

「おめでとう、でいいのかな、こういう時は」ファイルを広げ、そこに視線を落としたまま言
田村さくらは首を傾げた。

「実は、うちの大学では、あなたが国民議員の第一号なんだよ」

「そうなんですか？」田村さくらは目を見開いた。

「今の——第一期の議員には……」

「いない。全国で千人だから、一つの大学から何人も出ることは、確率的に低いんじゃないかな。選出の際は、どこに所属しているかまでは考慮していないそうだから、同じ大学や会社で複数の国民議員が出る可能性もあるけどね。とにかく、あなたがうちの大学での第一号です——それで」

この課長はやけに喋《しゃべ》る——放っておくと独演会になってしまいそうなので、田村さくらは慌てて割って入った。

「学生として、議員兼任でやっていけるかどうかなんですけど……」

「断る理由は？」

「まだ大学は丸々二年ありますから、卒業できるかどうか……それに今年は就活も始まります」

「単位については心配しないでいい。そもそも国民議会の活動は、そんなに時間がかかるものじゃないから」

「そうなんですか？」

「昔の国会とは違うよ」学生課長が平然と言った。「国会議員の拘束時間は結構長かった。本会議も各委員会もあるし、選挙に向けて地元でも活動しなくちゃいけない。でも国民議会では、そ

ういう仕組みは大きく変わったんだ。審議は全部ネット上で行われるし、後でアーカイブでチェックしたり、追加質問することもできる。重要法案や予算の採決はリアルタイムで行わないといけないけど、それも家でも学校でも——どこでもできるわけだから。それで……」

朝倉課長がファイルから三枚綴《つづ》りの書類を抜き出して渡してくれた。「当学学生の国民議会議員の活動について」のタイトルがある。

「これは何ですか？」

「文科省から通達が出ていて、それを基に作ったんだ。まず、これを読んでおいて下さい。大学側が、学生の議員活動についてどういう配慮をするかが書いてあるから」

田村さくらはすぐに目を通した。まず読んだのが、「単位取得について」の項目。「国民議会議員の活動に対して、大学は有益な課外活動として年間十六単位を与える」とある。これは大きい……単位数は講義によって違うが、十六単位を取るのはなかなか大変だ。それが二年間続くなら、大学の方はずいぶん楽になる。それに田村さくらは、二年までに必死に単位を取りまくってきた。今の大学生は皆そうだが、三年になると就活が始まるので、それまでに取れるだけの単位は取っておくのが常識だ。これからさらに、三十二単位が保証されるなら大きい……。

「ずいぶんたくさんの単位に換算するんですね」

「要するに、できるだけ多くの国民に議員活動をしてもらうために、学生なら学業に対して十分な配慮を、ということなんだ。それで、私学の間でもいろいろ話し合いがあって、どこの大学でもだいたいこれぐらいは、単位数に換算することになっている。それと、就職でも有利になると思うよ」

「そうなんですか？」

「面接で、よくサークルの活動自慢をする人がいるけど、それよりはよほどいい。これも読んでおいて」

朝倉課長が、もう少し枚数のある書類を渡した。表紙には「大学生活と国民議会議員活動の両立について」のタイトルがある。著者は東都《とうと》大政経学部の菱沼恵理《ひしぬまえり》。

「この方は？」田村さくらは訊《たず》ねた。

「初めての国民議員に選ばれた大学生は、十五人いた。そのうちの一人だよ。ちょうどあなたと同じで、大学二年生の終わり頃に通知が来て引き受けたそうだ。間もなく——三月一杯で任期満了だね。その彼女が、二年前に大学を卒業した時にまとめたリポートがこれ。実は卒論で国民議員の活動と意義について取り上げていて、これはその抜粋版なんだ。東都大の学生課が菱沼さんに頼んでまとめさせて、本人の許可を得て都内の各大学に配っている。今後、大学生の国民議員が出た時の参考に、ということだね。早速役に立ってよかったよ。参考になるから、暇な時に読んでおいて」

「分かりました。この菱沼さんは、今は……」

「もう就職してる」

「会えないですかね」

「直接話を聞きたい？」

「できれば。周りに国民議員なんていませんから。年齢も近い人ですし」

「そうだよね」朝倉課長がうなずく。「じゃあ、東都大の学生課に確認しておくから」

「ありがとうございます」

「国民議員に選ばれるのは名誉なことなんだから、大学としてもきちんとサポートするよ」

「でも、くじ引きみたいなものですよ」田村さくらは苦笑した。

「そうであっても……国民議会は、民主主義の学校だからね。そこで活動した内容をきちんと後輩たちにも伝えてもらいたいんだ。あなたには、そのリポートをお願いすることになると思います」

「分かりました」一つ一つ、問題がクリアされていく感じがする。しかしまだ、気になることがあった。「あの、プライバシーの問題なんですけど……」

「そこは最大限配慮するよ」

「でも、名前が分かっていて、活動内容も公表されるわけですから、変な攻撃に遭わないとも限りませんよね」炎上したらたまらない。

「それで問題になった話、聞いたことある？」

「いえ」そう言えばない。自分がニュースやSNSを真面目にチェックしていないだけかもしれないが。

「国民議員のプライベートに関しては、徹底して守られるから。そのための組織もできている」

「そうなんですか？」

「困ったらそこへ駆けこめばいいし、駆けこむまでもなく解決してくれるっていう噂もあるけどね」

「それは……」

「国民議員調査委員会。覚えておいた方がいい」

今のところ、国民議員に対する「壁」は次第に低くなってきている。それでも「やります」と堂々と宣言できる感じではない……どうしようかな。まだ冷たい風が吹くキャンパスの中を歩いていると、声をかけられた。

「さくら」

はっと顔を上げて振り向くと、同級生の冴島健太《さえじまけんた》が立っていた。

「冴島君、今日はどうしたの？」

「今日は図書館でプレゼミの課題」

「あ、そうなんだ」田村さくらの大学では、正式にゼミが始まるのは三年になってからだが、二年生の時に同じ教授の下で一年間「プレゼミ」を行う。昔は本当に、三年時からゼミだったそうだが、今は就活が前倒しになっていることもあり、実質的に二年時からゼミが始まる。

「何か困ってる？」

「困ってる……うーん」

「困ってるじゃん」健太が笑った。

「まあね」

「相談に乗るけど？」健太が自分に好意を寄せていることは分かっている。恋愛感情とまではいかないだろうが、要するに「いい感じ」。田村さくらの方では異性のいい友人、という感覚だが。ただし、何となく引け目のようなものは感じている。本人はひけらかすことはないのだが、港区生まれの港区育ち……島根から出てきた自分とは、スタートラインの位置が全然違う感じである。

「じゃあ、ちょっといい？」大学の友人にはまだ、国民議員の件を話していない。健太は何かと世慣れているから、こういうことを相談するのに適した感じがする。

「学食にする？」

「うーん……学食だと知り合いもいるし」

「そんなやばい話？」健太が目を見開く。しかし少し嬉《うれ》しそうだった。やばい話を相談するほど、自分を信頼し、親しみを持ってくれているのか、と想像しているのかもしれない。

「やばくはないけど、あまり広まっても困るのよね。冴島君、口、堅い？」

「もちろん」健太が口元に手を持っていって、チャックを閉める真似《まね》をした。「じゃ、外へ行こうか？『ヒルズ』でも？」

「うん」

「ヒルズ」は大学の西門前にある喫茶店で、潰れかけたような一軒家である。既に六十年の歴史があり、今のマスターは三代目だそうだ。

二人は連れ立って大学を出た。そんなに大きな大学ではないので、キャンパス内を歩いていると知り合いに出くわす機会も多いのだが、幸い今日は誰にも会わなかった。別に悪いことをしているわけではないのだが、何となくまだ秘密にしておきたい。いずれはバレてしまうだろうが。

店に落ち着くと、健太はコーヒーを、田村さくらはカフェオレを注文した。

「で？　何かあった？」

田村さくらは無言で、手紙を取り出してみせた。手に取った健太が「へえ」と驚いたような声を上げる。

「こんなアナログな通知がくるんだ。国民議員の仕事なんて、全部ネットでやるんだと思ってたよ」

「でも、最初の通知は手紙でもおかしくないわよ。おじいちゃんとかおばあちゃんとか、ネットにつながっていない人もいるだろうし」

「そういう人って、どうするのかな」健太が首を傾げる。「国民議員の活動をするためにわざわざスマホを購入したり、ネット環境を整える？　それに慣れるのに大変で、議員活動なんかできないんじゃないか？」

「誰でも簡単に使える、専用のデバイスがあるみたい」それでも、九十歳で田舎で一人暮らしをしている人が、自在にネットを使って議論に参加する様子は想像もできなかった。

「これ、辞退できるんだよな？」

「何か事情があれば」

「年寄りはやりたくないかもしれないな。むしろそれが狙いじゃない？　辞退してもらって、全体に年齢を下げるとか……国会議員みたいに、八十歳を過ぎてまで政治をやってるなんて、変だよな」

「そうか……」

「それで、何に困ってるんだ？」

「だから」田村さくらは手紙を取り上げた。「受けるかどうか」

「え？　そんなことで悩んでるの？」健太が目を見開く。「受ければいいじゃん。ちょっと時間を割くだけで、結構な金になるんだろう？」

「年俸五百万円だって」

「五百万って……」健太が目を見開く。「それだけ稼ぐのは大変だぜ」

「親もそう言ってた」

「四年で二千万か……コスパを考えたら、悩む必要、ないじゃん。大学だって、いろいろ配慮してくれるんじゃないか」

「うん。今、聞いてきた」

「だったら――」

「でも就活とか大変そうだし、そもそも自分がこんなことできるかどうか、分からないよ。いきなり政治のプロになるわけでしょう？」

「俺もよく分からないけど、昔の政治家だって、プロと言えたのかな。自分の利益のために、悪いことばかりしてたような気がするけど。政治家って、自分の議席を守るのが一番で、本当に国民のために奉仕してたかというと……どうかな」健太が肩をすくめる。

「専門的な議論になんか参加できないよ」

「無理に議論する必要もないんじゃない？　基本は、官僚が法案を作成して、それを議論するだけだろう？」

「うん。もちろん議員立法もできるけど、第一期では件数は少なかったみたい」

「そりゃそうだろうな」健太がうなずく。「昔の政党政治の時は、思想や目的を同じにする仲間が集まってたんだから、法案提出だってやりやすかっただろう？　というか、国会は『立法の府』だから、そういうのが役目だったわけだし。今の国民議員は、裁判員制度みたいなものだよな。でも、裁判員制度で大きな問題があったなんて話、聞いたことがない。だろう？」

「うん……」

「官僚も裁判官もプロなんだから、変なことはしないさ。昔と違ってチェック体制も厳しくなってるし。素直に法案を読んで、賛成か反対か、決めればいいだけじゃん。是々非々でやればいいんだよ」

「そんな簡単な話なのかなあ」

「難しく考える必要、ないでしょ」健太が気軽に言った。「この四年間だって、大きなトラブルはなかったはずだよ。要するに、議員の仕事なんて誰でもできるんじゃない？　日本の議会制民主主義なんて輸入品で、自分たちの力で作り上げたものじゃないから。上辺だけだよ」

「そう言われると、かえって心配になってくるんだけど」今の国民議会の制度も、国民が自分で勝ち取ったものではない。「国会解散」「国民議会への権限移譲」を党是に一気に勢いを伸ばした「新日本党」による憲法と関係法律の改正で成立したものである。その頃まだ高校生だった田村さくらにはまったくピンとこない話だったが、世間は大揺れだったらしい。何しろ、世界のどの国にもない新しい制度を、ゼロから作る試みだったのだ。

「さくらはさ、ちょっと心配性過ぎるんじゃないか？　絶対できるって。それに、議員報酬の二千万円はでかいよ」

「それはそうだけど」自分の人生で、二千万円もの金を持つことがあるとも思えなかった。

「やってみろって。やらないよりはやった方がいいから」

「他人事《ひとごと》だと思って……」

「他人事じゃないよ」健太の顔が急に真剣になった。「ランダムに選ばれるんだから、いつか俺にも回ってくるかもしれないじゃない。そういう時に、知り合いに経験者がいれば、いろいろ話も聞けるし。それにボランティアだったらともかく、金ももらえるんだからさ」

「結局お金の話?」

「金は大事だよ。でもそもそも、これは決まりなんだから。選挙だったら投票に行かなくてもいいけど、国民議員がいなくなったら、この国は動かなくなる。それはまずくない?」

「そう……だよね」

「さくらならできるって。何だったら、四年間のうちに議員立法でもして、歴史に名前を残せばいいじゃん」

「そんなの、無理だよ」

「いやいや、できるって。ネットでバズっても一瞬のことだけど、法律を作ったら、ずっと残るんだぜ」

「そんな大袈裟《おおげさ》なこと、考えてないよ」

「考えてもいいんじゃない?」健太が真剣な表情で言ってうなずいた。「こんなチャンス、自分で努力しても摑《つか》めないんだから。そう考えると、昔の議員さんって、大変だったんだよな。選挙の度に金を使って、人に頭を下げて……そんなことなしで議員になれるんだから、絶対やってみろよ。俺だったらすぐ受けるね。そもそも、面白そうじゃん」

「面白いかどうかで決めることじゃないと思うけど」

のかな。

「だけど、つまらなかったらやる意味ないじゃん」健太が大きな笑みを見せた。

妙に説得力がある表情……でも、政治って「面白いかそうじゃないか」で関わっていいものなのかな。

「やはり今回、出馬すべきだったのではないですか」

旧知の間柄の富沢大介《とみざわだいすけ》が、渋い表情を浮かべる。今さらそんなことを言われても、と東京都知事の宮川英子《みやがわえいこ》は黙りこんだ。

「こういう馬鹿げた制度は、早めに潰しておくべきだった。四年だったらまだ、元に戻せる。昔の方がよかったという声は多いんですよ」富沢大介が真顔で迫る。「しかし八年続いたら、新制度が完全に定着してしまう。そうしたら、我々が積み重ねてきた政治のノウハウは完全に忘れられるでしょうな」

八十歳になるジイさんが何を言っても説得力はない、と宮川知事は白けた気分になった。四年前、国会が消滅した時には七十六歳。旧体制維持の急先鋒《きゅうせんぽう》として全国を駆け回ったのだが、全ては無駄になった。今でも民自連――民主自由連合顧問の肩書きを持っているのだが、そんなものは名誉職以下の意味しか持たない。

もちろん現在でも、政党による政治活動を妨げるものはない。それは法的にも保証されているし、党員は全国の地方議員や首長として活動している。しかし政党交付金がなくなった結果、財政は逼迫《ひっぱく》している。何しろ国会が消滅する前、民自連は年間六十億円を超える政党交付金を受け取っていたのだ。かつて――議会制民主主義がしっかり機能していて、民自連が絶対安定多数を誇っていた時期には、政党交付金は百五十億円を超えていたこともある。それが全てなくなり、今は党員による党費だけが収入源……かつてのような活動は不可能である。

「知事、今後についてはどうお考えなんですか」富沢大介が迫った。

「四年後に考えます」

「四年後、あなたは六十四歳だ」富沢大介がずけずけと指摘する。「戦えますか？」

「人間ドックで、何も問題がないのが私の自慢なんですよ。気力・体力ともに、まだ四十代です」

「それなら結構ですが……」富沢大介が渋い表情を浮かべる。

銀座《ぎんざ》にあるイタリアンレストランの個室。差し向かいでの面談は気が進まなかったが、これが避けて通れない会合であることは分かっていた。この三月に行われた総理大臣を決める直接選挙では、新日本党の北岡琢磨《きたおかたくま》が圧倒的な得票率で圧勝した。民自連の対抗馬は惨敗……これで少なくともあと四年は、新日本党の首相が行政の舵取《かじと》りをし、ランダムに選出された素人の国民議員が新たな国会——国民議会で重要な事柄を決めていくことになる。実に危うく、馬鹿馬鹿しい。ここまで大きなトラブルなくきているのは、単なる幸運に過ぎない。

「富沢先生には、誰か意中の人がいるんですか」

「民自連は人材豊富だからね」

「では、何も心配することはありませんね。今夜は楽しく食事をして終わりましょうか」宮川英子はにこりと笑った。「ここ、魚料理が美味《おい》しいんですよ」

「まあ……」富沢大介はまったく納得していない様子だった。「次の首相選挙で一番の争点は何だと思いますか」

「それはもちろん、議会制民主主義の復活です。議会制民主主義こそ、民主主義の王道ですから」

「まさにその通り。しかし国民議会では、多数決に持ちこむための作戦が取りにくい」

「烏合《うごう》の衆ですからね」宮川英子も同意した。「主義主張もバラバラ、政治の『せ』の字も知らない人たちの集まりです。多数派工作をするにしても、かえって難しい」

「国民議員千人が、日本国民の代表かというと、そうとは言えない。知事が言う通り、素人の集まりですよ。そういう集団は、流されやすいものです。カリスマ性のある首相が登場すれば、一気にその意見に流される」

「それができるのは、私しかいないでしょう」

「蒸し返すつもりはないですがね」富沢大介がぎろりと睨《にら》みつけてきた。「そうお考えなら、どうして今回の選挙で出馬を見送られたのかな？　民自連の中でも、知事を推す声は大きかった。でも、あなたはそれに乗らなかった」

「今回は時機ではなかった、ということですよ」宮川英子は平然と言った。この四年間に、多くのことが起きた。奇跡的に国民議会はトラブルなく機能してきたが、そのせいで官僚の権力がこれまでにないほど大きくなってしまっている。国民議会など、所詮は官僚が持ち出す法案に賛成するだけの存在なのに——。

「確かに時機は、政治家にとっては大事ですな」富沢大介がうなずく。「時機を見誤って消えた政治家がどれだけいたことか」

「私も見誤ったと？」

「それはもっと時間が経《た》たないと分からないでしょう」

宮川英子は前菜のカプレーゼをフォークで突《つつ》いた。もしかしたら、モッツァレラチーズの仕入れ先、変えた？　以前に比べて少し硬い感じがする。カプレーゼのモッツァレラチーズは、とろけるような柔らかさが命なのに。レストランも政治家も、日々の研鑽《けんさん》が大事だと思う。毎日同じことを繰り返していると、いずれは時代の流れに取り残され、客や有権者からそっぽを向かれる。

「それで、富沢先生、今日は私に説教ということですか？　これでも一応、忙しい身なんです。都政は課題山積みですからね」

「それは重々承知していますがね、あなたのご意向を確認しておきたいんです。私のようなジイさんにできる、最後のご奉公ですよ」

「何を確認したいんですか」

「知事はもちろん、直接民主制の反対論者である」

「ええ」宮川英子はうなずいた。「何もない時なら、素人が議員のモノマネをしていても何とかなるでしょう。だけど有事の際には、こういうシステムは問題外です。それに、国民議員としてランダムに選ばれて四年間拘束されるのは、負担が大き過ぎるでしょう。生活を犠牲にしてまで参加しなくてはならないとなると、人生が変わってしまう」

――ということにしておかないと。

宮川英子は、世論の動きを細かくチェックさせている。SNSのトレンドなどで、世論の潮流のようなものはある程度分かるのだ。国民議会に対する世間の評価は、今のところプラス面の方が大きい。最大のメリットは、これまでのように議員に多額の歳費を払う必要がなくなったため、経費を大幅にカットできたこと。誰もが議員になる可能性があると同時に、国家の代表たる首相を直接選挙で選べることになったので、政治に対する国民の関心が上向いているという調査結果もある。議会制民主主義にはメリットもたくさんあるが、政党内の権力争いによって、国民にはまったく人気のない人間が首相になってしまうという大きなデメリットがある。政治は、ある程度の長期スパンにわたって、安定して運営されなければならないのに、一年、二年で交代してしまう内閣が多かったことをどう評価するか——官僚がしっかりしていれば、首相など誰がやっても同じ、というのは、国民議会賛成派の間に根強く流れる意見である。身も蓋もないと言ってしまえばそれまでだ。

「第一期の国民議員の辞退率は、一割を超えたそうですね」宮川英子は指摘した。

「一割二分——当初選ばれた千人のうち、百二十一人が辞退して、それは全て認められた」富沢大介が補足する。

「これが多いかどうかは……世界に類を見ない制度ですから、何とも言えないでしょうね」

「第一期で最初に選出された千人のうち、九十歳以上の人が二人いたそうです。一人は自宅で療養中、一人は高齢者施設に入っていて車椅子が手放せない——正しい判断ができそうにないということで断ったそうですな。選出する際は、そういう個人的な事情まで考慮する余裕はないでしょう。どうも無駄が多い」

「大学生が十七人ですか」宮川英子もつけ加えた。「このうち二人が、学業との両立が難しいという理由で辞退した」

「議員活動というのは大変なものですよ」富沢大介が重々しい表情でうなずいた。「片手間でできるものではない。しかし、新日本党の連中は軽く見ている。いずれどこかで破綻して元に戻るでしょうが、それを手をこまぬいて待っているわけにはいかない。一刻も早く議会制民主主義を復活させて、日本をまともな国に戻すべきです。そうしないと、いざ何かあった時に日本は滅びる。非友好的な国が、いきなり攻撃を与えてきた場合、対応できるとお思いか？」

「難しいでしょうね。防衛の現場、最高指揮官たる首相、他の官僚、国民議員、全員の意図がバラバラだと思います」

「あたふたしているうちに、最悪の事態になりかねん」富沢大介が、深刻な表情でつぶやく。

「とにかく、国民議会の問題は、今後次々に露呈するでしょう。私たちには国民を守る義務がある。その一点だけは、全ての政治家に共通しています。しかし国民議員にはそれがない。そこがプロと素人の違いですよ」宮川英子は同意した。

「議会制民主主義に戻す力があるのは民自連だけです」富沢大介の声に力が入る。

「そして、民自連の政権奪取には看板が必要、というわけですね。私が看板になれるとお考えですか」

富沢大介がぐっと顎を引いた。肉の弛《ゆる》んだ顔が急に険しくなる。四年後の首相選挙に向けて、民自連を引き締め、自分たちの党から首相を出す——その動きの中心にいるのがこの老政治家なのは間違いない。

しかし嫌だろうな、と宮川英子は内心苦笑した。

宮川英子が政界入りして、既に三十年近くになる。元々は弁護士で、三十歳頃からテレビへの出演などが増え、「著名人」ということで民自連から出馬を打診された。政界入りなど考えたこともなかったのだが、誘いがあった瞬間、自分の将来はこれで決まった、と確信した。

何というか、宮川英子は自分を生来のギャンブラーだと思っている。実際に金を賭けてギャンブルをするわけではないが、一か八かの状況が好きなのだ。しかし弁護士になるのも、その仕事を続けるのも、ギャンブルではなかった。司法試験を突破するためにはこつこつと勉強を重ねねばならなかったし、裁判では勝つために無茶な賭けに出たりはしない。アメリカの弁護士なら、多少乱暴な手で勝負することもあるだろうが、そういうのは日本の司法文化に馴染《なじ》まない――全てが論理的に進められていくのだ。それ故、物足りなさもあった。テレビの仕事でのアクシデントも楽しめたが、結局個人でできることなどさほどなかった。

そこへ政治の世界への誘いである。選挙は最大の賭け――富沢大介にそう説得され、心がざわついた。確かに選挙には「こうすれば勝てる」という明確な方程式があるわけではない。自分のようにコネも金もない人間の場合、特にそうだ。あるのは「看板」つまり知名度だけで、これは大きなギャンブルになる。民自連も宮川英子の知名度に目をつけたのだろうが、宮川英子は単なる党の看板になるつもりはなかった。自分には法律という専門がある。そこを活かして国民のために働くのが理想だ。弁護士を続けていくよりも、はるかに手応えがあるのではないか。

全てを覚悟の上で、政治の世界に飛びこんだ。その頃は今より――国会が解散する前よりも女性議員は少なく、政党としては「女性も政治に参加しています」というアリバイ作りのためだけに、女性議員を抱えていた感じがある。

そういう歪《いびつ》な状態で始まった宮川英子の政治生活。三十年近くの間、富沢大介とはつかず離れずの関係——時には密接に協力し、時には敵対してきた。しかし今は決定的に、その関係は壊れてしまったと思っている。

きっかけは、三年前の東京都知事選だった。その頃既に国会は解散し、民自連は大混乱に陥っていた。今後の国政への参画をどうするか——しかし公選制の議員が廃されたのは国会だけで、地方議会では今まで通りに議員が選ばれ、活動している。政党としては、これまでの影響力を残すためには地方議員、そして知事をどう擁立するか、あるいは取りこむかを最大のテーマにしていた。三年前の都知事選には様々な要因があったのだが、宮川英子は迷いに迷った末に出馬した。しかし富沢大介はこの出馬に反対し続けた。かつて女性初の首相候補と言われた宮川英子を、二度目の首相直接選挙に担ぎ出す——それが富沢大介の狙いだったのだ。理屈は分かる。しかし宮川英子は、その誘いに乗らなかった。国政レベルにおいては、かつての政党の力は一気に低下してしまった。憲法を改正し、国会を消滅させた新日本党だけが、権勢を振るっていると言ってい い。四年前の初めての首相直接選挙では、国会廃止を先導した当時の首相——議会制民主主義最後の首相、磯貝保《いそがいたもつ》が圧勝したのだ。これは宮川英子の予想通り。国会廃止という、憲政史上最大の改革を前面に押し出した新日本党は、当時圧倒的な支持を得ていて、負ける要素はなかった。国会廃止も決まり、とうとう首相を直接自分たちの投票で選ぶことができるようになった——そんな空気の中で「守旧派」の代表たる民自連が首相候補を立てても、惨敗するに決まっている。

宮川英子は執拗《しつよう》な富沢大介の誘いを断り、その一年後の都知事選に出馬した。まだ強固な体制を残している地方組織に支えられ、楽々当選。それがきっかけになって、富沢大介とは縁が切れてしまった。実際、会うのは——話をするのも、三年前の都知事選以来である。

　富沢大介が、なおも自分を首相候補として担ごうとしているという話は、様々な筋から宮川英子の耳に入ってきていた。個人的には決して仲はよくないし、三年前の都知事選出馬に関しては「党を見限った」と考えて恨みを抱いている可能性もあるのだが、個人的な感情よりも、党として首相の座が欲しいわけか……ある意味、富沢大介は古い政治家らしい政治家である。議席確保を全てに優先させ、そのためには自分の個人的感情を平気で押し殺せる。

「どうかね。私がここで頭を下げることは簡単だ」

「富沢先生に頭を下げられたら、恐縮してしまいますよ」

　今は既に、来年の知事選に目が向いている。取り敢えずもう一期——都知事は日本の顔である。首都の最高責任者として、外交面でもできることは多い。それに宮川英子には、出馬時の公約としてぶちあげた「東京都市博」を実現する責任がある。これは東京の底力を——ひいては日本の底力を世界にアピールする絶好の機会になるはずだ。それを都知事として成し遂げたい。

「いずれ、本当にあなたに頭を下げるかもしれんよ。私の政治家人生、最後の仕事になるだろう」

「もしも、そういうことになったら——」

「なったら？」富沢大介が宮川英子の目を直視した。

「その時の状況で考えさせていただきます」

「あんたも相変わらずたぬきだねえ」富沢大介が呆《あき》れたように言った。

「私をたぬきに育てたのは、富沢先生ですよ」

「それなら私は、飼い犬に手を噛《か》まれるようなものか」

「飼いだぬき、ではないでしょうか」

「たぬきを飼っている人もいないだろうが」

富沢大介の表情が少しだけ崩れた。「たぬき度」のレベルで言えば、富沢大介は自分よりはるかに上——だてに政治の世界で五十年も飯を食っていない。しかし今、その政治生命は風前の灯火《ともしび》だろう。まさか、今まで自分の立場そのものであった「議席」が制度上消滅してしまうとは。

富沢大介は、かつてのプライドに動かされているだけだ。自分は違う。自分にはまだこの先五年、十年の時間がある。だからこそ、上手《うま》く立ち回らなくては……政治家は風見鶏《かざみどり》とよく揶揄《やゆ》されるが、それは事実だ。頻繁に向きを変える風の動きを読まないと、政治家などやっていられない。

田村さくらは、背筋を伸ばしてパソコンの前に座った。年間を通しての議会のスケジュールは、既に手元に届いている。全員がどこかの委員会に参加し、さらに本会議での討論、採決に参加する予定だ。場合によっては特別委員会が招集されたり、臨時に採決が行われることもある。田村さくらは文部科学委員会に配属されたが、何をするかはまだよく分かっていない。第一期の国民議会の活動をざっと調べてみたのだが、動きは複雑かつ多岐にわたり、簡単には把握できなかった。基本は、内閣、あるいは議員が提出した法案を各委員会で審議し、最終的に全議員の投票で可否を決めるという流れだが、そこまでには様々なプロセスがある。
年度が替わって——議員が全員交代して最初の文部科学委員会ということで、今回は提出されている法案の概要が紹介された。その内容を説明するのは文部科学大臣。

この辺はややこしいところだ。国民議員は全員、二十歳以上の日本国民からランダムに選ばれた人たち。一方内閣は、直接選挙による公選制で選出された首相が、各大臣を選任する。国民議会の開設を進めた新日本党は、「立場や肩書きに関係なく専門家を選ぶ」と言っていたが、実際には今の内閣のメンバーはほとんどが、新日本党で国会議員の経験がある人たちである。十七人の大臣のうち、十五人が新日本党の旧議員。残り二人、外務大臣と環境大臣だけが事務次官からの抜擢《ばってき》だ。官僚はこれまで、「次官」がトップ、あるいはゴールだったのだが、大臣への道も開けることになった。

画面上では、文部科学大臣の花田美絵《はなだみえ》が各法案の概要を説明していた。法案原文は既に送られてきているから、わざわざ聞くこともないのだが、審議に参加して話を聞いておくのも国民議員の仕事だろう。後からアーカイブでも確認できるのだが、初めてだから生で聞くつもりだった。

午前、午後と延々と説明が続き、五つの法案の説明が終わった時には午後三時になっていた。そこからは質疑応答の時間になる。画面上に一人の男の顔が浮かんだ。きちんとネクタイを締めて背広を着た、四十歳ぐらいの男性……この質疑応答の様子はネットで配信されており、誰でも見ることができる。誰に見られるか分からないから、きちんとした服を着ているのかもしれない。自分も就活に向けて用意した、かっちりしたデザインのスーツを着ているが。

「三重選出の岸川大悟《きしかわだいご》です。先ほどの、博物館法の見直しについてですが、学芸員補の資格について曖昧に思える点があります」

「どうぞ」花田大臣が気軽な調子で言った。パソコンの画面上では、二人が横並びで話している感じになる。これも奇妙な感じだった。旧国会では、議長や委員長が発言を許可していたのに、今は一対一という感じ。もちろんこの方が、スピーディではある。

「学芸員補の資格要件についてですが――」

細かい、重箱の隅を突くような内容のやり取りだった。どうでもいいと言えばどうでもいい――しかし国民議員には、提出されたあらゆる法案に対して、質問する権利がある。自分もそのうち、何かに引っかかって質問することになるのだろうか。

花田大臣の説明はスムーズだった。要は、言葉の問題である。学芸員補の定義が分かりにくいというだけで、花田大臣は文言の修正を約束して、この質疑はあっさり終わった。その後も何人かが質問する――こういうの、怖くないのかな、と田村さくらは不思議に思った。こんな風にオープンな場所で顔と名前を晒《さら》して質問して、本当に炎上しないのだろうか。田村さくらは今まで、SNSでも実名や顔出しは避けていたので、こういう感覚が理解できない。下手な質問をして、厳しく批判されたらメンタルが持たないだろう。

人の質疑を聞いているだけで、頭が疲れた。これで日本の動きが決まるという緊張感があったわけではないが、何しろ慣れない言葉が飛び交う世界なのだ。ちゃんとついていけているかどうか、不安しかない。

今日はこの後、その不安を解消してくれるかもしれない相手に会うことになっている。どんな人なのか分からないことは懸念材料だったが、それでも今のモヤモヤした気持ちが多少でも解消されれば、と田村さくらは祈るような気持ちだった。

菱沼恵理は、いかにもできそうな人だった。きっちりしたスーツ、綺麗《きれい》にまとめたショートカット、大きな目に尖《とが》った顎。大学卒業後は製薬会社で営業職についているそうだが、どこの業界にいても「若き女性幹部候補」として一目置かれそうな感じだった。

彼女とは、芝浦《しばうら》にあるカフェで落ち合った。会って話を聞くだけだし、初対面から食事というのは図々《ずうずう》しい感じがしたのでカフェにしたのだが、かえって申し訳なくなってしまった。午後七時、お腹《なか》が空《す》いてくる時間帯だ。

恵理は名刺を渡してくれたが、田村さくらは名刺を持っていないので、きちんと名乗って丁寧に頭を下げる。カフェは東京モノレールの高架が見えるビルの一階にあり、人の出入りは多い。それでも田村さくらは緊張して、他の人の話し声は耳に入らなくなった。

「国民議会、始まったわね」

「あ、はい。辞めてもチェックしてるんですか？」

「何となく気になって、仕事の途中でこっそり見てたのよ。全部ネット中継されてるから、見てる人、案外多いと思うよ」恵理は率直なタイプの女性らしい。初めて会ったのに、非常に距離感が近い。

「そう考えると緊張します」

「でも今日、発言はしてないでしょう？」

「いきなりなんて無理ですよ」田村さくらは顔の前で手を振った。「どういう流れで審議されるかもよく分かってないのに」

「あまり気にしない方がいいわよ。もっと気楽にやれば？　事前に法案の概要や本文が送られてくるでしょう？　それに目を通して、疑問があれば議会事務局に質問を申しこめばいいんだから」

「何だか馬鹿な質問をしそうで」

「そんなの気にしてたら、議員なんてやってられないわよ」恵理が豪快に笑った。「……ねえ、せっかくだからビールでも呑《の》まない？」

「いいんですか？」

「私は呑みたいな。あなたは……国民議員になっているっていうことは、当然もう二十歳でしょう。今、大学三年生？」

「はい」

「コンパなんかでガンガン呑んでるんじゃない？」

「そんなに呑めないですけどね」しかし今、ビールの誘いは魅力的だった。緊張で喉が渇いているし、今日は四月なのに最高気温が二十五度まで上がっていた。半袖でもいいぐらいの陽気で、冷たいビールが恋しい。

「じゃあ、軽くいこうか」

　恵理が手を上げて、店員を呼んだ。瓶ビールを一本、それにグラスを二つ頼む。何か食べるものは、と聞かれたので彼女に任せてしまう。恵理はメニューをさっと見て、フライドポテトとチーズ、ナッツの盛り合わせを注文した。

　グラスを合わせて乾杯し、一口呑む。普段はビール一杯で結構いい気分になってしまうのだが、今日は簡単に酔いそうもなかった。緊張している——恵理は妙に圧が強い。四年間議員を経験してきたせいかもしれない。

「菱沼さん、積極的に発言したんですか？」

「何回かはね。あなた、ずいぶん緊張してるみたいだけど、そんなに緊張することないわよ」

「そうですか？」

「昔の国会だったら野次とかで大変だったけど、国民議会ではそんなこと、ないから。基本的にはオンラインで、質問者と答弁者の一対一のやりとりでしょう？　他の参加者は不規則発言なんてできないし」

「……そうでした」

「だから、普通に会話するような感じでいいのよ。だいたい法律の原案なんて、そんなに難しいものじゃないでしょう」

「いやあ……どうですかね」田村さくらは反射的に首を傾げてしまった。「今日、法案の説明がいくつかあったんですけど、普段の自分には関係ない話ばかりで、半分も理解できなかったと思います。博物館法とか、そんな法律があることも知りませんでした」法学部に在籍しているのに情けない限りだ。ただし田村さくらの専攻は刑法なのだが。

「ねえ」恵理が微笑《ほほえ》む。「私も知らない話ばかりで、理解できないことは多かった。それで、議員立法でその辺をちょっと改正しようかなっていう動きが出たのよね」

「どういう部分を、ですか？」

「法律の言い回しを全面的に変えること。専門用語は仕方ないけど、その説明をきちんと入れるようにするとか、分かりやすい言葉に置き換えるとか。法律って、それに関係する人のためだけに存在してるものじゃないでしょう?」

「でも、弁護士とかって、そういう時のために存在してるんじゃないですか」

「もちろんそうだけど、私たち素人が読んでも、すぐに内容が理解できるようなものじゃないといけないと思うんだ。そういう声が、第一期の国民議員の間でも出て、法律の条文を大幅に改善するための法律、みたいなものを提案しようっていう動きがあったのよ」

「知りませんでした」

「実際に提案する前に、任期切れになっちゃったから」恵理が肩をすくめる。「しょうがないけど、これが国民議会の最大の弱点かな……政党単位で活動していたら、事前にちゃんと揉んで、専門家が内容を詰めて法案提出できていたと思う。昔は議員立法だって、結構あったんだから。でも国民議会だと話がまとまらない」

「——ですね。でも、分かりやすい条文って、大事な気がします」自分は法学部の学生なので、多少は独特の言い回しに慣れているが、それでも法律が時代遅れだと感じることはままある。

「あなた、提案してみたら?」

「そんなこと、できるんですか?」田村さくらは目を見開いた。

「一人だと、さすがに無理でしょう。だから仲間を集めるのよ」

「でも、どうやって……」

「議員だけしか入れないフォーラムがあるでしょう」

「あ、はい」ちょっと覗《のぞ》いてみたのだが、今の国民議員によるフォーラムはまだ機能していなかった。アーカイブの中に、恵理たちが相談していた法律の問題も含まれているのだろうか。「でも、私なんかがやっていいんですかね。もっと法律に詳しい人がリードするのがいいんじゃないですか」

「そういう人もいるかもしれないけど、自分で声を上げるかどうかは分からないでしょう。あなたは、最初の一声を上げるだけでもいいんじゃない？　誰が提案したとか、誰がまとめたとか、そういうのは問題じゃないと思うな」

「法律を作るっていうことは……条文も書くんですよね？　そういうことの専門家がいないと無理じゃないですか」

「それは、議会事務局がアドバイスしてくれるわ。法律の専門家もいるから、議員立法の手伝いもしてくれる。あなたが想像しているよりも、国民議員に対するサポートは手厚いのよ。その分、監視も厳しいけど」

「監視、ですか」嫌な言葉だ。

「私たちの代で、逮捕された人がいるの、知ってる？」

「ああ、はい。あんなこと、あるんですね」

「賄賂をもらっちゃ駄目よねえ」恵理の表情が急に険しくなる。

　二年前、当時二十八歳だった国民議員が「国民議会法違反」で逮捕された。徳島選出で、本業は普通の会社員なのだが、地元の建設業界から相談を受けて、謝礼として金を受け取った容疑をかけられたのだ。公共工事の入札に関して口利きを頼まれたというのだが、田村さくらにすれば謎の依頼――謎の事件だった。国民議員に、地方の役所を動かすような力があるとは思えない。業者の方は国会議員に対するのと同じような感覚で、金を渡したのだろうか。受け取った金額は五十万円程度で「これぐらいなら逮捕しないこともある」という解説記事もあったのだが、どうやら「一罰百戒」ということらしい。

「調査委員会は、相当詳細に監視しているみたいよ。お金の流れなんかも把握しているみたいだから、あなたも気をつけないと」

「お金なんか……学生ですよ」

「それもそうね」恵理が大きな笑みを浮かべる。「私も、就職してからの方が緊張したかな。もちろん、追跡されても全然問題なかったけどね。取り敢えずあなたは余計なことを考えないで、何か爪痕を残してみて」

「できますかね」

「もう就活でしょう？」

「ええ」

「どの業界を目指してるの？」

「まだ絞り切れてないんですけど、食品かな、と思ってます」父は、卒業したら島根に帰ってこいと言っている。父も兄も公務員。結局一番安定して仕事ができるのは公務員だし、人の役に立つ実感が得られる、と。しかし田村さくらの意識は東京にあった。会社の法務部門で働ければ、と思っている。

「国民議員、就職に絶対有利よ」

「そうなんですか？」学生課の人もそう言っていた。

「私も、ＥＳ《エントリーシート》に書いたんだけど、三社からあっさり内定もらったから」

「すごいですね」田村さくらは目を見開いた。今は売り手市場と言われるが、三社から内定を得るのはなかなかの戦果だ。

「それだけ国民議員の仕事と立場は注目されてるっていうこと」恵理がうなずく。「そこで爪痕を残せれば、会社なんて選び放題よ」

そう考えると悪くはない……大学に入るとすぐに、「就職が」という話を聞かされて驚いたことを覚えている。ガイダンスでも「まず心の準備を」と言われたし、友だちも一年生の時から企業研究を始めていた。田村さくらとしては、憧れの東京生活を満喫する暇もなく、ギスギスした就活に巻きこまれた感じだった。

特にアピールポイントがない自分にとって、国民議員の立場は、たまたま目の前に転がってきたチャンスボールかもしれない。そういうのを活かしていいなら……悪いことではないと思う。

田村さくらは思い切って、恵理から聞いた話をフォーラムで持ち出してみた。自分でフォーラムを開設するのは緊張したが、基本はチャットのようなものだとすぐに分かる。

東京選出の田村さくらです。一期の国民議員の方から聞いた話で、各種法律の平明化に関する議論があったそうです。分かりにくい条文を誰でもすぐに理解できる形で表記するというものです。時間切れで議案提出にはならなかったそうですが、大事な問題ですので、議論を続けていきませんか？

この一文を投稿したのが、五月のゴールデンウィーク明け。午後十時、風呂も終えてTシャツにジャージという身軽な格好で投稿したのだが、いきなり返信があって驚いてしまう。ちゃんとした服を着ておいた方がよかったか……まさか。チャットではこちらの姿が相手に見えるわけではない。必要なら、オンラインで互いの顔を見ながらの打ち合わせもできるのだが。

大阪選出の桐谷《きりや》あかねです。

名前を見てすぐ、田村さくらは議員名簿を検索した。議員名簿は一般に公開されているものと議員しか閲覧できない詳細なものがあり、今見ているのはもちろん後者である。こちらにはプロフィルなどがより詳しく掲載されているのだ。桐谷あかね……いたいた。四十二歳、職業は塾講師。

今の提案、非常に興味深いです。法律には、意味が分からないところがたくさんありました。慣れない人間には呪文のようなものです。これを分かりやすい形にすることは大賛成です。

いきなり賛同者が現れたので、驚くと同時にほっとする。自分のような二十歳の大学生が何か提案しても、無視されてしまうのではないかと思ったのだ。

すぐにまた別の人間の投稿があった。畑山《はたやま》貴一《きいち》。おっと……この人はプロ——弁護士だ。素人の発言を馬鹿にするかもしれない。しかし投稿の内容は好意的だった。

非常に興味深い提案です。オンライン会議に切り替えてお話ししませんか。

これはまずい。急いで髪を乾かして、ちゃんとした服を着ないと……オンライン会議では映像をオフにする機能もあるのだが、最初に提案した自分が顔出ししないのは失礼な気もした。

十分後でどうでしょうか。

投稿すると、あかね、続いて畑山からすぐにOKの返事がきた。急いで髪を乾かす――ああ、もう、全然まとまらない。仕方なく、普段はやらないポニーテールにした。これで何とか見られる……顔は？　すっぴんでいい？　ちゃんと化粧してたら間に合わない。やっぱり映像オフだ。

着替えてパソコンの前に座る。時計を確認して、約束の時間にオンライン会議室に入った。あかねと畑山は顔出ししているが、自分のところは灰色の人型になっているだけ。

「映像オフですみません」田村さくらは最初に謝った。「田村さくらです。あの、今ノーメークで、人前に出られるような顔じゃないので」

言い訳に、あかねが声を上げて笑った。ふくよかで穏やかな笑顔の女性で、いかにも生徒たちから人気がありそうなタイプである。一方畑山は六十歳を過ぎている感じで、眼鏡をかけ、神経質そうな表情だ。ネクタイこそ外しているが、シャツにジャケット姿で、このまま仕事に出かけてもおかしくない。

「気にしないで。別に映像オンにしてもらってもいいわよ。若いんだから、すっぴんでも大丈夫でしょう」

「いえいえ……」思わず苦笑してしまう。

「そのままでもいいですよ」きつい感じの表情なのに、畑山の声は穏やかだった。「遅い時間ですし、取り敢えず話をまとめましょう。率直に言って面白い提案だと思います。我々弁護士にとっては、致命的な提案になる可能性もありますが」

「そうなんですか？」

「弁護士っていうのは、難しい法律の翻訳家という一面もあるんですよ。普通の人には理解しにくい内容を分かりやすく伝えるという意味で。今の提案で、法律の条文が分かりやすく変わったら、弁護士は失業するかもしれない」

「すみません、そんなつもりでは――」田村さくらは思わず頭を下げた。

「いやいや、いいんですよ」畑山が笑う。眼鏡の奥の目が意外に優しいことに田村さくらは気づいた。「法律は市民のためのものです。だから普通の人が理解しにくいのは、そもそもおかしいですよね」

「今の件、前の国民議員の人たちもかなり熱心に議論していたみたいね」あかねが割って入った。「フォーラムの議論が活発に行われたみたいだけど、まとまらなかったんでしょう？」

「そう聞いてます」

「一期の人たちは、いろいろ大変だったんでしょうね。活動方針もまだはっきりしていなかっただろうし」

「この話を法律にするのは、なかなか難しいと思いますよ」畑山が専門家らしく、冷静な口調で言った。「つまり、法律のあり方を法律で規定する——そういうのは、前例がありません。国民議会で政治の前例は大きく変わったけど、それとこれとは別の問題ですね」

「前の国民議会で法案提出までいかなかったのも、仕方ないですよね」あかねが同意した。「でも大事な問題ですね」

「一つ、アイディアがあるんですけどね」畑山が切り出した。「議員立法ではなく、議員決議というものがあるんですよ。法的な拘束力はないけど、一定の影響力はある。これをきっかけにして、議論を広げていけばいいんじゃないですか」

「現行の法律の条文を変えるのは難しいですか」田村さくらは訊ねた。

「手間がね……それだけで何年かかることか。取り敢えず、今後制定・改正される法律に関しては、という感じが現実的でしょうかね」

「それ、賛成です」あかねが軽い調子で応じた。「そういうことなら、賛同者も集めやすいんじゃないですか」

「いいですね。決議に関する手順を調べておきますよ。このフォーラムは残しておいて、そこで報告します。必要に応じて話し合いをすることにしましょう」

「田村さん、今度は顔を見せて下さいね」あかねが優しい声で言った。

「はい、すみません、夜遅くに」

「でも、便利よね。思いついたらいつでも話し合いができるんだから。通常の議員活動以外に、こうやって夜の空いている時間に話すのもいいわね」

「旧体制の政治家連中も、夜は料亭の会合で怪しい計画を話し合っていたんでしょうが」畑山が笑った。「我々は、有意義な話し合いをしたいですね」

田村さくらは少しだけ誇らしい気持ちになった。いきなり押しつけられた国民議員……面倒だという気持ちが先立ったが、こうやって実際に人の役に立つことがあると思うと、やる気も出てくる。上手くいけば、本当に就活でも有利になるかもしれない……。

「議員決議」の内容はあっさり決まった。法律に詳しい畑山が中心になって、短時間で内容が固まったのだ。やっぱり専門家がいると話が早い……ランダムに選ばれるとはいえ、国民議員にはやはり法律の専門家が何人かいる方がいいのでは、と田村さくらは思った。とはいえ公務員である検察官や裁判官は選出されない決まりだから、弁護士ということになるのだが。

「明日、本会議に提出しようと思います。まず下院で議論を続けて採決して、その後上院に回すスケジュールですね」

何度目かのオンライン会議で、畑山が説明した。この決議に賛同する議員は、三十人にまで増えている。議員決議に関しては、二十人の賛同者がいれば本会議にかけることが可能だという。これが、国民議会始まって以来初の、議員決議提出。軽い気持ちで始めたのが、歴史に名前を残すことになるわけね、と田村さくらは緊張した。何だか健太が言った通りだ。

千人の国民議員は、五百人ずつ上院と下院に振り分けられる。これはどちらが上の立場というわけではなく、下院から上院へと、審議を行う順番を示しているに過ぎない。田村さくらは下院の一員で、最初からこの決議の議論に加わることになる。

「内容は既にお伝えした通りで、かなり揉んでいますから、このまま提出して大丈夫かと思います。よろしいですか」畑山が自信たっぷりに話を進めていく。

反対の声は上がらない。決議の内容に関して少し議論にはなったが、そもそも賛同者が集まって提案者になっているわけだから、話はスムーズに進んだ。

この打ち合わせが終わったところで、畑山から連絡が入り、再度オンラインでつないだ。あかねも入ってくる。

「お疲れ様でした」畑山が切り出す。

「いえ、先生こそ」

「先生はやめましょう」畑山が苦笑した。「そういうのは昔の国会の話ですよ」

「でも、弁護士の人を普通に先生と呼びますよ」田村さくらはつい反論してしまった。

「まあまあ……ここではやめましょう。それと、気をつけて下さいね」

「何がですか」

「この決議の提案者は、我々三人になっています。最初に話を持ち出したのはあなたですしね……決議自体は無事に通ると思いますが、そうすると、世間では色々な声が出てくるかもしれない」

「そうですか？」

「生意気だとか言われる可能性はあるわよ」あかねが指摘した。「ちゃんと選ばれた国民議員が、正当な活動をしているだけだけど、あなたは若い。二十歳の若い女性が生意気なことをやってる、なんて言われる可能性もありますよ」

「それだったら、私の名前は外してもらった方が……」自分でも懸念していたし、確かにそういうことはありそうだ。些細《ささい》なことでも文句をつける人がいるのが、ネットの世界である。特に心配なのは、今ＳＮＳ上で騒いで暴論を吐いているのは四十代のサラリーマンが中心、という分析結果だ。中間管理職になり、家庭でも何かと金がかかるストレスフルな生活——その解消のためにＳＮＳで暴れまくるというわけだ。そういう人たちからは、田村さくらは「生意気な若い娘」に見えるかもしれない。

「まあ、あまり心配してもしょうがないでしょう」自分で言い出しておきながら、畑山が安心させるように言った。「あなたは間違ったことは何もしていない。国民議員の義務を堂々と果たしているんです」

「でも、叩く人は叩きますよね」

「それは大丈夫。国民議員は守られている」

「——どういうことですか？」

「それは、いざという時に分かるでしょう」

そんなことを言われたらかえって不安になってしまう。しかし畑山もあかねも「まだ仕事があるから」と抜けてしまった。一人取り残された田村さくらは、先行きが急に心配になってきた。

法律の平明化に関する議員決議

日本の法律は専門用語が非常に多く、国民には分かりにくい内容になっている。本来国民のためのものである法律が理解しにくいというのは、本末転倒の状況である。

この決議では、今後制定・改正される法律に関して、できるだけ簡潔で平明な文章で書かれるように国民議会として要請し、分かりやすい法律の制定を目指すものである。


この後、細かい指摘が続く。議員決議の内容自体が分かりにくくなっているかもしれない、と田村さくらは心配になった。実際、三日間に及ぶ本会議での質問では、「文章が分かりにくい」「こう変えるべき」という現実的な疑問や提案が多数あった。そこで畑山が中心になって内容を練り直し、下院では圧倒的多数――賛成四百五十六、反対二十一、棄権二十三――で決議が採択された。この後上院に送られ、さらに審議が続いた後に採決されることになるが、畑山は「大丈夫でしょう」と楽観的だった。下院でここまで賛同者が多ければ、上院がひっくり返したら逆に問題になるはずだ、と。結局人は――日本人は、多数派に巻かれることを選んでしまう。

この件は、マスコミでも盛んに報道された。国民議会で初の議員決議ということで、注目されたのである。提案者ということで、当然田村さくらの名前も出た。

そして空気が変わった。

田村さくらのメールアドレスなど個人情報は公開されていないものの、SNS上で一斉に非難が始まったのだ。畑山が予想した通り、「若い素人が提案するなんて生意気だ」という論調である。放っておけばいいと思いつつ、どうしても気になってしまう。街を歩いているだけで、誰かに罵詈雑言《ばりぞうごん》を浴びせられるのではと想像すると、大学へ行くのも怖くなった。それでも何とか勇気を奮って、毎日大学には通って講義を受けている。その合間に国民議会での議案審議もあり、忙しい、忙しい……これで本当に就活を始められるのかと心配になってきた。

「顔、暗い」学食で一人昼食を食べていると、いきなり声をかけられた。顔を上げると、トレイを持った冴島健太が立っていた。

「暗い？」

「何か心配事でも？」前に座りながら健太が訊ねる。

「うん、ちょっと……」

「もしかして、この前新聞に書かれてた件？　議員決議？」

「そう。ＳＮＳとかで叩かれてるのよ」

「さくらが？　何で？」

「生意気だからって」

「ああー、そういうことか。オッサンたちが因縁をつけてきてるんじゃない？　二十歳の女子大生が議員決議の提案者になったら生意気ってことだろう」

「冴島君もそう思う？」

「何言ってんだよ、そんなの、オッサンたちの方が非常識だろう」言いながら、健太がスマートフォンを取り出した。画面を触って確認すると「結構ひどいこと書いてる人もいるんだね」と軽い調子で言った。

「本当に？　ちょっと怖くて、最近確認してないんだ」

「裏アカ、持ってるんだろう？　それで見たらいいじゃん」

「うん。でも、それもバレたらまずいと思って……」

「メアドとか写真とか、流出してない？」

「それはないと思うけど」言われてかえって心配になってきた。個人情報が晒されたら、今後は色々なことがやりにくくなるだろう。こっちは普通に議員活動してるだけなのに、何でこんな目に遭うの？　やっぱり国民議員なんか辞退すべきだった。議員になっても目立つことはしないで、大人しく議案に対する投票だけに加わっていればよかったのだ。自分を焚《た》きつけた菱沼恵理に対する恨みさえ感じてしまう。

「心配だよな。でも、こういうのって、放っておけば自然に鎮火するんじゃない？」

「そうだといいけど、ストレスだわ」

「だよな……誰か、相談できる人、いないのか？　議会事務局とかあるんだろう？」

「あるけど、相談なんかしていいのかどうか」

「そっか……でも、ひどいよな。誰でも選ばれる可能性があるのに、何で国民議員をディスるのかね」

「目立つ人は叩かれる——それが日本っていう国でしょう」

「ひでえ国に住んでるよな。俺、海外で就職しようかな」

「そんな伝手《つて》、あるの？」

「これから探すよ。さくらもさ、海外へ逃げちゃえば、こんなこと心配しなくていいんだよ。一緒に来るか？」

「馬鹿言わないで」軽い感じで重い話をしないで欲しい。「だいたい、海外で就職するから国民議員を辞めます、なんて言えると思う？」

「実際、どうなんだ？」

「分からない」田村さくらは首を横に振った。「そういうの、前例がないと思うし」

「前例、前例か……大変だよな」

「でも冴島君だって、国民議員に選ばれる可能性はあるんだよ」

「俺は、何か理由をつけて逃げようかな。それこそ海外在住だったら、選ばれないんじゃないか？」

「海外在住の議員もいるよ」

「マジで？」

「全部オンラインでやるんだから、どこにいても関係ないでしょう。時差の問題はあるかもしれないけど」

「何だか、日本っていう国の根本が変わってきてる感じだよな。どう変わっていくか分からないけど」

まったくその通り……そもそも国会を解散させて国民議会をスタートさせた新日本党の人たちは、この国をどこへ導こうとしているのだろう。


田村さくらは大学を出て、駅へ向かって歩き出した。大抵、誰か同級生と一緒になるのだが、今日は一人……たまたまなのだが、もしかしたら避けられているのではないかと心配になる。SNSで変な噂が拡散して、友だちがそれを知ったら——バッグの中でスマートフォンが鳴る。誰だろう。もしかしたら、誹謗中傷《ひぼうちゅうしょう》しようとする人に電話番号を知られてしまった？　無視しようかとも思ったが、画面に浮かぶ固定電話の番号には見覚えがあるような気が……思い切って電話に出る。

「国民議員調査委員会の安藤《あんどう》司《つかさ》です。下院議員の田村さくらさんですよね？」

「……はい」

「お困りではないですか？　議員決議の件で、SNSで不当な批判が出ていますよね」

田村さくらはすっと息を吸った。この人は本当に調査委員会の人だろうか……しかし、疑い始めたらきりがない。

「ちょっと……はい。凹《へこ》んでます」

「分かりました。この件は、こちらでも調べています。一度、お話を聞かせてもらえますか。時間を合わせますから――どこで会いますか？」

「あの、その委員会の方へ――私が行きます」自宅にまで来られたらたまらないし、相手が本当に調査委員会の人かどうか確認するためにも、こちらから出向いた方がいいだろう。

「構いませんよ。時間はどうしますか？」

「今からでもいいですか」既に午後五時を回っている。公務員ならもう、一日の仕事を締める時間だろう。

「OKです。場所は分かりますか」

「はい」霞《かすみ》が関《せき》に足を踏み入れたことはない。冷たい官僚の街というイメージしかないから怖いが……こんなモヤモヤした気持ちを抱えたまま、議員活動はできないだろう。田村さくらは、藁《わら》にもすがる思いだった。

「どうだい、国民議会の様子は」

「まあ、慣れないですね」北岡琢磨は苦笑した。前首相で現在も新日本党の重鎮である磯貝保は、毒気が抜けたように穏やかな笑みを浮かべている。

「しかし、首相の忙しさは変わらない。それはもう、慣れただろう」

「毎日閣議があって、報告も会議も頻繁ですからね。それに加えて議会ですから」

「ただし、昔のような夜の政治活動は減っている」

「それは確かにそうですね」

「まあ、あなたは若いから大丈夫だろう。ぶっ倒れるまで頑張ってもらわないと」

そう言われてまた苦笑してしまう。北岡琢磨は四十九歳。目の前にいる磯貝保は七十三歳だから、父親のようなものである。というより「先生」か。北岡琢磨にとって、磯貝保は政治の師匠なのだ。

しかし、この四年間は目が回るような日々だった、と改めて思う。新日本党が政権を奪取し、一気に憲法改正を実現して国会を廃止、代わりに国民議会を立ち上げ——憲政史上最大の変革の渦の只中《ただなか》に、北岡琢磨はいた。時に自分を見失いそうになるほどの忙しさだった。そして、直接選挙としては初代の首相である磯貝保の下で官房長官として政権を支え、今年の首相選挙に出馬、圧勝して、新体制での第二代首相に選ばれた。国会議員としてのキャリアがわずか十五年なのは心配だったが、首相選挙出馬を決めたのは磯貝保の一言だった。「政治が新しくなったんだから、今までのキャリアは通用しない」。ゼロから始めた国民議会。確かに、今までの国会対策は一切通用しない。これまではどんなことでも、根回しが盛んに行われて、国会の場に持ち出されるまでに決まってしまっていることが多かったが、国民議会ではそれは通用しない。そもそも議員が全国に散っているから、直接会って話をすることすら難しいのだ。国民議員の中には新日本党員もいるが、多数ではない。結局、国民議会で徹底して議論を続けることで、法案を練っていくしかないのだ。しかし今のところは何とか無事に運営できている……磯貝保が必死で整備した官僚組織がきちんと機能して、素人の議員を上手くサポートしているのだ。

「あなたは、まだ苦労すると思うよ」磯貝保が厳しいことをあっさり言った。「反動派はまだ動いているし、我々の立場も盤石じゃない」

「承知しています」北岡琢磨はうなずいた。

「あなたには八年ある。しかし、八年というのは決して長くはない」

直接選挙で選ばれる首相の任期は四年、二期まで務められると決められた。アメリカの大統領制などに倣ったシステムだが、これぐらいが限界だろうとも思う。どんなに清廉潔白な人でも、八年間も国家の最高権力者を務めれば、利権との絡みが出てくる。本人にそんな意識がなくても、周りの人間が、自分たちを潤すために利用しようとするだろう。

「でしょうね。物事は、変えるよりもその後ずっと保持していくのが大変なんじゃないですか」

「まさにその通りだな」磯貝保がうなずく。「ただし日本人は、一度決まってしまったものを変えたがらない。特に今の若い世代はそうだ」

「寂しい話ですけどね」

民自連の長期政権は、様々な弊害を日本にもたらした。権力に執着するあまり、どんな嘘《うそ》をついても平然と居座ってしまう流れができたこともそうだし、低いレベルで国民を満足させてしまったこともそうだ。賃金が上がらないまま、働く生きがいも見つけられない若い世代は、とにかく「これ以上悪くならないで欲しい」と本気で願っているという。政権交代すれば今より悪くなるかもしれないと怯《おび》え、ひたすら民自連の失政に耐えてきた――いや、若い層にこそ、民自連支持者が多かったことは、各種の世論調査で分かっている。

だからこそ、新日本党が政権を奪取して憲法などを改正し、国会を消滅させられたのは奇跡のように思える。基本的に現状維持を望んでいると思っていた日本国民の中にも、何とかいい方向に政治を変えられないかと願う人が多かったのだろう。政治学者の中には「無血革命」と評する人までいた。北岡琢磨の感覚では、民主主義という大前提は変わらぬまま、システムをアップデートしただけなのだが。いや……磯貝はかつてよく言っていた。日本人は本当の民主主義を知らない。民衆の間で盛り上がった運動が政権を変えたことは一度もないのだ。基本的に日本人は「お上」の言うことに唯々諾々と従い、多少困ったことがあってもひたすら耐えてきた。その結果、政治家と一般国民の感覚には大きな乖離《かいり》が生じてしまった。

議会制民主主義の最大のメリットは、その効率の良さだろう。自分たちの代表を選んで、その中から国家の最高権力者たる首相を選出し、政治を任せてしまう――しかし時代は変わった。国民全員の参加によるネット投票も、理論上は可能なのだ。もちろんそれは現実的ではないから、選ばれた千人が代表として国民議会を作る。これによって、国会議員の選挙費用、歳費や手当などを全てカットできたわけで、それだけでも大きかったと思う。結局国民は、「無駄な金が使われる」ことを嫌うのだ。

「問題は宮川都知事だな」磯貝保が急に表情を引き締める。

「そうですね。今回は、首相選挙に出馬すると思ったんですが」

「あの人は、時流を読むのが上手い。今回は勝ち目なしと見て沈黙したんだろう。国民議会はまだ一種のブームになっている。そんな中で、揺り戻しを主張して出馬しても、票は取れないという計算なんだろうな」

「四年後では、もう手遅れかもしれません。さらに費用をかけて国会を復活させるのは、国民のコスト意識に合いませんよ」

「そうであればいいが……宮川都知事は発信力のある人だ。おそらく次の選挙に向けて、国民議会に対するネガティブ・キャンペーンを仕かけてくるだろう」

「承知しています。それに対しては、対策を考えていますから」

「頼む。国民議会はまだ成長途中なんだ。これから地方議会にもこの流れを広めていくためには、歩みを止めるわけにはいかない」

「選挙関連の法案については、改正案を揉んでいます。ただし、相手は全国各地にいるわけですし、強引な手段に出ると反発を食らいます」

「そこは私も協力できる。新日本党の今後の仕事は、直接民主制を地方にも広げることだ。それで大幅にコストをカットできるし、地方政界に巣食う古い悪を一掃できるだろう。そこまでやって初めて、日本は新しい民主主義国家に生まれ変われる」

「ただしそれで、日本の衰亡を食い止められるかどうかは分かりませんが」

「あなたは、悲観的過ぎる」磯貝保が豪快に笑った。「何十年も、若い人が子どもを持ちにくい状況が続いていた。根っこにある問題は、女性の社会進出だよ。『男性並みに働いてもいい』としただけで、民自連政権は必要なバックアップを考えていなかった。男性と同じように働いて、しかも子どもも産んで育てろというのは、女性の負担が大き過ぎる。きちんと公的なサポートを考えて、それから女性も男性並みの待遇で仕事ができるようにすべきだったんだ」

「今になって考えれば、失政ですね。その件については、新日本党の大きなテーマとして取り組んでいきます」

「頼もしい限りだ。私はせいぜいバックアップに回らせてもらうよ」

「磯貝さんが表に立ってくれないと、上手くいきませんよ」

「ジジイはさっさと去るべきなんだ」磯貝保が豪快に笑った。「今はあなたが党の顔だ。日本の顔だ。あなたが積極的に前に出て、日本を変えていけばいい。私は必死で下支えするよ。でも常に、選挙のことを忘れないように。やりにくいかもしれないが」

「そんなこともないですけど」否定したものの、自信はない。

「血のつながった叔母さんと選挙で争うのは、気が進まないんじゃないか？　特にあの人は、選挙に強いしな」

それは間違いない。弁護士だった叔母の宮川英子が政界に転身したのは、三十年近く前。北岡琢磨はまだ未成年だったが、それでも身内から政治家が出たことに大きな衝撃を受けた。正確には刺激というべきか。彼女が政治家にならなければ、北岡琢磨も政治の世界を目指そうとはしなかっただろう。大学では政治を学び、卒業後に宮川英子の秘書をしばらく務め、その後民自連から出馬して無事に代議士になった。ただし、北岡琢磨は民自連を飛び出した磯貝保に同調して新日本党の結成に参加し、国会廃止の政策を強烈に推進してきて、旧体制とは袂《たもと》を分かった。その間叔母は政界での発言力・影響力を強めてきたのだが、国会が解散した後には都知事に転身して、国政とは距離を置いてしまった。長い間直接話していないので真意は分からないが、周辺の見方では、民自連の再興、議会制民主主義への揺り戻しを狙っているという。ただし、国会がなくなっても民自連内での暗闘は今でも続いており、「たぬき」と揶揄される叔母の真意は読みにくい。

「直接戦うわけではないから、心配はしていません」

「タイミング的に、都知事は次の首相選挙が最後のチャンスだろう。落ちれば政治生命が絶たれる。それでも構わないと思っているのか？」

「都知事も頃合いです。それこそ引っこんでいただいてもいいぐらいだ」

「その心意気は大事だが、辛《つら》いことになるかもしれん。身内が選挙で争うということは、ほとんどないんだ」

「分かりますが、やらなくてはならないことですから」

「実に頼もしい」磯貝保が満足げにうなずいた。「それでこそ、私は引退できるというものだ」

「引退はまだ早いですよ」

「自分の引き際は自分で考えるさ。誰かに言われて身を引くのは、一番みっともないと思う」

「肝に銘じておきます」

政治の師との会話は快いが、いつも微妙に疲れる。今でも口頭試問を受けているような気分になるのだ。

首相官邸から磯貝保を送り出した後も、北岡琢磨は忙しい。各省庁からひっきりなしに報告が入り、直接会って相談しなければならない事案も多いのだ。

今日は、外務省で重大な話があった。夏、首相として初の外遊が控えている。アメリカ、ヨーロッパと回って各国首脳に顔と名前を売るのが役目だ。国会がなくなっても、結局首相の仕事はさほど変わらない——新しく就任すれば、まずはアメリカのご機嫌伺いということだ。

ただし、昔とは状況が違う。アメリカ側は、日本の直接民主制に疑念を感じているのだ。大統領を頂点にしたアメリカの民主主義は非常に複雑な制度であり、日本が選んだシンプルな直接民主制の行く末に警戒感を抱いているのだという。

「要するに、馬鹿な判断をする可能性があると思われているということです」

そう解説したのは、外務大臣の新谷治郎《しんたにじろう》だった。元々外務官僚で、事務次官を務めていたのだが、北岡琢磨が一本釣りで外務大臣に任命した。この辺の塩梅《あんばい》は難しいところ……大臣の「資格要件」はない。政党で活動する政治家でもいいし、役所のトップ、あるいは民間から選んでもいい。今のところ、省庁次官からの大臣登用は新谷を含めて二人だが、どれぐらいの人数を入れたら適切か、明確な方針はまだない。

国民議会の密《ひそ》かな目的の一つが、官僚のプライドを充足させ、これまで以上に必死に仕事をしてもらうことである。民自連政権末期には、官僚人事も内閣官房がすっかり握ってしまい、官僚は萎縮していた。その呪縛から解放して、仕事を効率化し、今まで以上にしっかり仕事をしてもらう——大臣への抜擢は、その誘い水である。これまで官僚は、どんなに頑張っても事務次官止まり、上には必ず政治家が大臣として君臨し、さらに副大臣、政務官と多数いる政治家の顔色を窺《うかが》って仕事をしなければならなかった。しかし今は、大臣になれる可能性もある。官僚を上手く動かすには、プライドをくすぐり、目の前に人参《にんじん》をぶら下げる必要があるのだ。そのため俸給も大幅アップさせた。次官では年俸五千万円に達する。

　実際、日本の官僚は優秀だと思う。チャンスと報酬をきちんと与えれば、日本を間違った方向へ導くことはまずないはずだ。このところ、官僚を目指す学生が減ってきているというが、今後は希望者が増えればいいと思う。競争率が高くなれば、それだけ優秀な若者が集まるはずだ。

「まあ、僕がアメリカの大統領でも心配しますよ。政治の素人が政策決定に参加すると、ろくでもないことを決めると思いこんでるんでしょう」北岡琢磨は自嘲気味に言った。

「ただし、向こうを安心させる手はあります。国際経済と安保について、既定路線の継続を強調すればいい。極東政策に関しては、アメリカの対応は微妙に揺れ動きますけど、こちらは必ず追随すると宣言するのが肝心ですよ」

「共和党は、極東対策には熱心ではないですけどね」

「今やアメリカも内向きですからね。モンロー主義の再来ですよ。でもこのグローバル時代に、そんなことはあり得ない。外交を無視して、自国だけで生きていける時代じゃないですから。いずれにせよ、アメリカでの要人との会談は重要です。大統領だけでなく、議会関係者にも愛嬌《あいきょう》を振りまいてもらわないと」

「直接選挙で首相が選ばれることに関しては、アメリカ側はどう見ているんですか？」

「安定して四年間つき合えることに関してはプラス評価だと思います。でも、様子見ではありますね。北岡首相、ここは個人的な魅力でアメリカ人を籠絡すべきところですよ」

「相手がアメリカ人だとねえ。通用するかどうか」北岡琢磨は苦笑した。

「選挙では圧倒的だったじゃないですか。首相には、人間的な魅力があるんです」新谷は非常に怜悧《れいり》かつ冷たいイメージのある人間だ。実際、不用意に人を持ち上げることはしない。

「日本人に受けたからと言って、アメリカ人に受けるとは考えにくい」

「向こうで、トークショーへの出演を調整しています」

「トークショー？」

「アメリカでは、夜の十一時台のテレビ番組と言えばトークショーなんですよ。どれも視聴率はいい。日本の歴代首相は出演経験がありませんから、話題にもなりますよ。首相の英語力なら、問題なくこなせるでしょう」

「トークショーねえ」北岡琢磨は顎を撫《な》でた。そういうナンパな仕事は……しかしアメリカで顔を売るためには、チャレンジしていくべきかもしれない。特にアメリカ側が日本の新体制を警戒しているなら、それを打ち破るための積極的な作戦も必要だろう。政治体制が変わっても、日本はアメリカと上手くやっていかねばならない。

「どうですか？　受けてもらえますか？　首相にやる気があるなら、本格的に調整しますよ」

「お任せします。本当に決まったら、参考までにトークショーの過去映像を観《み》たいですね」

「もちろん、もう用意してあります」眼鏡の奥で新谷が笑った。「出演の調整ができたら、すぐにお渡ししますので」

「よろしくお願いしますよ」

「とにかく、初の外遊は大事です。日本には、諸外国に対する敵意はない、これまで通りに世界平和に貢献する友好的な国だとアピールするための外遊です」

「承知していますよ」

「首相の魅力をたっぷり振りまいて下さい。我々も全力でサポートします」

「お願いします。頑張りましょう」

この外遊は面倒なことになりそうだ。しかし、きちんと誠意を見せておくのは外交において何より大事である。

自分の任期は、最大八年。その間に何ができるかできないか、見極めるための旅にもなりそうだ。


国民議員調査委員会は、旧国会議事堂内にある。国会は物理的には開催されなくなったものの、議会事務局などはここにあって、事務作業を行っている。いずれはもっとコンパクトな場所に移転し、旧国会議事堂は新たな「憲政記念館」になる予定だという。

田村さくらが旧国会議事堂に足を踏み入れるのは初めてだったが、安藤司という職員は平然としている。毎日ここで仕事をしているのだから当然かもしれないが、何だか自分の素人っぽさを思い知らされる感じになった。

安藤司は三十歳ぐらいの若い職員で、部屋へ案内しながら自分のことを話してくれた。大学を出て、衆院の事務局に勤務するようになり、その後国会消滅という大変革を経て、議員調査委員会のスタッフになっている。まさかこんな仕事をするとは思わなかった、と彼は率直に打ち明けた。

この調査委員会について、田村さくらは何となく怖い存在だと想像していた。様々な形で国民議員の活動をサポートするだけでなく、活動を監視し、必要なら懲罰委員会にかける。あるいは市民からのリコール請求に応じて、国民議員の身辺を調査する。裁判所と弁護士、検察が一緒になったような組織である。

天井の高い会議室に入ると、田村さくらは自分が異常に緊張しているのを意識した。

「どうかしましたか？」水のペットボトルを差し出しながら、安藤司が訊ねた。

「いえ……こんなところに来たら緊張します。第一期の国民議員の人が、逮捕されていますよね？　あれも調査委員会の仕事じゃないんですか」

「動いたのは地元の検察です。私たちは——まあ、その話はいいでしょう。捜査の秘密もあるので」

「でも、調査委員会は国民議員のことを調べるのが仕事ですよね？」

「調査委員会は、議員を守るのも仕事です。最初に確認しましたけど、ＳＮＳの中傷でお困りですよね」

「ああ……はい。でも、直接被害は受けていませんけど」

「ＳＮＳはやっておられる？」

「公開はしてません。裏アカです」

「閉鎖した方がいいかもしれません。それで何か、困ることはありますか？　連絡用に絶対必要だとか」

「いえ……大丈夫です」元々、ＳＮＳの情報を検索するために取得したアカウントで、実際にはそれほど使っていなかった。

「こちらも動いています。過激な中傷をしている人に対しては、直ちに警告しますから」

「そういうことまでチェックしているんですか？」田村さくらは思わず目を見開いた。

「今はＳＮＳでの誹謗中傷が大きな問題ですから、警察や検察とも連携して、いち早く警告するようにしています。そのために、法改正も行いました」

その話はぼんやりと覚えていた。発信者を特定する手続きには時間と金がかかり、それが故にネット上の誹謗中傷に泣き寝入りしてきた人も多かったのだが、法改正で、非常にスムーズに発信者の特定ができるようになったのだ。

「それじゃあ、私に対する誹謗中傷を発信している人も、誰だか分かったんですか」

「もちろんです。発端は、ほんの数人ですよ。それがリツイートされて広がっただけです。それでですね……我々としては、警告に止《とど》めるか刑事事件として成立させるか、まだ判断していません。ただし、何らかの形で決着をつけたら、それは公表しようと思います」

「私の名前も出ますよね」そこが心配になった。結局、悪い形で名前を売ることになってしまうのではないだろうか。

「出ます。これは抑止力になるんです」

「そういうことをしたら、今後は名前を晒される、あるいは刑事罰を受けるかもしれないということですか」

「そうです」安藤司がうなずく。「一罰百戒ではないですが、不当な誹謗中傷をすれば法的な罰も社会的制裁も受けるということを、アピールするわけです。国民議員の方は、無責任な非難を受ける恐れが強いことは分かっていました。早いうちに潰しておかなくてはいけないんです。あなたを犠牲にするわけではないですが……そもそも、誹謗中傷を我慢するのは気分が悪いでしょう。自由に議員活動をするためにも、こういう対策は必要なんです」

「……分かりました」もしもそれで収まれば、それに越したことはない。国民議員なんかやっていると、些細なこと――悪いこともしていないのに叩かれると分かったのは辛いことだが、こうやってフォローしてもらえるなら助かる。

「熱心に活動していただいているのは、ありがたい限りなんですよ」安藤が慰めるように言った。「あなたのように若い人が議員決議の提案者になるのは、国民議会としては理想の展開なんです」

「そうなんですか？」

「国民議会は民主主義の学校――借り物の民主主義しか経験していなかった日本人が、自ら政治に参加することで本当の民主主義を学ぶ、ということです。これは磯貝前首相の受け売りですが」

「でも、日本の民主主義も、百年以上の歴史があるじゃないですか。戦後だけと考えても、八十年以上です」

「でもそれは、誰かから与えられた民主主義なんですよ。あなたも、政治の世界なんか自分に関係ない、はるか遠くの存在だと思っていませんでしたか？」

「それは……はい」認めざるを得ない。

「衆院事務局で働いていた私だって、そういう感覚はありました」

「本当ですか？」議員を間近に見て、世話を焼いていても？

「そんなものですよ」安藤司は苦笑した。「とにかく安心して、これからも議員活動に邁進《まいしん》して下さい。我々が必ずあなたを守りますから」

「ありがとうございます」髪がテーブルにつくほど深く頭を下げる。さっと髪をかき上げると、思わず安堵《あんど》の吐息を漏らしてしまった。「本当は、どうしようかと思っていたんです」

「あなたが想像するよりもずっと、我々は頑張っていますよ。私たちこそ、国民議会を守る防波堤だと思っていますから」


「パパ、きついわ」

「おお、どうした」父の裕作は、何故《なぜ》か嬉しそうだった。

「国民議員って、こんなにきついと思わなかったわ」

ネットで叩かれたことは、父は知らないようだ。だったらわざわざ教えることもないのだが
……つい話してしまった。

「そうか、全然気づいてなかった。早く教えてくれればよかったのに」

「でも、パパに教えてもどうにもならなかったわよ」

「そうだけど、何か手を考えたよ」

「そう言ってもらえるだけでありがたいけど……何とかなりそうだから」

「調査委員会はすごいもんだな」父が感心したように言った。「秘密警察みたいな感じもするが」

「何か、経験してきてないことばかりで、目が回りそう」

「だけどそれも、いい経験だ」

「そうなるといいけど」

「それで、面白いか？」

「面白いかどうか……難しくてまだ何とも言えないけど、初めてのことばかりだからやりがいはあるわ」

「いいことだ。それで——地方はどうなるのかな」

「それは、総務委員会で話し合っていることだから、私は詳しくは知らないけど」父が何を心配しているかはすぐに分かった。新日本党は、国会だけではなく地方議会の廃止も公約に入れている。まず国会を廃止したのは、中央から始めた方が効果的という計算からだ、と言われていた。地方議会に関しては、今でも「廃止反対」の声が大きい——新日本党は地方組織が弱いので、この辺に関して上手くコンセンサスが取れないのだろう。

「やっぱり地方議会は廃止に反対なの？」

「先生方に話を聞くと、けしからんと言われるよ」父が笑った。「でも、地方議会がなくなれば、俺の仕事は減るだろうな。選挙の面倒を見なくていいんだから」

「まさか、失業するなんてないよね？」

「公務員だから、その心配はないと思う。でも配置換えはあるだろうな。たぶん、地方議会の事務局へ——議会事務局の仕事は、今より大変になるみたいだ」

「私みたいな素人を相手にしないといけないから？」

「ま、そういうことだ。お前も、議会事務局や調査委員会に迷惑かけないようにしろよ」

「私は普通にやってるだけよ」しかし、それにいちゃもんをつけてくる人がいる——調査委員会は素早く対応してくれたとはいえ、今後もモグラ叩きのようになるのではないだろうか。それこそ、一罰百戒になるといいのだが。

「ま、大学生議員としてしっかり務めろよ」父が話をまとめにかかった。

「そのつもり」

「実に頼もしいな」

笑い声を上げて、父が電話を切った。さあ、気合いを入れていかないと。

日本国憲法

第六十七条　内閣総理大臣は、十八歳以上の国民の直接投票によりこれを選ぶ。

第六十八条　内閣総理大臣は、国務大臣を任命する。

第二章　関西台風

「――安全を確保してお伝えしています。現在、台風12号は紀伊《きい》半島に上陸し、今後は大阪から北陸方面へ抜けるコースを取ると予想されています。関西地方では雨風ともに激しくなり、和歌山県太地町《たいじちょう》では一時間あたりの雨量が一〇〇ミリを超えているため、災害の危険性が高まっています。安全を確保して早めの避難を心がけて下さい。現在、関西地方には大雨特別警報が発表されています。数十年に一度の降水量が予想され、既に災害が発生している可能性もあります」

北岡琢磨は首相官邸で待機中だった。関係閣僚も集まって、テレビのニュースを見守っている。さらに気象庁、国土交通省、警察庁などから次々と報告が入ってきていた。首相になって初めて着る防災服……水色の地味な服はデザインとしては最悪だが、これが緊急時のアイコンになるだろう。

午後十一時。最悪のタイミングで台風は上陸した。夜だと被害が出ても状況が把握しにくく、結果的に救助活動も遅れてしまったりする。

「椎名《しいな》さん、陸上自衛隊の出動準備をお願いします」北岡琢磨は、テレビの画面に視線を据えたまま、防衛大臣の椎名照雄《てるお》に指示した。

「既に準備に入っています。伊丹《いたみ》と千僧《せんぞ》の駐屯地が出動可能ですが、この風雨では、実際に出動するのは難しいと思います。それにまだ、現地から災害派遣要請も出ていません」

大きな災害の場合、都道府県知事らが現地の状況を把握して、防衛大臣に災害派遣を要請、それから部隊に派遣命令が出る。しかし北岡琢磨は、この流れが無駄だと常々感じていた。一人でも多くの人命を救うためには、時間との勝負になる。今は現地にいなくとも状況を把握できる手段はいくらでもあるわけで、中央から派遣命令を出せば、貴重な時間を無駄にしなくて済む。そうすれば、首相のリーダーシップもアピールできる。

「椎名さん、こちらから派遣命令を出しましょう」

「しかし、それでは手順が……」椎名の顔色が変わった。椎名は新日本党における「防衛族」の一人であり、最後の政党内閣では防衛副大臣を務めた。陸上自衛隊出身で、海外への派遣も何度も経験している。現場もよく知る立場として、北岡琢磨は頼りにしていた。

「新体制になってから、初めての大きな災害ですよ。いち早く対策を講じなければ、被害が大きくなる。それだけは絶対に避けたい。準備を整えて下さい」

「――分かりました」勢いに押されたのか、椎名がうなずく。すぐにスマートフォンを取り出して部屋を出て行った。

「首相、あまり焦らずとも……」

女房役である官房長官の内村晋助《うちむらしんすけ》が、軽く諌《いさ》めた。北岡琢磨より十歳年上の内村晋助は政治経験が豊富で、新日本党が政権を奪取する際に、陰の立役者になった人物である。北岡琢磨も全幅の信頼を寄せていた。しかしこの件に関しては、譲るつもりはない。

「内村さん、新制度は国会をなくしただけが目玉じゃないんですよ。直接選挙によって、大統領型の強い首相も目指しているんです」

「それは分かりますが、災害対策であまり積極的に出ても、プラスになる可能性は低いですよ。被害状況は現地の方がよく分かっているんですから、その報告を受けてからでも——」

「ここで、たった今入ってきたニュースです」テレビの画面で、アナウンサーが緊迫した口調で告げた。内村晋助も北岡琢磨も口を閉ざし、画面に視線を向ける。「関西国際空港の国際貨物地区のうち一期部分が浸水したという情報が入ってきました。現在、空港の運営会社、警察などで被害状況を調べています。空港は全体が停電しており、被害確認には相当の時間がかかる模様です。繰り返します。関西国際空港の国際貨物地区が水没したという情報が入ってきました」

映像はない。空港には定点観測カメラが設置されているはずだが、停電の影響でそれも使えないのかもしれない。

「内村さん、これはまずい」北岡琢磨はソファの肘かけを握り締めた。

「関空《かんくう》は、これで二度目の浸水ですよ」内村晋助が舌打ちした。「まったくもって対策がなっていない」

「対策想定を上回る災害が起きることだってあります。ただちに関係各所に連絡を取って、被害状況の把握を進めて下さい」

「分かりました」

北岡琢磨もオペレーションルームへ移動した。ここは各省庁とオンラインでダイレクトにつなぎ、リアルタイムで情報収集・指示ができる場所になっている。緊急事態の際の、日本の最高司令部だ。今までこの部屋で仕事をしたことはなかったから、さすがに緊張する。

オペレーションルームは、核攻撃など最悪の事態も想定して地下に造られているため、窓がない。移動途中の廊下の窓から外を見ると、木々がかなり大きく揺れているのが分かった。台風が上陸したのは紀伊半島だが、既に関東にも影響が出始めているわけだ。関西地方のインフラなどは、ずたずたにされる恐れがある。

ひっきりなしに電話が鳴っている。今はメールやメッセージでのやり取りが普通だが、こういう緊急時にはやはり電話が頼りになるわけか……こんな風に着信音が鳴り響く場所にいるのは久しぶりだ。考えてみれば、旧制度での選挙——選挙事務所に詰めている時がこんな感じであった。首相選挙は、それとはまったく様相が違う。全国を駆け回って辻立《つじだ》ちや集会もこなしたが、どちらかというとＳＮＳでの発信などによる「空中戦」が中心だったと思う。国会をなくしたことで、多大なエネルギーと費用を必要とした国政選挙が消滅したのはいいことだが、首相を公選で選ぶ制度が導入されたので、選挙自体がなくなったわけではない。もちろん地方では、まだ泥臭い選挙戦が行われている。

官房長官の内村晋助は、内閣官房の若手職員から報告を受けていた。立ったまま、眼鏡を額にはね上げると、顔をタブレット端末に近づけて顔をしかめる。職員に向かって「引き続き情報収集を頼む」と声をかけると、北岡琢磨に近づいて来た。

「首相、関空の被害はかなり大きいようです。以前の台風での浸水以上の被害になる可能性があると」

「分かりました。他の交通機関はどうですか？」

「公共交通機関は既に計画運休に入っていますから、現在被害報告はありません。あとは河川氾濫や土砂崩れが心配ですね」

「今のところ、情報の流れはどうですか？　遅滞なく入ってきていますか？」

「いや……」内村晋助が壁の時計を見上げた。「この時間ですから、厳しいですね。災害派遣要請が出ない限り、消防も警察も動かないのが普通です。この規模の台風だと、二次災害の恐れもありますからね」

「自衛隊の災害派遣が必要だ。まず、関空に向かわせましょう。関空が完全に孤立してしまう恐れがある」

「しかし――」

そこへ椎名防衛大臣が入って来た。眉間に皺《しわ》を寄せ、明らかに機嫌が悪い。

「首相、自衛隊は災害派遣出動の準備を整えています」

「では、直ちに関空へ向かって出動するように要請して下さい」

「防衛大臣として、やはりそれはお勧めできません」椎名は頑《かたく》なだった。「既に交通網が分断されている可能性が高いです。二次災害の恐れもありますよ」

「そういう時にこそ出動するのが自衛隊の役目でしょう。国民はそれを期待している」

「朝になって状況を把握できたら、即座に出動させます。それまで待って下さい」椎名が食い下がる。

「首相、功を焦ってはいけませんよ」内村晋助がやんわりと釘《くぎ》を刺した。「指導力を発揮したいのは分かります。新体制になって、これまでとは違う即断即決でやりたい――そのお考えには全面的に賛成します。しかし、一歩引いて考えるのも大事ではありませんか？　二次災害が起きたら、それこそ本末転倒です。自分の評判のために自衛隊に無理をさせたと批判されても仕方ありませんよ」

「いや、国民の安全を守るのは我々の義務です」北岡琢磨は、内村晋助の厳しい指摘に対しても譲らなかった。「のろのろしているうちに被害が拡大してしまったことは、これまで何度となくあった」

現場は優秀だがトップが使えない――日本の政治に対してそういう批判がずっと続いていたことは、北岡琢磨も重々承知している。それに、現場の判断に後から文句をつけて萎縮させてしまうケースも珍しくなかった。現場の人間が、自分の判断で素早く動けるのを許可しておくのがトップの仕事である。それと同時に、トップもいち早く判断して現場に指示を出す。これは、首相選挙の時の公約でもある。その公約を守れるかどうか、試されるチャンスが早くも訪れたわけだ。

「自衛隊に出動要請を」北岡琢磨は声を低くして再度指示した。「何かあったら責任は私が取ります」

「私には、防衛大臣として自衛官の安全を確保する義務もあります。危険な出動は――」

「お願いします」北岡琢磨は頭を下げた。「総合的に判断して、ここは自衛隊に現場に出てもらうしかない。市民の安全を守るためです」

椎名がまじまじと北岡琢磨の顔を見た。現役自衛官だった頃の顔つきはこうだったのではないかと思わせる、険しい表情である。

「――分かりました。それでは、直ちに」

折れた椎名が、防衛省との直通電話を取り上げた。低い声で短く指示を与えると、受話器を置いて北岡琢磨にうなずきかける。

「伊丹と千僧の駐屯地から災害救助部隊が出動します。ただし、夜中に活動ができるかどうかは分かりません」

「そこに自衛官がいるだけで、市民は安心するんです」

「では」椎名が顎にぐっと力を入れる。「私は防衛省に詰めています」

椎名がオペレーションルームを出ていくと、わずかだが現場の空気が緩んだ。しかし内村晋助だけは変わらず、ピリピリした雰囲気を撒《ま》き散らしている。すっと北岡琢磨に近づいて、ささやくように告げた。

「首相、マイナス面も覚悟しておかねばなりませんよ」

「どういうことですか」

「謝罪です」

「謝罪？」何もミスをしていないのに？

「万が一ですが、二次災害が起きた場合にはすぐに謝罪すべきです。民自連政権の時代には、常に謝罪が不適当で、政治不信を招きました。その二の舞は……」

「分かっています」北岡琢磨はうなずいた。「万が一のことがあれば――そうです。すぐに私が頭を下げますよ。それも即断即決ということでしょう。ただし、自衛官はプロだ。プロは何よりもまず、自分の安全を確保するものでしょう」

「まあ……何もないことを祈ります」

内村晋助が曖昧に言った。それが不吉な兆候のように、北岡琢磨には感じられた。

午前零時を過ぎ、内村晋助が記者会見した。北岡は自分が会見すると主張したのだが、内村晋助の判断は「出ない方がいい」。もちろん、首相が自分の言葉で国民に直接語りかけることは大事なのだが、首相が出てくる重みは大変なものがある。逆に、あまり頻繁に会見していると、危機感がなくなってしまう——ここは彼に任せることにした。

北岡琢磨は、オペレーションルームのモニターで会見の様子を見守った。官房長官はそつなくこなしている。声のトーンが一切変わらないのはさすがだな、と思った。関西地方の被害は拡大する一方だが、だからと言ってそれを伝える人間が興奮して甲高い声を上げてしまったら、実際の被害以上の惨状を、見る者に想像させてしまう。

質問が相次いだが、まだ情報は少ない。それでも記者たちは厳しく突っこもうとしなかった。夜中、情報がまだ満足に集まっていないことは、当然承知しているのだろう。

会見は短く終わり、内村晋助がオペレーションルームに入って来た。額の汗を、しきりにハンカチで拭っている。

「お疲れ様でした」北岡琢磨はまず労《ねぎら》った。

「いえいえ」内村晋助がミネラルウォーターのペットボトルを取り上げて一口飲んだ。「勝負はこれからですよ。首相、少しお休みになって下さい」

「内村さんこそ」

「私はもう少しここにいます。何かあればすぐにお呼びしますから」

北岡琢磨は結局引いた。ここが自分にとっての現場——離れたくないという気持ちは強かったが、今できることはない。だったら少しでも休んで体調を整えておくのも、指揮官の役目だろう。

官邸には仮眠室もある。ほどよくエアコンが効いた狭い部屋の中で、北岡琢磨はワイシャツ一枚になってベッドに潜りこんだ。後頭部に両手をあてがい、目を閉じる。眠気はまったくやってこなかった。やはりオペレーションルームにいるべきではないだろうか。何ができるわけではないが、指揮官は常に姿を見せておくのも仕事のはず——しかし、大きく構えて焦らないのも大事だろう。現場の人たちはしっかりやってくれるはずだし、関係各省庁も全力で対応している。自分の出る番がないのが一番いいぐらいなのだ。

いつしか眠りに引きずりこまれていた。浅く短い眠り——スマートフォンが鳴って、一気に現実に引き戻される。画面を確認すると、内村晋助だった。

「首相、オペレーションルームにお出《い》で下さい」

「何かありましたか？」何時だろう……目が届く範囲に時計はない。

「事故です」

「事故？」

「現場に向かう自衛隊の車両が、途中で事故を起こしました」

「状況は？」一気に頭に血が上る。

「まだ詳細は分かりません。警察の事故処理もできていない様子で」

「分かりました。すぐに行きます」

ベッドから跳ね起き、服装を整えた。髪は乱れてしまっているが仕方ない。スマートフォンで時刻を確認すると、午前四時だった。

オペレーションルームは、戦場のような騒ぎになっていた。椎名は受話器に向かって怒鳴っている。内村晋助がさっと近づいて来て、「現在の状況です」とタブレット端末を渡してくれた。

発生時刻は午前二時過ぎ、現場は大阪・高石市《たかいし》の国道二十六号。輸送車両が横転し、複数の負傷者が出ているという。原因は不明。

「雨か突風のせいでしょうか」北岡琢磨は首を傾げた。

「分かりません。高速が全面的に通行止めになっていたので、下道で向かっていたのですが、状況はよくなかったでしょうね。台風の真ん中を走るようなものです」

目の前が真っ暗になった。この事故の原因は自分にある。現場の状況を詳しく把握しないまま、出動を命じたのだから……タブレットを持つ手が震えてしまう。気配に気づいて顔を上げると、椎名防衛大臣が近づいて来た。

「二人の死亡が確認されました。さらに二人、意識不明の重体です」

「分かりました」北岡琢磨は、気取られぬように気をつけて唾を呑んだ。

「首相、非常にまずい状態です」椎名が指摘した。

「承知しています」覚悟を決めろ、と北岡琢磨は自分に言い聞かせた。「とにかく、状況把握をお願いします。私は——謝罪の準備を進めます」

「いえ、それは私の役目です」椎名が険しい表情になった。「自衛隊の指揮官として、事故の責任は私にありますから」

「分かりました。状況をある程度把握したら、一緒に会見しましょう」

「首相……」

「最高責任者の仕事は、こういう時に謝ることじゃないですか。それが磯貝さんの教えでもあります」

「まあ……」椎名が唇を噛んだ。「とにかく、状況を把握してからにしましょう。しばらくお待ち下さい。官房長官、会見の手筈《てはず》はお任せしていいですか」

「承知しました」内村晋助がうなずく。

椎名がオペレーションルームを出ていくと、内村晋助が溜息《ためいき》を漏らした。

「首相、やはり拙速だったと思います」

「返す言葉もありません」北岡琢磨は唇を噛み締めた。内村晋助の悪い予想が当たってしまった。

「即断即決で事態の収拾を図る――意図は分かります。しかし事は災害ですから。刻一刻状況は変わるし、情報が少ない状態では動くべきではなかったですね」

「今後の参考にします」

「謝罪は……しょうがないですね。謝罪も即断即決です」


会見は午前六時から、重苦しい雰囲気で始まった。官邸の会見室には、夜通し待機していた記者たちが集まっている。一様に疲れた表情――どうしてもどんよりした空気になってしまう。

椎名が主導して、事故の状況を説明する。質疑応答が一段落したところで、北岡琢磨は立ち上がった。

「まず、亡くなられた自衛隊員とそのご家族に、お悔やみとお詫《わ》びを申し上げます」一度言葉を切って、深々と頭を下げる。「通常、自衛隊の災害派遣は、地元知事からの要請を受けて行われます。しかし今回、未曾有《みぞう》の大災害に発展する可能性があり、いち早い出動が必要と判断し、知事の要請を待たずに私が災害出動を命じました。その結果起きてしまった事故です。全ての責任は私にあります。もう一度、お悔やみとお詫びを申し上げます」

　さらに一礼。そこで着席したが、記者たちからは厳しい質問が飛んできた。

「現地の状況が把握できていないままに出動を命じたことになるのでしょうか」

「ご指摘の通りで、状況把握が不十分だったのは間違いありません。それでも、一刻も早い出動が必要と判断しました」

「情報不足の状態で、しかも知事の要請を受けずに出動を命じるのは、問題があると思いますが、どうお考えですか」

「緊急事態と判断しました。批判については甘んじて受け入れます」

「自衛隊員に犠牲者が出てしまったことに関して、出動を命じた責任者としてどのように責任をお取りになるつもりでしょうか」

「総合的に判断したいと思います」

　そこで質問は切れたが、北岡琢磨は激しく後悔していた。「総合的に判断――」まさに民自連末期に特有だった、曖昧な答弁だ。そして結局、誰も責任を取らない。取らないのは、総合的に判断した結果ということで、それ以上の説明は一切ない。

　会見を終えてオペレーションルームに戻ると、朝食が用意されていた。とても食べる気になれないが、今日も長くなりそうなので、無理に握り飯を頬張る。もしかしたらこれは、自分にとって――新日本党が始めた新体制にとっても、致命的なダメージになるかもしれない。

「ここは攻めるタイミングです」都知事の宮川英子は、即座に断じた。「議会で責任を追及すべきです。首相を引きずり下ろせば、新体制を揺るがすことができる。未《いま》だに砂上の楼閣のようなものですから、一度揺れれば一気に崩れる可能性もありますよ」

「質問で攻めるしかないでしょうね。今回の台風被害に関して、災害対策委員会が招集されるでしょう？　そこに首相を引きずり出して、徹底して叩くんです。首相官邸のオペレーションルームでどんな意思決定がなされたか――そういうことを明るみに出したい」

「あなたの方で、官邸にネタ元はいないいんですか」

「話を聞ける人はいます」

「だったらまず、情報を収集して。それを材料にして、首相を追い詰める。情報は小出しにした方が、相手のダメージは大きくなるから、じわじわやりましょう。これで終わったと安心したところで、新しい攻撃材料が出てくる方がいい」宮川英子が、長年の政治活動で学んだことだった。議会での質問は、暴力のない喧嘩《けんか》である。やり方によっては、相手に致命的なダメージを与えることができる。

「分かりました。情報を収集して、委員会で攻める手筈を整えます」

電話を切って、宮川英子は溜息をついた。相手は少し頼りない……民自連の都議会議員で、国民議員に選ばれた民自連党員とのつなぎ役になっているのだが、まだ四十五歳と若く、政治経験も豊富とは言えない。そして国民議員になった民自連党員は、「政治家」ではない。党員というだけで、政治的には素人なのだ。せめて議員経験者が何人か選ばれていれば、攻める手はいくらでもあるのだが……。

　気を取り直して、決裁書類に目を通す。しかし気持ちは書類から離れていく——四年後に首相になる人間として、新日本党、そして首相の北岡琢磨に今からダメージを与えておくのは大事である。しかし、自分がそれをやるべきかどうか。本当は、富沢大介が老骨に鞭《むち》打《う》って、作戦を展開すべきなのだ。どうせ今の富沢大介には、大した仕事はないのだから。

　ノックの音が響く。書類に目を通したまま「どうぞ」と声を上げた。

「失礼します」という挨拶とともに部屋に入って来たのは、秘書課長の三田《みた》道朗《みちろう》だった。

「決裁はもうちょっと待って下さい」少し作業が遅れているが、そう急《せ》かされても……しかし三田は別の用件を持ってきたのだった。

「民自連の富沢大介さんから連絡が入っていますが」

「あら、そっちに？」いつでも携帯で話せるのに、わざわざ秘書課を通したのはどうしてだろう。

「はい。面会をお求めですが、どうしますか？」

「この後のスケジュールは？」そういうことか。都知事ともなると、誰かが急に面会を求めてきても勝手にOKを出せるわけではない。その辺は秘書課の調整が必要なのだ。

「今日は、観光振興協会との面談があるだけです。午後一時半」

「だったら、その後で来てもらえれば会えますよ」

「できるだけ早く、ということなんですが」

　宮川英子は溜息をついた。あの爺《じい》さん、歳《とし》を取ってますます気が短くなってきたようだ。そこまで急いでいるなら、直接電話してくれれば何とかしたのに。

「観光振興協会との面談の前に、時間は取れますか？」

「食事の時間をカットしていただければ……」三田が申し訳なさそうに言った。

「しょうがないわね。美容と健康のために、食事は決まった時間に摂《と》りたいんだけど」

「お断りしますか？」

「そういうわけにもいかないでしょうね――十二時にここへ来てもらって」

「では、そのようにお伝えします」

三田が一礼して知事室を出ていこうとしたので、宮川英子は慌てて声をかけた。

「富沢さん、用件について何か言ってた？」

「いえ、私は伺っていません。面会を取り次いだだけです」

「そう……じゃあ、よろしくね」

昼飯抜きか。まあ、仕方ない。富沢大介ができるだけ早く会いたいというのだから、緊急の用件なのは間違いないはずだ。

富沢大介は、約束の時間ちょうどに知事室に入って来た。秘書課のスタッフがお茶を出す。宮川英子は、わざとらしく小さなチョコレートの包みを剝《む》いて口に放りこんだ。

「おやつですか？」

「昼食です」宮川英子は皮肉っぽく言った。

「これは失礼。時間を奪ってしまいましたか？」

「そうなりますね。まあ、食事なんかどうでもいいですけど。よほど緊急のご用件なんですよね？」

「ええ」

「でしたら、直接私に連絡をいただければ、何とかしましたよ」

「昼間の時間に直接電話するのは気が引けましてね。公務の邪魔になるでしょう。それに、知事のスケジュールを管理するのも秘書課の役目かと」

本気で言っているのだろうか？　富沢大介は図々しいし、自分には依然として権力があると思っているから、平然と電話ぐらいかけてきそうだが。まあ、いい。取り敢えず問題は「緊急の用件」の方だ。

「午前中、篠田《しのだ》君に連絡しましたね」

先ほど話した若い都議だ。話したことを否定はできない——おそらく篠田が直接富沢大介に相談したのだろう。富沢大介も元々東京出身の代議士で、今でも都内の地方政治家には大きな影響力を持っている。篠田が富沢大介を「師匠」と呼んでいたと思い出した。

「ええ」

「指示を与えたとか」

「指示？　ただのアドバイスですよ」

「なるほど……あまり感心できませんな」

「どういう話だったか、お聞きになってますか？」宮川英子は挑むように言った。

「災害対策委員会で、首相の責任を追及するように、という話でしょう。うちの国民議員を動かして」

「一気に追い落とすチャンスですよ。首相の無理な指示が原因で、犠牲者が出ているんですから」

「しかし、知事の独断でこういう指示を出されると困りますな」富沢大介は強気だった。

「では、民自連として、何か北岡首相を追い落とす方策を考えておられますか？」宮川英子は質問で返した。

「それは、常に考えていますよ」

「ではどうして、今回の件で失策を攻める作戦を取らなかったんですか。絶好の機会じゃないですか」

「この程度では、致命傷にはなりませんからね」

「富沢さん、それは甘い見方です」宮川英子は指摘した。「人命は何より大事です。首相の無茶な指示で、自衛官の貴重な命が奪われたんですから、重大事ですよ。即断即決は新日本党のモットーですが、それが裏目に出た。ここは一気に攻めるチャンスです。仮にこれで倒せなくても、最初のダメージは与えられる。北岡首相に、独裁者のイメージを植えつけられるでしょう」

「しかし首相は、いち早く謝罪している。そのせいか、ネット上での非難も、あまり広がっていない」

「だったら我々が広げるだけです。非難の声を増幅して、首相を追いこむんです」宮川英子は身を乗り出した。

「しかしねえ……」富沢大介はなかなか話に乗ってこない。

「私が勝手に動いたことが気に入りませんか」宮川英子はずばりと聞いた。「それこそ即断即決――誰にも相談しないで勝手に指示したのはまずかったですかね」

「実際あなたは、現在民自連の役職についているわけではない。無役の人が、民自連の議員を動かすのは、筋が違うでしょう」

「いいですか？　この際、民自連がどうこう言っている場合ではないんです。そもそも富沢先生は、民自連として政権を奪取するつもりがあるんですか？」

「もちろん」自信たっぷりに、富沢大介がうなずく。

「四年後に、まだ民自連が生き残っていると断言できますか？」

「当然でしょう」因縁をつけられたと思ったのか、富沢大介がむっとした表情で答える。「民自連以外に、政権を担当できる政党があると思いますか」

「最近の世論調査で、民自連の支持率は激減していますね」首相を輩出している新日本党の支持率は六〇パーセントを超えている。対して民自連は一五パーセント。これはそのまま、首相選挙の結果に表れていて、今回は「惨敗」と言える結末につながったのだ。「しかも今後、すぐに持ち直す材料もないでしょう」

「そもそも今、世論調査で政党支持率を調べる意味はない。首相を出すだけで、国会議員はいないわけですから」

「このままだと、民自連は忘れられてしまいますよ。そうなると、次の首相選挙でも勝負にならないでしょう。選挙は、現職の方が圧倒的に強い。だから、できるだけ早く北岡首相を引きずり下ろして、新日本党にダメージを与えることが肝要ですよ」

　仮に北岡が首相を辞任することがあっても、そのまますぐに首相選挙が行われるわけではない。「任期四年」の原則は絶対で、首相が辞任、あるいは死亡した場合は副首相が首相に昇格することになっている。これもアメリカのシステムにならったものだ。

「しかしあなたは、暴走した」

「暴走？　まだ何もしていないですよ」宮川英子は笑った。「指示したからと言って、それが上手く機能するとは思えない。篠田さんも頼りないし、国民議員もあてにできるかどうか——ただし、何もやらないよりはやった方がいいということです」

「しかし、党に無断で勝手なことをされたら、困りますな」富沢大介は依然として譲らなかった。

「民自連は、政党としては機能不全に陥っているんですよ。総裁が最近何かしましたか？　首相選挙で負けて、地方選挙でもまったく振るわない」

富沢大介がむっとして黙りこんだ。国会議員時代は、こんな風に年下の——しかも女性からやりこめられた経験などないのだろう。とにかく古い価値観の持ち主で、それをまったくアップデートできていない。民自連が政権から転落し、その後日本の政治が大きく変わってしまった原因は、こういう政治家が多かったからだと思う。

「富沢さん、ここは私に任せて下さい。必ず首相にマイナスポイントをつけますすよ」

「都知事の立場でそういう工作をしていると、後々問題にならないかね」

「表に出ないようにすればいいんです。バレないことは存在していない、ということですよ」

「あなたがそこまでむきになる理由は——」

「聞きたいですか？」宮川英子は富沢大介の顔を真っ直《まっす》ぐ見た。

「もちろん」

「四年後、私は首相選に出ます」宮川英子ははっきりと宣言した。「もちろん、民自連の正式候補として。今はそのための地固めの時期です」

「今回の台風も、自分のために利用しようというわけか」

「自分のため、ではありません。自分たちのため、です」宮川英子は訂正した。「今の政治体制には無理がある。日本も、各国と同じ議会制民主主義に戻すべきなんですよ。私はそのために戦います。民自連も、私を看板に使えばいいんです」

「大した自信だ」呆れたように富沢大介が言った。

「富沢さんも、議会制民主主義の復活を目指しているんでしょう？」敢えて「民自連の復活」とは言わない。そんな小さな目標では、国民は納得しないだろう。

　直接民主制――国民議会は、国民に相応の負担を強いる。これまでほとんどの人は、政治は自分に関係ないものとして暮らしてきたのだ。それをいきなり「誰でも議員になる可能性がある」と言われても戸惑うばかりだろう。実際、国民議会に関する世論調査では、存続が廃止をわずかに上回るだけなのだ。少し押してやれば、大きく膨らんだ国民議会という風船は破裂してしまうだろう。

「私に託して下さい。そして富沢先生に支えていただきたい」

「それは、今は何とも言えない」富沢大介は引いていた。「物事には時宜がある」

「先生以外に、民自連の選挙を取り仕切れる人はいませんよ。今や民自連も人材難なんですから」

「痛いところを突きますな」

「事実です」宮川英子は微笑んだ。「先生は民自連の伝統を継ぐ貴重な人材なんですよ。そういう方が、民自連の復興と議会制民主主義への揺り戻しを狙うなら、誰を担ぎ出せばいいか、お分かりかと思います」

「うむ……」富沢大介が腕組みをして唸《うな》った。

「先生、まだでしたらお食事でも一緒にどうですか？　都庁の食堂も美味しいですよ」宮川英子は、その場の空気を緩めるために誘った。

「私と知事が、こんなところで一緒に食事をしているところを見られたら、厄介なことになるでしょう」

「敢えて見せつけて、詮索されるのも手ですよ。こういう情報がメディアで流れれば、北岡首相も疑心暗鬼になるでしょう。それも作戦のうちですよ」


知事定例会見に臨んだ宮川英子は、自ら進んで関西台風の被害について触れた。

「今回の台風では、多くの方が亡くなり、住宅などに被害を受けた方も多数いらっしゃいます。お悔やみを申し上げると同時に、関西各府県の知事には既に連絡して、東京都として支援していくことで同意しました。具体的には、被害復興のために、都職員を一時的に大阪に移すことを検討し、既に募集を始めています。幸い、都職員は意識の高い人が多いですから、積極的に手を挙げていただき、予定の人数は集まりつつあります」この件は、あくまで都として行うことなので、自ら発表するのは自然だ。しかし宮川英子は一歩踏みこんだ。「今回、非常に残念だったのは、自衛隊員に犠牲者が出たことです。それも、深夜、被害状況がまだよく分かっていない状況で現場に向かい、突風によって車が横転……通常あり得ない事故で、災害救助の際には最も気をつけなくてはいけない二次災害が起きてしまったことを、極めて残念に思います。聞くところによりますと、府知事からの災害派遣要請が出る前に、北岡首相が自らの判断で出動を指示したそうですが、これは本来のやり方からは外れています。即断即決が現政権のモットーと聞いていますが、独りよがりになると、今回のように重大な被害を招きかねません。北岡首相には、猛省を促したいと思います」

　会見が終わった後、宮川英子は懇意にしている記者二人を知事室に呼んだ。会見での首相批判はかなり攻撃的だったと思うが、大きな扱いをしてもらわないと意味がない。テレビも入っていたが、政治ニュースだとやはり、新聞が書いた方が影響は大きいのだ。

「知事、だいぶはっきりとした批判でしたね」日本日報の都政キャップ、滝川佳美《たきがわよしみ》が呆れたように言った。

「言い足りないぐらいよ」宮川英子は笑みを浮かべて言った。「謝罪はしたけど、謝罪すれば許されるものでもないでしょう」

「それでも、民自連政権時代よりはましだと思いますよ」佳美が指摘した。「民自連政権は、日本人の謝罪の概念を変えたと言われてるんですから」

「そこまでひどくはないでしょう」思わず弁明したが、そういう指摘があることは、宮川英子も聞いている。

「私はそうだと思いますけどね」佳美は引かなかった。相変わらず強情だ……仕事はできるのだが、持論を決して曲げないのが弱点と言えるだろう。三年前の都知事選で、スタッフに引き入れようとも思ったのだが、ぎりぎりで踏みとどまった。あまりにも我が強い人間は、人のために尽くすことができない。

「いずれにせよ……北岡首相の謝罪は満足できるものではなかった。取り敢えず頭を下げておけば済むという意図が見え見えなんです。その辺も含めて、できるだけ大きな扱いでお願いします
よ」

「まあ、記事の大きさを決めるのは我々ではないですが」東京新報の都政キャップ、嶋田稔《しまだみのる》が飄々《ひょうひょう》とした口調で言った。この男は執念がないというか、やる気が見えない。もちろん仕事はきちんとこなしているのだが、あまりにもサラリーマン的で食い足りない。今回の件でも、当てにはできないだろう。「できるだけのことはしましょう。ただ、もう新聞記事で首相を追い落とせる時代ではないですけどね」

「それはまた、これから考えます」既に手は打っているのだが。

「それより知事、北岡首相に対して含むところでもあるんですか」嶋田が慎重に訊ねた。「甥御《おいご》さんでしょう？　血がつながった相手を……」

「政治の世界では、血縁は大事ですよ。でも、血がつながっているからといって、自分の政治信条を変える必要はない。多くの場合、血縁と政治信条は合致しているんですが、そうじゃない場合は……」

「政治信条を優先する、ですか」嶋田が呆れたように言った。「そこまで非情になれるものですか」

「そもそも、最近お話しされているんですか」佳美が訊ねる。

「いいえ。互いに忙しいですからね」

「私怨につながらないといいんですけど」と佳美。

「それとこれとは別です。私は、自分の政治信条に従って行動するだけです……でも、あの子も経験不足ね」つい本音が口をついて出てしまう。「即断即決は結構だけど、スピードが全てに優先されるわけじゃないでしょう。危険な状況の時こそ、慌てず慎重にいかなければいけないのに」

「確かに、知事からの要請もない、被害状況も見えていない夜中に、自衛隊に出動命令を出すのは異例ですよね。軽々だと批判されても仕方がない」嶋田も同意した。

「そういうことです。首相に対する非難の声が高まらないのが不思議だけど、どういうことですかね」宮川英子は首を捻《ひね》って見せた。

「新体制に対する支持が、高止まりの状態になっているということでしょう」嶋田が解説した。

「ただし、そういうのは永遠には持ちません。そろそろ頃合いかもしれませんね」

「その引き金を引くのは、あなたたちですよ」

宮川英子が指摘すると、二人の表情が急に引き締まった。そうそう、あなたたちも真剣になってくれないと……マスコミの力は相対的にも絶対的にも低下しているが、まだまだ侮れない。少なくとも、特定の政治家への攻撃として、厳しい記事は効果的だ。

とにかく、本格的な攻撃はこれからだ。まずは様子見——こちらに反動がないように気をつけながら、次の手、次の手を考えていかないと。

「災害対策委員会？」田村さくらは思わず声に出して言ってしまった。講義中にスマートフォンにメールが届き、講義が終わった瞬間に確認したら、新たな仕事の指示だった。関西台風の甚大な被害救済並びに政府の責任を追及するために、臨時に災害対策委員会を開催する。あなたは委員に選ばれたので、十月一日午後一時に、当該リンクにアクセスすること。

「どうかしたか？」隣の席で一緒に講義を聞いていた冴島健太が訊ねた。

「うん、議会……難しい話みたい」

「何だって？」

「この前の関西台風、あったでしょう？　あれの被害を検証する災害対策委員会を臨時に開くんだって」

「さくらもそれに参加する？」

「そういうことみたい」

「臨時委員会って、それこそ臨時に開催されるんだろう？」

「そう」

「委員はランダムに選ばれる？」

「そう聞いてるけど」

「さくらは議員決議の件で目立ってたから、右代表みたいな感じで恣意的に選ばれたんじゃないの？」

「それはないと思うけど……」基本的に、特別委員会を開催する時も、委員はアトランダムに選ばれることになっている。もしも恣意的にやっているとしたら、誰が……議会事務局？　それとも調査委員会？

「あれだろう？　北岡首相がいきなり謝ったやつ」

「うん……冴島君、最近ニュースもチェックしてるんだ」

「さくらが議員になったから、いろいろ気になるんだよ」

健太がニヤリと笑った。またそういう軽いことを、と田村さくらは呆れた。本気なのかどうか、よく分からない。

「明後日《あさって》かあ……」田村さくらはスマートフォンのカレンダーを確認した。「一時だと、ちょうど講義とぶつかるのよね」

「時間取られて大変だな」

「飛ばしたらまずいやつ？」

「出欠が厳しい先生だから……でも学生課に相談してみる。公務で講義に出られない時は、届け出るようにって言われてるし」

「恵まれてる――ってわけでもないよな。遊ぶ時間は潰れるし、バイトもできない――バイトはやる必要ないか。金はもらえるんだもんな」

「そういうこと、大きな声で言わないで」田村さくらは思わず周囲を見回した。こういうことをずけずけ言うのが気に障る。デリカシーがないし、人が聞いたら、あなたが羨ましがっていると思われるよ……。

「ごめん、ごめん」健太が苦笑した。「でも、精神的に楽だろう？　金はないよりあった方がいいよな」

だから、そういうことを言って欲しくない……報酬の五百万円は、月割りで口座に振りこまれている。見たこともない金額が毎月貯《た》まっていくのは結構衝撃的だった。何となく申し訳ない気持ちもあり、今のところまったく手はつけていない。バイトはやめてしまったが、今までの蓄えもそこそこあるし、両親は今まで通りに仕送りもしてくれている。仕送りは断ろうかとも思ったが、「報酬は今後のために取っておきなさい」と言ってくれたので、今はその言葉に甘えている。

「準備しておかないと」田村さくらは立ち上がった。まずは関西台風の被害状況を調べなければ。国民議員になってから、テレビや新聞のニュースはよくチェックするようになったが――毎日大学の図書館で三十分、新聞全紙を読むのが日課になっていた――関西台風の被害については完全には把握していない。東京にはほとんど影響がなく、延々と被害を放送するテレビの画面に吸い寄せられていただけだ。

こういう時は、ぼうっとして見ているだけではいけないんだ、と自分を戒めた。世の中のあらゆることに注意を払っておかないと、議員としての責務は果たせない。

災害対策委員会は、いきなり大荒れになった。臨時の委員会は内閣、あるいは国民議員の要請によって開催されるのだが、今回開催を要請したのは国民議員の益田泰治《ましたやすはる》だった。彼が質問に立ち、担当大臣が答える形で質疑応答が展開される。

田村さくらは取り敢えず質疑の内容を見守った。益田というのはどういう人なのだろう……話し方は議員らしくなく、どちらかと言うと喧嘩腰である。

「今回の自衛隊の出動についてですが、地元知事からの要請ではないと聞いています。普通は、現地の様子をよく知る知事が要請してから、初めて出動するものですよね？　内閣が勝手に判断して自衛隊を出動させたわけですか」

　答弁に立ったのは防衛大臣の椎名。こちらはプロ――元々新日本党の議員だし、若い頃に自衛隊員だった経験もある。

「ご質問の件ですが、時間軸を追って説明させていただきます。台風12号が紀伊半島に上陸したのが、九月十二日午後十一時頃、その前から関西地方では風雨とも強まっており、午後十一時過ぎには、関西国際空港の一部が浸水したとの情報が入ってまいりました。その他の場所でも被害が多発しており、総合的に判断して自衛隊の早い出動が必要という結論に至りました。私の方から伊丹と千僧の陸上自衛隊駐屯地の部隊に対して出動命令を出したのが、十三日午前零時――ちょうど日付が変わる時刻でした。伊丹から出動した部隊は、高速道路が全て通行止めになっていたために、一般国道で関西国際空港に向かい、午前二時過ぎに大阪府高石市の国道二十六号で強風の煽《あお》りを受けて輸送車両が横転、結果的に四人が死亡、五人が重傷を負っています」

「現地の状況が分からない中で、出動命令を出すのは無謀だったのではないですか」益田泰治が厳しく指摘する。

「人命救助を優先しました」

「あのですね、私、地元が大阪なんですよ」益田泰治が気色ばんだ。「台風の時も大阪にいました。それこそ、外に出たら吹き飛ばされそうな風の強さで、いくら救助とはいえ、自衛隊に出動を命じるのは無謀やったんちゃいますか？　最初から、二次災害に巻きこまれる可能性が極めて高かったと思いますよ。明らかに判断ミスやないんですか」

「出動指示を出したのは私です。私の判断ミスで自衛隊の貴重な人材を失ったことに関しては、改めて謝罪します」

「謝ればそれでええ、いうわけやないでしょう」益田泰治が怒気をこめた声で言った。怒ると関西弁丸出しになるタイプのようだ。「そもそも自衛隊の出動は、首相が言い出したことやと聞いてますよ。北岡首相は、どういう判断で自衛隊の出動を決めたんですか?」

首相が自ら指示……それは新聞記事にもなっていた。即断即決をモットーにする北岡首相らしい話だと思ったが、それがミスにつながった可能性は否定できない。

「北岡首相の答弁をお願いします」益田泰治が迫る。

二分割された画面の左側で、少し動きが慌ただしくなった。国民議会の各委員会や本会議のスタイルは様々だが、行政側――関係閣僚は、首相官邸のカンファレンスルームで会議に参加しているという。

左側の画面に北岡首相が入ってきた。カメラに向かって一礼すると、すぐに通りのいい声で話し始めた。この人の最大の武器は声だな、と思う。耳に残る心地好《よ》さがあり、しかも力強い。

「ご質問の件ですが、自衛隊の出動を指示したのは私です。実際に指令を発したのは防衛大臣ですが、出動を決めたのは私です」

「被害状況が分からないままに出動させるのは、単なる無謀やと思いますが」

「関西国際空港が浸水したというだけで、大きな被害になっていることが分かりました。伊丹から関西国際空港まではかなり遠いので、朝を待ってから出動したのでは、救助活動が遅れてしまう可能性がありました。関空では職員が孤立していましたから、まず職員を救助し、さらに他の被災地での救助活動に転進させるためには、早い時間の出動が必要と判断しました」

「二次災害は考えなかったんですか」

「自衛隊員は、災害救助のプロです。私はそれに賭けました」

「賭けはまずいんちゃいますか」益田が皮肉っぽく言った。「仮にも国民の命を預かるのが首相だ。賭けはまずいでしょう」

「前言撤回します」

北岡首相があっさり言った。この人、頭を下げたり訂正したりすることに抵抗がないのかもしれない、と田村さくらは思った。自衛隊の事故が起きた直後に説明と謝罪の会見を開いたこともそうだし、今もあっさり自分の言葉を否定した。昔の政治家はとにかく謝らず、間違ったことを言っても屁理屈《へりくつ》で逃げようとしていたようだが。

「とにかく、一刻も早い出動が必要と判断しました」

「自衛隊員の安全は考慮しなかったんですか」

「十分な安全策を取って行動してくれるものと信頼していました」

「現場任せですか。東京でのんびりテレビを観てる人には、本当の被害が分からなかったんでしょうなあ」

さすがにこれは言い過ぎではないかと田村さくらは心配になった。委員会は事実を明らかにして、責任を問う場であり、相手を揶揄したり貶《おとし》めたりするのは筋が違うし、時間の無駄だと思う。

ふと気になって、ＳＮＳを覗いてみた。閉じるつもりだったが、念のために裏アカは残したままにしてあるのだ。まさに今中継されている災害対策委員会に関する発言は多い……ネガティブ五五パーセント、ポジティブ四五パーセントの分析が出ているが、これは誰に対するネガティブなのだろう。首相の答弁か。実際、「北岡は具体的なことを言ってない」「人気取りで出動させたんじゃないか」などと厳しい意見も相次いでいる。一方で、益田に対する批判もあった。「追及が下品だよ」「よく分かってないんじゃない？　やっぱり素人議員はダメだな」。「素人」だから「ダメ」という決めつけにはむっとしたが、このつぶやきには千近い「いいね」がついている。

また無責任に見て、無責任に「いいね」してる……自分もそのうち国民議員になって、ちょっとした発言で叩かれるかもしれないのに。いや、発言しないことで叩かれる可能性もある。国民議員の活動は全て可視化されているので、委員会や本会議でどんな発言をしたか、あるいは発言していないかまでチェックするサイトがある。発言もせずにただ投票に参加する国民議員は、税金泥棒ということだろうか。

結局議論は平行線をたどり――というより益田が納得せず、質問は次第に難癖のようになってきた。田村さくらの感覚だと、北岡首相はきちんと説明していると思うのだが。「人命救助優先」「一刻も早い出動が必要」「それで異例の夜中の出動命令になった」――話の筋は通っている。しかし益田は、どうしても謝罪の言葉を引き出したいようだ。北岡首相は「事故直後にも謝罪しましたが、今ここでもう一度、ご遺族と全ての自衛隊員に謝罪します」としっかり謝っているのに、それでは足りないということだろう。これでは「謝り方が気に食わない」と因縁をつける暴力団のようなものではないか。

益田は「より詳しい説明と、具体的な形での謝罪を求めます」と厳しく指弾して、再度の委員会開催を要請した。同じことの繰り返しになるだけでは、と田村さくらは訝《いぶか》った。この益田という人、何だか変だけど、いったい何者なんだろう。

委員会が終わった後、益田泰治について調べてみる。確かに大阪に住んでおり、本職は自営業──中古自動車販売業の社長だった。検索するとすぐに、ＳＮＳが見つかる。何だかやけに軽い感じだ。自分の会社で扱っている高級外車の前で、下から煽る構図の中でポーズを決めている。何故かどの写真でもサングラスをかけていて、夜遊び大好き人間に見えた。ＳＮＳで批判を浴びるかもしれないとは考えなかったのかしら……しかも、民自連の党員だということが分かった。党費を納め、選挙ではボランティアで地元の候補を応援するタイプなのだろう。現在四十五歳。親の代からの民自連党員かもしれない。もっとも民自連には、地元のつき合いで入る人もいると聞いている。自営業の人にとっては、青年会議所や商工会の活動のようなものではないだろうか。

もちろん、国民議会に民自連の党員がいてもおかしくない。そういう人が、議会の中で「政治的な」活動をすることには何の制約もない。

でも、さっきの委員会は何か変だ。いきなり開催を要請し、自分で質問に立ち、首相を攻撃する──それも言いがかりのような攻撃だ。

何だか怪しい。怪しいと思うけど、田村さくらにできることは何もない。パソコンをシャットダウンして、次の講義へ向かおうとしたのだが、ふと思い直す。疑問に思ったら、誰かに相談してみるのもいいかもしれない。調査委員会……それはちょっと筋が違うか。だったら議員決議の時に一緒に仕事をした弁護士の畑山貴一はどうだろう？　あの人も政治のプロではないけど、弁護士だから色々世の中の事情に通じているはずだ。まず彼の意見を聞いて、それからどうするか考えよう。

どうする……自分に何かできるのだろうか?

首相執務室。災害対策委員会でのしつこい追及を何とかかわした北岡琢磨は、官房長官の内村晋助から説明を受けていた。

「なるほど。裏で糸を引いているのは都知事ですか」北岡琢磨はそれほど衝撃を受けなかった。政治の素人に、災害対策委員会の開催を要請して、政府の責任を追及できるような知恵があるとは思えない。それにあれは、「追及」というより因縁だ。自分を貶めるためだけに開かれた委員会——幸い、大きな批判はない。逃げずに誠実に答弁したし、それに関してネット上でもマイナスの意見はあまり出ていなかった。ネットの声を気にし過ぎるのもどうかと思うが、ある程度は世の中の反応が読める。

「都知事が篠田都議に指示して、民自連党員の益田委員を動かしたようです。今回のシナリオを書いたのは、篠田都議ですね」内村晋助が淡々と説明する。

「間違いないですか」

「確かな筋からの情報です」

懐刀である官房長官が怖くなることがある。この人の武器は「情報」なのだ。どこにどんな情報源を持っているか分からないが、非常に危険な情報をさらりと口にする。首相選などでは、その際どい情報にずいぶん助けられた。そういう情報通は、味方に対しても情報収集の手を緩めないものだ。自分の上や下にいる人間の弱みを握っておけば、いざという時に身を守れる、ということだろう。

「篠田都議ね……知らない人ですが」

「ただの都議ですからね」内村晋助が苦笑した。「当選二回。政治家一族の人間でもないですし、都知事の子分です」

「そうですか……」北岡琢磨は顎を撫でた。政治家同士の関係は、かつては非常に強固なものだった。しかし少なくとも中央では、そういう前近代的な関係は消滅させた――何しろ国会議員がいないのだから、師匠も弟子もない。しかし地方では、未だに政治家同士の関係は続いている。

叔母でもある都知事は、女性として政界の階段を駆け上がってきた。その過程には、極めて前近代的な親分子分の関係もあっただろう。今は、民自連最後の切り札として、自分を追い落とし、次の首相選で民自連政権を実現するために、策略を巡らせているはずだ。

「心配なのは、これが最初の一歩に過ぎないかもしれないということです」内村晋助が忠告する。

「つまり、二の矢、三の矢があると？」

「おそらくは。単なる嫌がらせで、災害対策委員会の開催を要請するとは思えません。この委員会は、さらに厳しい攻撃を仕かけるための前準備ではないでしょうか」

「例えば？」

「それが分かれば苦労はしませんが」内村晋助が首を横に振る。

北岡琢磨は、ソファの肘かけを握り締めた。ひどく緊張しているのを意識する。煙草《たばこ》が吸いたいな、とふと思った。もう二十年も前に禁煙したのだが、今でも緊張した時には煙草の味わいを思い出す。しかし首相官邸は全面禁煙……北岡は立ち上がり、自分のデスクの引き出しを開けてガムを取り出した。

「ちょっと失礼します」

「首相、時々ガムを嚙んでますが、何かあるんですか」内村晋助が目を細くして訊ねる。

「気分転換です」

「ここでは構いませんが、外ではやめた方がいいですよ。いい大人がガムを嚙んでいると、イメージがよろしくない」

「気をつけます」

「イメージと言えば……谷《たに》さんとはどうなんですか」

内村晋助の口からその名前を聞き、北岡はかすかにたじろいだ。何もやましいことはないのだが、この話題はどうも居心地がよろしくない。しかし内村晋助はずけずけと聞いてくる。

「どうもこうも、今まで通りですよ」

「届を出されるおつもりはないいんですか」

「……今のところは」

「先進的なカップルと言えるかもしれませんが、目くじらを立てる人がいるのも、ご理解いただけるでしょう」

「保守的な人たちは、好ましくは見ないでしょうね」北岡はうなずいた。これは認めざるを得ない。

谷由貴《ゆき》は北岡琢磨の大学の同級生でもある。つき合いは長い——実に三十年近くになるのだが、婚姻届は出していない。一緒に住んでもいない。北岡が政治の道に進んだのに対し、由貴は学問の道を選び、母校の准教授、さらに十年前からはアメリカの大学の教授に就任していた。専門は分子生物学。内村にはよく理解できない研究だが、将来のノーベル賞候補として名前が挙がっているという。今は日米を往復する生活で、日本に戻って来ている時には一緒に暮らしているが、基本的には離れ離れである。

北岡が政治のキャリアを積んでいくうちに、この問題が取り上げられることも増えてきた。女性誌や新聞が「新しい夫婦の形」と前向きに報じることも多いのに対し、ネット上では否定的な見方が多い。要するに、離れ離れなのに夫婦と言えるか、という難癖のような声である。そもそも届を出していないから、日本の法律上は夫婦とは言えないのだが。

「本当のところ、どうなんですか？　谷さん、こちらには戻られない？」

「戻らないでしょうね。向こうの大学で、終身在職権を狙っているんです。今は一年ごとの契約なので、落ち着いて研究ができないと」

「別居婚だと、何かと不便じゃないですか」

「まあ、他にも家族がいますから」北岡琢磨には五歳年下の妹がいる。結婚して家庭に入っていたのだが、夫を交通事故で亡くしてから、北岡琢磨と同居するようになった。そのまますっと、政治家の家族として面倒を見てくれている。この夏の外遊にも、ファーストレディの代わりとしてつき添ってくれた。

「しかし、私のように古い人間には想像もできない世界ですね」

「内村さん、そんなに昔の人じゃないでしょう」北岡琢磨は苦笑した。「事実婚も別居婚も昔からありましたよ」

「それにしても、夫が日本の首相で、妻がノーベル賞……世界最強のパワーカップルじゃないですか」

「妻はまだノーベル賞は取っていませんよ――まあ、今のところは私の職務には何の問題もないでしょう」

「首相が外野の声を気にしなければ、私たちはお支えするだけですよ」

「スルー能力には自信があります……それより、関西台風の件はどうしますか」

「こちらとしては、やるべきことはやりましたし、謝罪すべきことは謝罪した」

内村晋助が表情を引き締める。謝罪は、実はまだ終わっていない。椎名が、亡くなった自衛官の家族に頭を下げに行く予定が既に入っているが、北岡琢磨がどうするかまでは決まっていないのだ。国内の災害対応で自衛官が死亡したケースは過去にもあるが、首相が家族に直接お悔やみの言葉をかけたことはない。しかし、今は新体制だ。フットワーク軽く動き回ることで、自分の若さや誠実さもアピールできるだろう。それに、国の最高責任者である首相が頭を下げ、その様子が伝えられれば、非難の声は一気に鎮まるはずだ。

「ご家族に謝罪する件、前向きに進めて下さい。早い方がいいでしょう」

「イメージ戦略は分かりました。災害対策委員会――あの益田議員についても手を打ちましょう」

「益田議員というより、その背後にいる都議の篠田、そして都知事ですね」

北岡琢磨は、顎を撫でながらしばし考えた。災害対策委員会での追及を計画して指示したのは都知事だろう。非常に気に食わない——しかし国民議員には必要に応じて特別委員会の招集を要請する権利があるし、今回の件もそれほど不自然なものではない。ただ、目的が自分に因縁をつけて貶めるため、というのが問題だ。

「一つ気になるのが、今回、黒井《くろい》議員がまったく動いていないことです」

黒井康明《やすあき》は、民自連の元国会議員である。旧体制では当選三回。党の副幹事長まで務めて、「次は大臣」と言われていたが、新体制に変わって梯子《はしご》を外された形になっている。国民議員には選ばれたが、今のところ目立った活動はしていない。以前のように党でまとまって動くことがなくなったので、戸惑いもあるのだろう。ただし沈黙が不気味だった。今回も、首相を追及するなら、そういうことにも慣れている黒井がやるべきだったと思うのだが……。

「黒井議員は、民自連の切り札かもしれませんよ」内村晋助が指摘した。「下手に動かないで、もっと重要なポイントで活躍してもらうのが、民自連の思惑かもしれません」

「そういう機会を与えたらいけないですね……取り敢えず、益田議員を引きずり下ろせませんか？　何か方法は？」

「やれますよ」内村晋助がうなずいた。「議員調査委員会を動かせれば、実際に懲罰対象になるかどうかはともかく、間違いなくダメージを与えられます」

「できますか？」

「実は、既に動いていますす」内村晋助が不敵な笑みを浮かべる。「どうもあまりよくない人のようで、何かありそうですから、ご心配なく。次の災害対策委員会は……来週ですね」

「間を空けてきましたね。じわじわ問題点を炙《あぶ》り出す方が、ダメージを与えられると思っているんじゃないですか。向こうは、次の手を考えているかもしれません」

「喧嘩が上手い人間は、そうしますね……ただし、向こうは素人だ。喧嘩だったら、こちらの方が遥《はる》かに上手ですよ。それを思い知ってもらいましょう」

古株の政治家の怖さを、北岡琢磨はよく知っている。国会議員という職業は消えたが、権力を持った政治家は未だに存在している。そして今後も内閣制度が続く限り、政治家は活動し続けるのだ。様々なノウハウも継承されていくのだろう。

例えば人を潰すやり方。


内村晋助は官房長官室に戻り、受話器を取り上げた。一瞬迷って、一度架台に戻す。あちこちに手を回しているから、何か分かれば報告が入ってくることになっているが、今回はまだ何もない。急かそうとも思ったのだが、まずどこへ連絡すべきか。

警察庁、国税庁、経産省、国交省……官僚は、今のところ新体制に馴染んで、新日本党政権に忠誠を誓っている。民自連の官僚支配システムを打ち破り、自分たちが政策を決めて法案を提出できる自由度を大いにアップさせた。しかも給与体系の大幅な見直しを行い、待遇面も向上させた——もちろん、その分必死に仕事をしろということだし、公務員規範に反した場合の罰則はずっと厳しくなり、「公務員リコール制度」も導入した。まだ適用されたことはないが、有権者の告発によって、検察や総務省などに、公務員の不正を調べることが義務づけられたのだ。

スマートフォンが鳴る。画面で確認すると、警察庁の官房長からだった。警察がまず、問題点を見つけてくれたか……一呼吸おいて、電話に出る。

「三島《みしま》です」

「お疲れ様」内村晋助はまず労った。

「ご指示の件ですが、とっかかりが見つかりました」

「どういう感じで？」

「直接ご説明に上がりましょうか？　思ったよりも大きな問題になるかもしれません。今、大阪府警が急ピッチで調べています」

「では、こちらで」

「二十分後にはお伺いできます」

「構いませんよ」内村晋助は大判のスケジュール帳を開いて確認した。内閣の要である官房長官のスケジュールは分刻みで決まっているが、幸い、今から一時間は何も予定がない。それに、向こうが直接会って報告したいというなら、これは間違いなく重要事だ。

二十分後、警察庁の三島官房長が長官室のドアをノックした。一人……お供もなしでここまで来たのかと訝ったが、最近はこういうことも増えている。要するに「無駄をなくす」ということだ。

「ご足労いただいて」内村晋助は三島を労い、ソファを勧めた。

「いえいえ、近くですから」三島がファイルから書類を取り出した。「資料はありますが、お渡ししない方がいいでしょう。今はあくまで、口頭での報告ということで」

「結構ですよ」

三島は巨体――百八十五センチを超える長身で、警察官僚というより機動隊の隊長といった感じがする。五十七歳、これからキャリアの総仕上げにかかる年齢である。次の警視総監、という人事情報を内村晋助も聞いていた。

「益田議員の仕事の関係なんですが」

「中古車の販売、ということだったね」内村晋助も個人情報を軽くチェックしていた。中古の高級外車ばかりを扱う会社で、本人はSNSに頻繁に登場して、自社で扱う高級車をアピールしている。必ずサングラスをかけて、色の濃いシャツを着ている……どうにも胡散《うさん》臭い感じだ。

「この中古車販売店なんですが、大阪府警は以前から内偵していたそうです」

「ほう」

「実際に高級外車を販売しているのは間違いないんですが、その裏で、盗難車を扱っているという噂があるんですよ。会社自体が、盗難車を不正に海外へ輸出する際の隠《かく》れ蓑《みの》になっているという情報です」

「それはどれだけ正確な話なんだろうか」

「確度は高いですね。益田議員が主導してやっているわけではないですが……共犯という感じになると思います。主犯は、大阪に本拠を置く中国人のグループで、既に府警の監視対象になっています」

「摘発のタイミングは？」

「それはまだですが……相手が中国人ですし、監視には時間がかかります。決定的な場面を押さえて、現行犯のような形で逮捕に持っていくのが、通常の捜査ですね」

「つまり、車を盗んでいる場面を直接確認したいと？」それは相当難しいのではないだろうか。

警察の監視が入れば、犯人グループも何となく気づくだろう。それで動きを止めてしまい、結局捜査は長引く——それでは困る。こちらには時間がないのだ。

「府警からは、そう報告を受けています」

「何とか、早く手をつけられないだろうか。来週の災害対策委員会までに、何か動きは……」

「現場を急かすことはできませんよ」

三島の目つきが急に厳しくなった。これが官僚の矜持《きょうじ》かもしれないと、内村晋助は納得した。昔だったら、政治家から命じられたら、多少無理をしても文句は呑みこんで従っていただろう。それで状況が歪《ゆが》んでしまうこともあったはずだ。今は誰からの影響も受けず、自分たちの責任に忠実に仕事をこなしている——はずだ。

「それは分かっているが」

「首相を守るのが大事なのは重々承知しています」三島がうなずく。先に指令を出した時、狙いについてもはっきり言っておいたのだ。「しかし、捜査は捜査です。無理な捜査をして、有罪判決が取れなかったら本末転倒になりますから」

「そこを何とか……と頼んだら、旧体制への逆戻りだろうな」

「官房長官はご存じないかもしれませんが、我々は痛い目に遭いました。もちろん、我々にも責任はあるのですが」

「人事を押さえられてしまったら、官僚としては厳しいのは分かる。一番痛いところだ」

「官房長官が想像しているよりも、ひどい状況でしたよ。三権分立が、ほぼ崩れかけていました。それを正常な形に戻していただいたことには感謝しますが、そうなると……」

「行政が司法に口出しはできない、ということだね」内村晋助は苦笑してしまった。まるで、自分たちが決めたルールのせいで縛られてしまったようなものではないか。

「申し訳ありませんが、こちらの捜査の進展を待っていただくしかありません。現場に無理はさせたくないので」三島は強気だった。

「例えばこの情報が、新聞や週刊誌に流れたら――」立件されていなくても、スキャンダルとして記事になれば、益田にはダメージを与えられる。

「記事になれば、捜査は潰れます。警察庁官房長として、それは看過できません」

他の手を探すしかないか……事件でなくても、何か法令違反があれば、追いこめる可能性はある。盗難車の不正輸出に手を貸しているような会社なら、他にもいろいろ問題があるだろう。

「ご足労いただいて申し訳なかった」あまり強硬には出られない。警察とは今後も、いい関係でいなければいけないのだ。

「とんでもありません。期待に沿えずに申し訳ありません」

「いや――」

その時、三島のスマートフォンが鳴った。三島がちらりと画面を見てから、内村晋助の顔を見つめて「出た方がいい電話のようです」と言った。

「構わないよ」

「では、失礼します」

自分が目の前にいたら話しにくいだろうと思い、内村晋助は立ち上がってデスクに向かった。少し距離があれば、内密の話もできるだろう。しかし、三島はすぐに「了解した」とだけ言って電話を切ってしまった。顔が緊張している。

「刑事局長からです」

「何と？」

「昨夜、問題の中国人グループが車を盗もうとしていた現場を押さえたそうです」

「それは……」

「黙秘しているようですが、現行犯逮捕ですから、捜査的には問題ないでしょう」

「ここから益田議員につながるかどうかは——」

「実態を解き明かすには、まだ時間がかかると思います」

「捜査に入った、という事実だけあればいいんだが」

「何とか考えましょう」三島がうなずいた。「来週、ですね」

「ああ」

「最終的にはどうされたいんですか？　そちらとしてのご意向は」

「議員調査委員会へ持って行って、動いてもらう。調査委員会は、その活動を全て公開することになっているから。それで表沙汰になる」

「では、うちから調査委員会へ情報提供して、動いてもらうことにしましょう」

「その流れは、私の方にも入るようにしてくれ」

「承知しました——私たちはこの新体制を歓迎していることを、知っておいていただきたいですね」

「だったら、もう少し便宜を図ってくれてもよさそうなものだが」

「それとこれとは話が別です」三島が初めて笑った。

手強《てごわ》い奴《やつ》だ。官僚とのつき合いは、やはり一筋縄ではいかない。

安藤司は、上司である武屋真司《たけやしんじ》から急に指示を受けた。かなり無茶――急ぎの案件である。

「申し訳ないが、官房長官がお急ぎのようでね」

「それは分かりますが、内閣からのこういう要請を受けて動くのは、本末転倒じゃないんですか？　要するに、特定の議員を潰すために、警察庁を利用しようとしているわけでしょう」

「それを言うな」武屋が渋い表情を浮かべる。「官僚ってのは、そういうものなんだよ。新体制になっても、政治家には逆らえない」

「そうですかねえ」武屋は五十歳。旧体制の国会事務局で長く勤めてきたせいか、昔の感覚が未だに抜けていない感じがする。

「しかし、これは明確な犯罪になりそうだ」

「前議員でも、問題を起こした人はいました。それと同じ扱いになるわけですね」

「警察の捜査とリンクして、議員に対する調査を進めるということだ」

「それをすぐに公表するんですね」

「疑わしきは公表する、というのが調査委員会の基本だから」

本当は、全ての事実が明らかになってから処罰の対象にすべきではないだろうか。ただ「疑いが生じた」段階で情報を公開したら……もしも間違っていたら、人権問題になる。

「危ない感じもしますけどね」

「前回もそうだった。国民議員は、疑いを持たれたらそれで終わりなんだ。清廉潔白が基本だから」

「そうですか……」旧体制でもこういうことはあった。週刊誌などが国会議員のスキャンダルを掘り出し、それで議席を追われた議員もいた。今度は自分たちが、かつての週刊誌の役割を負うことになるのだろうか……いや、週刊誌も国民議員についてはかなり厳しく書き立てている。今のところ、調査委員会が乗り出して調べるところまではいっていないが、いずれそういう事態も生じるだろう。国民議員はランダムに選ばれるから、どうしてもろくでもない人間が紛れこむ可能性は出てくる。いや、それは旧体制でも同じだったか……旧体制での国会議員は、今の国民議員よりもはるかに強い権力を持っていたから、どうしても利権などに絡んで問題を起こしがちだった。結局、多くの人間が集まれば、そこには一定数、問題を起こす人間がいるということなのだろう。

「すぐに大阪へ向かってくれ。大阪府警から情報を収集して、益田議員にも話を聴いてくれ。その状況は、逐一報告して欲しい」

「分かりました」

気が重い……が、これこそが仕事なのだ。安藤司は、一般職員として国会の衆院事務局で仕事のキャリアを始めた。しかし三十歳になる前に新体制が発足し、省庁のスタッフも大きな異動を経験した。安藤司自身も、新たに発足した議員調査委員会に異動になり、慣れない仕事を続けてきた……議員をサポートするのはいい。元々面倒見がいい方だと自負しているし、多くの国民議員は自分の役目に戸惑っているだけで、常識的な人が多いから、相談を受けて一つ一つ問題を解決していく仕事にはやりがいもあった。しかし議員の不祥事を調べる仕事とは……しかも内閣主導でこの話が進んでいるのも気に食わない。

役人というのは、結局体制が変わっても政治家の思うように動かされるものなのか。結局、新体制で何が変わったのか、よく分からない。


調査委員会の同僚・田畑真子《たばたまこ》と一緒に、安藤司は大阪へ向かった。新大阪《しんおおさか》から電車を乗り継いで、捜査を担当している所轄へ向かう。地下鉄の四天王寺前夕陽ケ丘《してんのうじまえゆうひがおか》駅近くにある警察署に入ると、刑事課長が出迎えてくれた。まだ四十歳ぐらいの若い課長で、妙に丁寧だった。事前に相談しておいたためだろう。

「議員調査委員会の方がお見えになるとは、思ってもいませんでしたよ」

「お忙しいところ申し訳ありません」安藤司は頭を下げた。

「いや、私が忙しいわけやないですから」階段を上がりながら刑事課長が振り返り、笑みを浮かべる。警察的には「いい事件」という感じで、上機嫌なのかもしれない。

刑事課の隣にある小さな会議室に通される。若い女性刑事が、ペットボトルのお茶を出してくれた。十月だというのに暑い……安藤司はすぐにキャップを捻り取って、お茶を一口飲んだ。若い女性刑事は、そのままテーブルの向かいに座る。

「彼女は、今回の捜査で中心になって動いてくれたので、同席させますね」刑事課長が愛想よく言った。

「お若いのに、すごいですね」安藤司は心底感心して言った。見たところ、まだ二十代半ばの感じである。

「とんでもないです」女性刑事は控えめだった。

「彼女は中国語が堪能でね。大阪在住の中国人コミュニティにもコネクションがある。そこから出てきた情報で、今回の捜査は始まったんですよ」刑事課長が説明した。

「頼もしいですね」

「府警にとっても貴重な存在ですよ。今泉《いまいずみ》君、現在の捜査の状況を説明してあげて」

「いいんですか」今泉と呼ばれた女性刑事が躊躇《ためら》う。

「もちろん。今回は君が主役なんだから」

「では」女性刑事が、ファイルから資料を取り出した。

逮捕されたのは、中国人三人。天王寺区内の民家から車を盗もうとしているところを、監視していた署員に見つかって現行犯逮捕された。狙っていたのは、高級ＳＵＶ。海外でも人気のモデルで、盗難車が不正輸出されているという話は安藤司も聞いたことがあった。

「今のところは黙秘していますが、現場を押さえていますから問題ないと思います」女性刑事は自信たっぷりだった。

「問題は、そこから先なんですが……益田議員に対する事情聴取はどうなっていますか？」

「実は、今まさに呼んでいます」刑事課長が言った。

「逮捕された窃盗グループは黙秘しているのでは？」

「他の筋からも情報を得ています」女性刑事が口添えした。

「それは、中国人のコミュニティからですか？」

「そうです。中国人というと、何かと白い目で見られることが多いんですが、ほとんどは日本で真っ当に仕事をしている人たちです。そういう人たちにとって、悪いことをする人間の存在は迷惑なんです。そのせいで、自分たちも犯罪者として見られてしまう、と」

「確かにいい迷惑ですね」安藤司はうなずいた。

「ですから、コミュニティからは結構ネタが取れるんです。悪い連中が逮捕されるのは、長い目で見れば自分たちにとってはいいことだ、と」

「それで、益田議員はどうなんですか？　認めたんですか」

「今は否認してますね」刑事課長がさらりと言った。

「それでは、立件は難しいのではないですか」

「本人が否認しても、捜査を進める手はいくらでもあります」刑事課長は自信たっぷりな様子だった。

「しかし、警察に呼ばれたら証拠隠滅するのでは？」

「ご心配なく。間接的には証拠を押さえています」

「そうなんですか？」安藤司が予想していたよりも、捜査は進んでいたようだ。

「益田議員の会社も、監視対象になっていたんですよ。一週間ほど前に、盗難車が運びこまれたことを確認しています。夜中の出来事ですけどね」

一晩中監視を続けての成果か……警察の仕事は本当に大変だと思う。成果が上がった時は、その分喜びも大きいはずだ。

「その件は……」

「まだぶつけていません。いい証拠ですからね。今夜か明日にでも家宅捜索に入って、証拠物件を押収する予定です」

「分かりました」

「今のところの捜査の状況は、そういう感じですわ。どのタイミングで益田議員を逮捕できるかは、まだ何とも言えないんですが」

「我々が会うのは構わないでしょうか」

「それは……ちょっとどうですかね」刑事課長が急に迷いを見せた。「捜査中ですので、あまり外部の人と話をさせるのは……」

「我々は、議員活動全般に関して調査する権限を持っています。何か問題があった時に公にするのも義務です。ですので、警察の捜査と並行して、当該の議員に話を聴く必要があります。逮捕されてしまったら、本人には話が聴けませんから――それで、逮捕するんですか？」安藤司は迫った。

「捜査の方向性については、現段階でははっきりしたことは言えません」刑事課長が頑なになった。

「国民議員を逮捕するわけですから、それなりに大変なことになります。警察に圧力がかかる可能性もあります。我々は、それを防ぐお役にも立てると思いますよ」

「――どうしてもお会いになりたいと？」

「ええ」

「では、我々も立ち会うということでどうでしょうか」刑事課長がようやく譲歩した。

「それはまあ……仕方ないですね」安藤司も譲らざるを得なかった。

「急ぎますか？」

「できれば、今日にでも」

「それでは、しばらくお待ちいただいて、ここでお会いになったらどうですか」

「よろしいんですか？」

「家や会社に行かれるよりは……調査委員会のお仕事が大事なのは分かりますけど、できればこちらの目が届く範囲でやっていただけますかね」

余計なことを話して、相手に情報が漏れるのを恐れているのだろう。漏らすも何も、こちらではほとんど情報を持っていないのだが。

警察の事情聴取はまだしばらく時間がかかるというので、安藤司と真子はそのまま会議室で待機させてもらうことにした。

「大丈夫ですかね」真子が心配そうに訊ねる。

「何が？」

「安藤さん、警察に対してずいぶん強硬でしたけど」

それは上のプレッシャーがきついからだ。しかしその件は、真子には告げていない。この調査自体が、益田議員を貶めるための作戦——あまり褒められた話ではないと思うし、安藤司自身も納得していないのだ。だからこそ、真子には裏の事情を知って欲しくない。後で問題になった時、「何も知らなかった」ということにしておけば、彼女は巻きこまれないで済む。

「僕たちは警察じゃないから、細かい件について突っこむ必要はない。事実関係だけ確認して、それを記録に残せばいいんだ。君は撮影係を頼む」

「カメラなんか回して、変な抵抗されないですかね」

「そうなったらなったでしょうがないよ」安藤司は肩をすくめた。「全部記録に残しておくのが大事なんだから」

一時間以上、待たされた。最初はどうやって話を聴くか、打ち合わせをしていたのだが、その話題もすぐに尽きてしまう。安藤司は一度外に出て、一階にある自動販売機でコーヒーを二つ買ってきた。

「すみません」真子がさっと頭を下げる。

「今日は長くなりそうだから」

「こっちに泊まりになりますかね」真子が壁の時計に目をやった。既に午後五時。事情聴取にはそれほど長くはかからないだろうから、遅い時間の新幹線で帰れるはずだが、長引いたら面倒なことになる。

「泊まってもいいって言われてるけど、帰りたいな」

「そうですよね。何だか面倒臭いです」

「でも一応、この辺の宿を探しておいてくれないか？　万が一のために」

「予約は入れなくていいですよね？」

「それは後でいいだろう」

四天王寺前夕陽ケ丘駅から新大阪までは、地下鉄を乗り継いで三十分ぐらいだろう。新幹線の最終の東京行きは午後九時過ぎだから、八時まで仕事が長引いても東京へは帰れる。泊まれば楽かもしれないが、やはり今夜中に戻りたいという気持ちの方が強かった。真子も同じようだから、できるだけ早く事情聴取を終えるようにしよう。逮捕されない限り、何度も大阪へ来て話を聴くことになると思うし。

五時半、ようやく会議室のドアが開いた。先ほどの若い女性刑事がぺこりと頭を下げ、「今、益田議員をこちらに連れてきます」と告げる。

「警察でも立ち会ってくれるんですよね」急に不安になって、安藤司は確認した。警察署内だから面倒なことにはならないだろうが……。

「もちろんです」

それからすぐに、別の刑事二人が益田議員を連れてきた。何というか……やはりその辺のにいちゃんというかパリピというか、どうにも軽い。ツーブロックにした髪、綺麗に手入れした顎鬚《ひげ》に色の薄いサングラス。真っ黒なシャツのボタンは三つ開け、そこから太い金のチェーンが覗いている。

「何や、今度は」口調も乱暴だった。

「議員調査委員会の安藤です」安藤は立ち上がって頭を下げた。

「調査委員会？　何や、それ」

「国民議員に就任する際に説明させていただいたと思いますが、国民議員の活動全般に関して調査する組織です」

「ええ加減にせえよ！　まだ時間取られるんか！　商売上がったりや」

「国民議員の義務として、調査にご協力いただきます。座って下さい」

言って安藤司は椅子を引いたが、益田は座ろうとしない。ドアの近くの壁に背中を預け、腕組みをしてこちらを睨みつけてきた。逮捕したわけではないので、警察の方も強引なことはできずに見守るだけのようだ。

「お座り下さい」安藤司は繰り返した。

「座る必要、ないやろう。俺は話さへんよ。警察には散々話して、もう言うことはない」

「我々は別途、話を聴かなくてはならないのです。それが決まりです」

「そんなの、そっちが勝手に決めたことやないか！」

「法律で決まっています。法律には従っていただく必要があります」

「ええ加減にせえよ。何も言うことはない。こんなの、因縁や——そうか、あんたら、災害対策委員会の件で俺を嵌《は》めようとしてるな？　俺が民自連の人間やから、追い落とそうとしてるんちゃうか」

「問題があれば調べるだけです。調査委員会は、政治とは関係ありません」

「あるやないか。俺を調べようとしてるんやから」話が早くも堂々巡りになってきた。

「お座り下さい」三度目。しかし益田はまったく動こうとしない。

「ふざけるな」

これは困った——ここまで強硬な態度は想定していなかったのだ。簡単に話を聴いてそれをまとめ、調査委員会としてどうするかは、上の判断に任せればいいと思っていたのに、入口でいきなりつまずいた感じである。

「話していただけないなら、出直します。でも、何度でも来ますよ」

「何回来ても、何も話さんよ」

「それでは困ります」

安藤司はテーブルを回りこんで、益田に近づいた。距離が近くなると、益田がつけている香水の臭いが不快に鼻を刺激する。近づき過ぎると危険だろうが、離れて話しているだけでは埒《らち》が明かない。

「どうか座って、我々の質問に答えて下さい」

「ここで言ってみいや。答えるかもしれへんで——おい、何撮ってんねん！」突然益田が怒声を上げた。

真子には撮影を指示しておいたのだが、少し早い——実際に事情聴取を始めてから撮影するよう、きちんと言っておくべきだった。

「勝手に撮るな！」

益田が一気に前に出た。まずい——安藤司は彼の前に立ちはだかったが、益田は安藤司のワイシャツを掴んで、思い切り横に振った。思いもかけぬ力強さで、シャツのボタンが吹き飛び、安藤司は床に転がってしまった。それだけでは終わらず、益田は「カメラを寄越せ！」と叫んで真子に迫ろうとしている。

部屋に入っていた警察官二人が、後ろから益田に飛びかかった。安藤司は慌てて壁ににじり寄り、格闘現場から距離を置いた。二人がかりなので、益田もさすがにかなわない。すぐに、テーブルに体を押さえつけられてしまった。後ろから近づいた女性刑事の今泉が、腰から手錠を抜き、暴れる益田の両手首を拘束する。それから平然とした表情で腕時計を確認し、「十七時三十五分、傷害の現行犯で逮捕」と告げる。冷静な口調で、二人の男性刑事に、「連れて行って下さい」と頼みこんだ。

「何や、これ！　どういうつもりや！」益田が怒鳴り上げる。なおも暴れて戒めから逃れようとしたが、両手を後ろで拘束された状態では抵抗にも限界がある。すぐに会議室から連れ出されていった。開いたドアから叫び声が聞こえてくる……すぐに別の警察官が会議室に入って来た。騒ぎを聞きつけて、外で待機していたのかもしれない。

女性刑事が、安藤司の傍《そば》でしゃがみこんだ。「痛い思いをしたから、暴行じゃなくてよかったですね」と告げて、ジャケットのポケットからハンカチを取り出す。

「え？」

「血が出てます」自分のこめかみを指差してみせた。

「本当ですか？」確かに頭は痛むのだが、出血している意識はなかった。

「これで、暴行より重い傷害で逮捕できました。ハンカチ、使って下さい」

「すみません……」

受け取ってこめかみに当てると、確かに血がついてきた。さらに、こめかみから頬に何かが伝う感触。一瞬気が遠くなった。頭を怪我《けが》して出血したことなどないのだ。

真子の低い泣き声が聞こえ始める。別の警察官が近づいて慰めているが、彼女もとんだ災難だ。暴力などとは縁遠い職場のはずなのに、こんな目に遭うとは。

「痛みますか？」

「痛みますけど、そんなにひどくはないです」

「一応、医者へ行きましょう」

「ひどいんですか？」自分ではよく分からない。

「血が出てますし、頭ですからね。念のためです。怪我の診断書も必要です」

「そうですか」次第に痛みがひどくなってきて、考えがまとまらない。目の前にいる女性刑事の嬉しそうな顔つきがやけに気になった。そんなに罪状が大事なのか。

「こんなことで逮捕できるんだから、うちとしてはラッキーですよ」

「あ……そうですね」来週の災害対策委員会までには何もできないだろうと思っていたのだが、こんな形でチャンスが転がりこんできたわけだ。まさに身を切った調査ということになる。

安藤司は壁に手をつきながら、何とか立ち上がった。床が自分の血で少し汚れているのに気づいて、嫌な気分になる。

真子が泣き止《や》んだので、ふらふらと近づいて声をかける。

「大丈夫か？　怪我しなかったか？」

「安藤さん、血が……」真子の顔がさっと蒼《あお》くなる。

「今日は泊まりだな」こんなことが起きた大阪に長居したくはなかったのだが。

やはり泊まりになってしまった。病院で治療を受け、簡単に警察の事情聴取を受ける。警察官の目の前で起きた出来事だから、何も俺から話を聴かなくてもいいのに……と思ったが、決まりだから仕方がない。自分も「決まりだ」と押し通して、こんな目に遭った。

決まり通りにやることだけが全てじゃないな、と思う。

怪我は大したことはなかった。縫うまでもなく、大きな絆創膏《ばんそうこう》を貼られただけで治療は終わり。ただし、念のために明日、MRI検査を受けるように指示された。自分ではどこをどう打ってこうなったか分からなかったが、確かに頭が少し痛い。今晩、寝ているうちに急に悪化して死んでしまったらどうしようと、嫌な想像さえした。

警察から解放されたのは、午後八時過ぎ。真子と一緒にそそくさと夕食を食べ、ホテルへ向かう。

「大変でしたね。せめてゆっくり休んで下さい」何とか平常に戻った真子が気遣ってくれた。

「少し頭が痛いんだよな。変なところを打ってたら怖い」

「何かあったらすぐ電話して下さい」

「電話できるぐらいなら、大したことはないと思うけど」話しているうちにどんどん不安になってくる。夜中に痛みで悶絶《もんぜつ》して、助けを呼びたくてもスマートフォンも摑めなかったら、どうしよう。

しかし、心配ばかりしても仕方がない。シャワーを浴びて何とかさっぱりして、一息つく。酒は駄目だと医者に言われていたので、ミネラルウォーターで我慢する。喉が異常に渇いていて、あっという間に一本を空にしてしまった。二本買ってきたが、これで今晩もつだろうか。

そうだ、武屋に報告しておかないと。真子が電話で話してくれていたが、自分からもちゃんと話しておかないと、武屋も心配するだろう。

武屋はスマートフォンを握り締めて待っていたように、電話に出た。

「無事です」とすぐに報告する。「ただし、念のために明日の朝精密検査を受けて、それから戻ります」

「災難だったな」

「でも、これで狙い通りになったんじゃないですか」

「それは、我々が心配することじゃないけどな。田畑君から詳しい報告は受けてるから、今日はゆっくり休んでくれ」

「正式の報告は、戻ってからでいいですか」いつでも報告書は作れるように、パソコンは持ち歩いているのだが。

「構わない。上には、俺から口頭で報告しておくから」

「ご迷惑おかけして」

「いや、大手柄だよ。まさに体を張った仕事だ」

褒められても全然嬉しくない。

午後十時過ぎ、安藤司はベッドに入った。灯《あか》りを消したが、なかなか眠くならない。痛みは何とか我慢できるが、やはり興奮しているのだろう。早く寝ないと……明朝は八時に病院に行くことになっているのだ。

スマートフォンが鳴る。こんな時間に誰だよ——舌打ちして確認すると、知らない番号だった。無視してしまおうかと思ったが、いつもの癖でつい出てしまう。念のため名乗らず、向こうが話し出すのを待った。

「調査委員会の安藤君ですか?」

「安藤です」どこかで聴いたことのある声だが……。

「首相の北岡です」

「北岡首相……」

思わず「本物ですか」と聞いてしまった。電話の向こうで相手が声を上げて笑う。

「それは、田舎のロケで芸能人に会った地元の人の反応だね」

「すみません、でも私のような一般職員に首相から電話がかかってくるなんて、考えてもいませんでした」

「選挙の時に、私はフラット化という言葉を何度も使いましたよ。内閣、議会、官僚、全てがフラットな関係で進めていく。それを実際にやっているだけです」

「それで、普通の公務員に電話したりするんですか」

「しますよ。特にお礼を言いたい時には。怪我をされたそうですが、大丈夫ですか？」

「今のところは大丈夫です」首相に聞かれて『駄目だ』とは言い難い。実際には今も痛みが残っているのだが。

「そうですか。大事にして下さい。とにかく、一言お礼を言いたかったんです。あなたが調査委員会の職員としてきちんと義務を果たしてくれたから、事態は正しい方に動きます」

「それは……」益田を貶めて、災害対策委員会での質問を封じるということか。ある意味卑怯《ひきょう》な手で、自分がそれに手を貸してしまったことが何だか悔しい。

「とにかく、体には気をつけて下さい。まず、お礼とお見舞いをしないといけないと思いましてね」

「もったいないお言葉です」

「こちらこそ、ありがとうございました。では」

首相から直接電話がかかってくる——高級官僚だったらそういうこともあるだろうが、自分は下っ端、平の職員である。これを「フラット化」と言っていいかどうか分からないが、やはり新体制の変化は大きい。

自分はその変化の只中にいる、とまさに感じた。


電話を切り、北岡琢磨は安堵の息をついた。

「まさか、こんなに急に話が進むとは思っていませんでしたよ」

「まったくです。運もこちらにありますね」官房長官の内村晋助がうなずいて同意した。「しかし、わざわざ調査委員会の職員に礼の電話を入れなくてもいいんじゃないですか」

「これで、次の選挙でも一票を確保できると思えば、安いものでしょう」

「向こうの反応は?」

「最初、信じてもらえませんでしたよ」北岡琢磨は小さく笑った。

「それはそうでしょう。首相からいきなり電話がかかってくるなんて、想像している人はいません。でも、あまり頻繁にやると効果が薄れますよ」

「なるほど……考えましょう」

二人はミネラルウォーターのボトルを掲げて乾杯した。酒といきたいところだが、外国要人を迎えての晩餐会《ばんさん》でもないのに、官邸で酒は酌み交わせない。

首相執務室で二人きり。多くの人が自分たちのために動いてくれているが、やはり一番多くの時間を共に過ごし、一緒に知恵を巡らせる相手は官房長官だ。それだけ、内村晋助が頼りになる証拠でもある。

「警察庁経由で、大阪府警の方には、明日の朝公表するように指示しておきました」

「騒ぎになるでしょうね」

「大阪のメディアは大騒ぎでしょう」

「調査委員会としてはどうするんですか？」

「府警の発表を受けて、その直後に事実関係を公表することにしています」

「益田議員の処分は？」

「公式には、犯罪行為があって起訴されれば、その時点で議員資格剝奪となります。その後は、二十歳以上の日本国民から別の一人が選ばれる形になりますね。もちろん、本人が辞職を申し出れば、それを受け入れることになるでしょうね。今のところは、益田議員がどう出るかは予想できませんが」

「まあ、起訴まで待ってもそれほど時間はかからないでしょう。災害対策委員会については、一応予定通りに開催して、適当に収めるようにしましょう。益田議員がいなければ、面倒な質問も出ないはずです」あの男のねちっこい関西弁は、ストレスを増幅させる。「それと、都知事の方ですが、どうしますか？　何か手を打つべきですかね」

「いや、益田議員が逮捕されたことで、都知事は状況を察するはずです。あの人は鋭いから、手を引くでしょう」

「知ってますよ」北岡琢磨は苦笑した。何も話していないのにこちらの腹の中を読まれてしまうことが、何度もあったのだ。

「だったら、余計な刺激はしない方がいいでしょうね」

「メッセージは十分届くと思いますよ」

「分かりました。では、篠田都議にも、都知事にも、接触はしないようにしましょう。首相、個人的に知事に電話をかけては駄目ですよ」内村晋助が釘を刺した。

「それも面白いかと思っていたんですがね」北岡琢磨は、スマートフォンを弄《いじ》った。

「冗談はやめて下さい」内村晋助が苦笑した。「事態を複雑にしないのが、勝負に勝つための鉄則ですよ」

「長い間話していないので、たまにはいいかなと思いましたけどね」

「それは、どちらかが政界を引退してからにして下さい」

それは向こうの方が早い——叔母を引退に追いこめなければ、新体制は長続きしないのだ。


「やるわね」

宮川英子は思わず言った。自宅で朝のニュースをチェックしている時に、「益田議員逮捕」の一報が流れたのだ。昨日の夕方、警察署内で調査委員会の事情聴取を受けている時に、突然職員に暴力を振るって逮捕されたというのだ。

これは絶対に、向こうが仕かけた罠《わな》だ。益田議員は、民自連党員とは言っても政治に関しては素人だし、どうも危ういところがある人間のようだった。そういうタイプの人間を怒らせ、手を出すように仕向けるのは、難しいことではなかっただろう。果たして誰が仕組んだのか……琢磨が自分で計画を練ったとは考えられないから、誰かブレーンがいるに違いない。官房長官の内村晋助あたりが怪しい。あの男は旧世代の嫌らしさを持った人間だ。

都庁へ向かう車の中で、宮川英子は富沢大介に電話をかけた。富沢大介も益田の件は既に知っていて、非常に不機嫌だった。

「動きが早過ぎる」というのが富沢大介の分析だった。「事前にしこんでいたとしか考えられないな」

「確かですか？」

「あくまで想像です。ただねえ、こんなに急に動いて逮捕なんて、あり得ない」

宮川英子は思わず溜息をついた。確かに、タイミングがよ過ぎる感じはある。こうなると、冗談のように囁《ささや》かれていた噂も、本当ではないかと思えてくる。調査委員会は、四六時中国民議員に監視をつけ、何かおかしなことがあったらすぐに動き出して処分できるようにしている——いや、千人もの人間を連日連夜監視し続けることなど不可能だろう。それこそ金と人の無駄だ。

「こちらに影響は及びそうですか」

「それは心配ないでしょう。これは、首相サイドからの一種のメッセージですよ」

「余計なことをすると、こういうことになると？　その方が怖いですね。直接攻撃がある方が、まださばきやすいでしょう」

「おそらく、首相の主導ではなく内村官房長官の入れ知恵でしょう」

「そうでしょうね」

「あの男は要注意だ。できれば排除したい」富沢大介がきつい口調で言った。「調べれば、脛《すね》に傷の一つや二つ、見つかるはずです」

「でも、彼は議員ではない」

ここがまた問題ではないかと思う。国民議員については、何か問題がないかどうか、調査委員会がチェックするのが原則になっている。もちろん、二十四時間三百六十五日、監視しているわけではないだろうが……その一方で、内閣に関してはそういうチェックシステムはない。法律に触れるようなことがあれば検察が捜査するだろうが、政治家を捜査するのが難しいのは今も昔も変わらない。様々なシステムが変わった中で、首相をはじめ内閣のメンバーだけは厳しい監視を受けないことになる。リコール請求もできるが、「相応の証拠」がないと受け入れられない。この辺、新日本党のやり方は上手かったと思う。敵ながらあっぱれ、という感じだ。

「この件は無視しましょう」富沢大介が提案した。「こちらから声を上げて、相手を変に刺激する必要はない」

「逮捕された益田さんはどうしますか」

「余計なことをすると、我々とのつながりを想像される。それはまずいでしょう」

既に首相たちは想像していると思うが。益田―篠田都議―富沢大介……そして自分。一本の線が見えているはずだ。ただし、ここで攻撃をしかけてくるとは考えにくい。今は新体制になって二期目。全体に安定しているから、余計なことをして自ら嵐を引き起こす必要はないだろう。向こうにすれば、未だに足場固めの段階のはずだ。

「この件は、なかったことにしましょう。益田さんのフォローは、篠田都議に任せます」

「それがいいですな。ここで切っておかないと」

トカゲの尻尾切りか、と宮川英子は鼻白んだ。まさに彼が言う通りなのだが、こういうことは心の中で思うだけで、口に出さない方がいい。

「しばらく大人しくしておきましょう」富沢大介が提案した。「それで様子を見る――狙いはあくまで四年後です。何かスキャンダルを問題にするなら、首相選ぎりぎりのタイミングがいい」

「そうしましょう。でも、今のうちにしこみはしておかなくてはいけませんね。例えば――」

「黒井康明」富沢大介が低い声で言った。「彼に動いてもらうしかないでしょう」

「私もそれは考えていました」富沢大介と考えが同じというのが気に食わないが、呉越同舟ということもある。狙いは一つ――議会制民主主義の復活だ。その大きな目的のためには、小さな反目など乗り越えていかねばならない。まず、個人的な好き嫌いは別にして、富沢大介とは手を握っておくべきだろう。今の民自連で一番頼りになるのがこの男なのは間違いないのだから。

「一つ、忠告しておきますよ」富沢大介が低い、真剣な口調で告げた。

「ありがたく受け取ります」

「今回の件について、知事のお立場では発言しない方がいい。どうもあなたは、記者に対してサービス精神が旺盛過ぎるようだ」

宮川英子は黙って苦笑した。それは違う……別にマスコミにサービスしようとは思っていない。発言には全て意図がある――主に観測気球だ。自分の発言が世間にどう受け取られるか、実際は特定の人間に寄せたメッセージがどんな風に受け止められるかを見極めるために、マスコミは大変役に立つ。今後も上手く使っていくつもりではいたが、ここは大人しく、富沢大介の忠告に従っておこう。何もここで、波風立てる必要はない。

「ご忠告、ありがとうございます。しばらくは口にチャックをしておきますよ」

「そうして下さい。あなたは民自連にとって最後の切り札だ。土俵に立つ前に、下らないことで潰れて欲しくない」

潰れるものか。勝負の時まで生き延び——いや、力を蓄えて、必ず勝つ。

第三章　公正の槍

国民議会議員調査法

第二条　国民議会事務局内に、国民議会議員調査委員会を置く。
第三条　国民議会議員調査委員会は、必要に応じて国民議会議員の活動に関する調査を行う。違法行為と認められた場合は、委員会としてリコールを請求することができる。
第四条　国民議会議員調査委員会は、国民からのリコール請求があった場合には調査を行わなければならない。
第五条　リコールを請求された国民議会議員には、国民議会に臨時に設置する懲罰委員会において、弁明の機会が与えられる。

これは初めてだ。

安藤司はタブレットの画面を見ながら、異常に緊張していた。緊張すると頭痛がする――去年、益田議員に突き飛ばされた時に負った傷はとうに癒えているが、ストレスが溜《た》まると微妙に痛くなるのだ。何度か医者に相談し、精密検査も受けたが、結果は「異常なし」。薬も効かないので、益田のことを思い出して憂さを晴らすようにしている。益田は安藤司に対する傷害容疑で現行犯逮捕された後、盗難自動車の不正輸出に関わった容疑で再逮捕、起訴され、現在裁判を受けている。現職議員の逮捕ということで大きな衝撃を持って受け止められた――様々な意見が出ているが、安藤司としては「ザマアミロ」という気持ちが強い。あんなちゃらちゃらした男は、一度刑務所に入って反省すればいいのだ。

そう考えると、少しは痛みが薄れる。

「読んでくれたか？」

上司の武屋真司が、調査課三係のメンバーの顔を見渡した。全員が無言でうなずく。武屋がパソコンを操作すると、大型のモニターに日比野光正《ひびのこうせい》の顔と個人データが現れた。

日比野光正、五十六歳、東京選出の国民議員。本職は、「Wデータ」というIT系企業の創業社長である。企業のセキュリティなどを請け負う会社で、業績は悪くない。

国民議員としては、科学技術委員会に所属している。職業的な専門を活かし、委員会での質問は、就任してからの一年で十回を数えていた。まずまず、活発に活動している議員と言っていいだろう。法案の採決に関しても、一度も棄権せずに参加している。

「現在、会社の方は実質的に他の役員に任せて、国民議員の活動に専念しているようだ。この日比野議員に対するリコール請求が出ている」武屋が淡々とした口調で説明を続けた。「内容はデータの通りだが、デジタル庁の業務に関して口利きを行った、というものだ」

いかにもありそうな話だ、と安藤司は思った。問題になっているのは、去年デジタル庁が導入した新しいセキュリティシステム。総額八十億円になるこのシステムは入札によって業者が決定されたが、日比野はデジタル庁から事前に情報を仕入れて、Wデータの取り引き企業――入札業者に流したのだという。要するに談合だ。

「日比野議員に対するリコールを請求したのは、やはりIT企業である『ブイセキュリティ』の社長だ。ブイセキュリティは、デジタル庁の入札で負けている。腹いせにこの情報をうちに持ちこんできたんだろうが、違法行為は違法行為だ。取り敢えず内密に日比野議員の周辺調査をして、実際にリコールに該当する行為があったかどうかを確認する」

調査委員会の中で実働部隊になるのが、安藤司が現在所属する調査課である。ここは複数の係に分かれ、リコールに対応した調査などを担当する。ここで「事実あり」と判断されると懲罰委員会が審議を行い、さらに本会議で議員に対する処分が決まる。

リコールは新体制になってから導入された制度で、国民議員、閣僚、そして国家公務員が対象になる。調査委員会は普段から国民議員の活動をチェックしているが、市民も、議員や閣僚、公務員の不正行為などに対してリコール——不正を指摘できるようになった。

リコール請求に関しては、相応の証拠がある場合にのみ受けつける、という運用規定がある。一般市民が、国民議員の不正行為に関して噂を耳にすることはあるかもしれないが、実際に証拠を集めるのは困難だろう。実際、これまでリコール請求は一度もなかった。あくまで「こういう制度がある」ということで議員に自制を求めるための牽制《けんせい》ではないかと安藤司は考えていた。つまり、抑止力だ。

それが今回、「証言してもいい」という実質的な内容を伴ったリコール請求である。こうなると、調査委員会としても動かざるを得ない。

「まず、リコール請求者に対する事情聴取が必要だ。それは安藤君と御子柴《みこしば》君でやってくれ。その他のメンバーは、日比野議員の行動の洗い直し。銀行口座の調査も進める。以上だ。今後、毎日夕方五時にここに集合して、情報のすり合わせをする。それ以外にも、重要な情報を手に入れたら、すぐに全員で共有するようにして欲しい——では、早速始めてくれ」

安藤司は立ち上がり、御子柴成美《なるみ》が座っている席に向かった。彼女は楕円《だえん》形のテーブルの向かい側にいたので、ぐるりと回っていくことになる。御子柴成美はタブレット端末に視線を落としていた。

「御子柴さん、よろしくお願いします」

「ああ……こちらこそ」御子柴成美が顔を上げ、眼鏡の奥からじっと安藤司を見てきた。「一緒に仕事するのは初めてね」

「はい」

何となくやりにくい。御子柴成美はこの春、警察——警視庁から出向してきた。専門は経済事件。三十三歳、小柄で大人しい感じがするのだが、本当にそうかどうかは分からない。一緒に仕事をするのは初めてなのだ。

「御子柴さん、こういう捜査の経験はあるんですか」

「談合？　ないわね。東京では、公共事業に絡む談合事件はほとんどないから。こういうのは田舎でよくある話なのよ」

「中央官庁で談合っていうのは……」

「私は聞いたことないわね」御子柴成美が書類をまとめ、眼鏡をかけ直した。「こういう事件の捜査のノウハウは研修で教わっているけど、それが通用するかどうか」

「そうですか」にわかに心配になってきた。調査委員会では、警察や検察のような捜査をすることもあるはずだということで、この春に司法関係省庁から何人かが異動してきていて、御子柴成美もその一人である。しかし国民議員を調べるとなると、簡単ではないだろう。「こういう場合、基本的なノウハウはどうなってるんですか」

「情報提供者に話を聴く時は、とにかく冷静にしていればいいわ。ただし、百パーセントは相手を信用しないように」

「情報提供者を信用しないと、話にならないじゃないですか」この人はいったい、何を言い出すのだろう。

「さっき、武屋課長も『腹いせにこの情報をうちに持ちこんできた』と言ってたでしょう。そういうことはよくあるのよ。入札で自分たちが負けた、どうやら裏で談合が行われていたらしい、そんなことは許せないからタレコんでやれ――そういう感じね」

「動機が不純ということですか」

「動機は別にいいんだけどね」御子柴成美が首を横に振る。「私怨は褒められたものじゃないけど、情報提供者は犯罪にかかわっているわけじゃないんだから。事実だけを吸い上げて、調査に役立てればいいの。でも、あまりにも激しい恨みがあると、事実関係を捻《ね》じ曲げて解釈してたり、適当なことを言う可能性があるでしょう。そこを見極めるのが、私たちの最初の仕事ね」

「分かりました」安藤司は肩を上下させた。

「もしかして、緊張してるの？」御子柴成美が面白そうに言った。

「してますよ。僕は元々、ただの議会事務局職員ですよ。荒っぽい話は苦手なんです」

「私だって苦手よ」御子柴成美が肩をすくめる。

「警察官なのに？」

「警察だって、いろいろな部署があるのよ。荒っぽいことは、捜査一課や組織犯罪対策部の専門。私たちは、お金の流れを追うのが第一だから。お金は別に怖くないでしょう？」

「まあ……そうですね」何だか釈然としない。警察に対して抱いていたイメージが崩れてしまう。

「とにかく、動きましょう。まず情報提供者にアポを取って、できるだけ早く会うようにしましょう」

「分かりました」

安藤司は自席に戻った。資料を確認して、ブイセキュリティの社長、角谷貴也《かどたにたかや》に連絡を入れる。

角谷は「待ってました」と言わんばかりの勢いで話し出して、止めるのが大変だった。面会の約束を取りつけて電話を切った時には、額に汗が滲《にじ》んでいた。

「電話するだけでそんなに大変だった？」近づいて来た御子柴成美が、面白そうに言った。

「いきなりまくしたてるタイプでした。いつもこうなのかどうかは分かりませんけど、エキサイトしやすい人かもしれませんね」

「それで、アポは？」

「午後二時」

「じゃあ、それまでにできるだけブイセキュリティ、それに角谷という社長の情報を調べて、しっかりお昼を食べてから出かけましょう」

「情報提供者のことも事前に調べるんですか？」

「相手が何者か分からないままで、話を聴きに行くわけにはいかないわよ」

「入念ですね。でも、そんなに急に調べられますかね」

「上場企業の情報は、ある程度は調べられる。角谷という人に関しては……ちょっと古巣に聞いてみるわ」

「警察は、経営者のことも調べているんですか？」

「調べてはいないわ。ただ、常に情報は収集してる。会社の経営者といえば、お金を動かす人たちでしょう？　お金が動くところには、おかしな連中も集まってくるから。そこで何か犯罪行為があっても、不思議ではないのよね」

「何だか、誰も信用できない感じですね」

「最初から信用しないでいる方が、気が楽よ」
御子柴成美が笑った。それで納得できたにしても、ひどく寂しい人生ではないかと安藤司は思った。

角谷は四十八歳。大手IT企業でセキュリティ関係の開発業務に携わっていて、三十五歳で独立、Wデータと同じような、企業のセキュリティを請け負うベンチャー企業を立ち上げた。能力と野心がある人なら、不思議ではないキャリアである。会社は五年前に上場を果たし、経営も安定しているようだ。御子柴成美が警視庁に確認した限りでは、会社、個人ともに怪しい情報とは縁がない。

実際に会ってみると、安藤司は電話で話した時よりも激しい勢いに気圧《けお》されてしまった。渋谷にあるオフィスビルの二つのフロアを占める会社の社長室。二方が窓になっており、春の陽《ひ》が射しこんでくる——あまりにも強いので、冷房が入っているぐらいだった。こういうのはエネルギーの無駄遣いだな、と思う。

会うなり、角谷がいきなりまくしたてた。
「だいたいね、こんな昭和みたいな談合が今でもあるのが信じられませんよ。我々のようにデジタルの世界に生きている者は、動きが全て可視化されているんです。そんな業界で、密室の中で金のやり取りをして談合……あり得ませんね」角谷が芝居がかった仕草で首を横に振った。「結局、国民議会になっても、議員っていうのは昔と変わらないんじゃないですか？　素人がいきなり権力を手にしたら、善悪の見境がつかなくなって金の亡者になる——むしろ、昔よりも悪いんじゃないですか」

　安藤司は、御子柴成美に目配せをした。このオッサンは自分の手に余る。尋問のプロに任せたい――御子柴成美がうなずき、ピンと背筋を伸ばした。そうすると、小柄な体が一変したように大きく見える。眼鏡をかけ直して、低い声で話し始めた。

「お話は、リコールの請求で把握しています。最初に伺いたいのは、あなたがどうしてこの件を知っているか、ということです」

「入札で争った関係ですからね」

「それだけでは、情報は入らないでしょう」

「間違いありませんよ」角谷が自信たっぷりに言った。

「具体的な証拠は？」

「これをどうぞ」

　角谷が背広のポケットからUSBメモリを取り出してテーブルに置いた。

「これは？」御子柴成美が取り上げようとして、手を止めた。ハンドバッグからラテックス製の手袋を取り出してはめてから、USBメモリを手にする――警察ではないのだから、指紋を気にする必要はないと思うが。

「そこまで用心しなくて大丈夫ですよ。これは私のものですから」角谷が苦笑する。「まるで警察ですね」

「実際、警察官なんです」御子柴成美が淡々と言った。「出向で調査委員会に来ていまして」

「だったら、捜査の専門家ということですね」

「そうなりますね」御子柴成美がさらりと言った。「それで、これは？」

「日比野議員と、今回落札に成功した会社のＣＥＯとの話し合いを撮影したものです」

「どうしてそんなものが？」

ちょっと怪しいのでは、と安藤司は疑念を感じた。隠し撮り？

「怪しいと思うかもしれませんけど、間違いなく本物ですよ」

「隠し撮りですか」思わず確かめてしまった。

「ええ」角谷が悪びれずに認める。

「誰が？」

「それを言わないといけませんか？」急に角谷が、怒ったような表情を浮かべる。「いわゆるネタ元を守らないといけないんですが」

「それは、我々も同じです。しかし状況によっては、あなたのネタ元にも話を聴かなければならないんです」

「それは困る」角谷の顔がさっと緊張した。

「守るということは、その人の存在が表に出ないようにすることです。話を聴いても、その事実が世間に漏れないようにすればいいんですよ。秘密は絶対に守ります」

「そうですか……」

「それで、どういう人なんですか」御子柴成美が遠慮なく突っこんでいく。

「内部の人間です」角谷が認めた。

「Ｗデータの？」

「正確には『元』ですね」

「元社員、ですか」御子柴成美がしつこく突っこんでいく。

「ええ」

「どういう経緯で、このデータがあなたのところに？」

「それは後で説明します。まず、確認していただけますか」

「安藤君」

言われて、安藤はバッグからノートパソコンを取り出した。ＵＳＢメモリを挿しこみ、動画を再生させる。パソコンを動かして、三人が一緒に観られるように角度を調整した。

最初に気づいたのは、画面が綺麗な四角でないことだった。四隅が微妙に丸くなっている。バッグか何かにカメラを入れて、小さな穴から撮影できるようにしたのではないかと想像した。

レストランの個室のようだった。四人がけのテーブルに日比野と女性が向かい合って座っている。時折手前に映るぼやけた人物が、情報提供者かもしれない。

二人の話し合いは、専門的な内容から始まった。最新のセキュリティ技術の話――これは、安藤にはまったく理解できない。御子柴成美も同じようで、眉間に皺が寄っていた。角谷に聞けば分かるかもしれないが、この男も専門用語をまくしたてて、自分たちを混乱させるかもしれない。

やがて話は核心に入っていく。相手――Ｃクラウドのことを、ＣＥＯだという高木史花《たかぎふみか》が、曖昧な表現で切り出した。

『日比野さん、例の件なんですが、どんな感じになってますか』

『今回参加するのは間違いないですね？』

『もちろんです。うちとしても、ここで実績を作りたいので』

『なかなか厳しい仕事になるんじゃないですか？　条件が難しい』

『うちはWデータのように大手ではありませんけど、ここでチャレンジしないと、会社としてステップアップできません』

『あなたは昔からそうだね』日比野の声が少し緩んだ。『やる気は超一流だ』

『仕事も超一流だといいんですが』

『優秀な人間をどれだけ集められるかが、ＣＥＯに本当に必要とされる能力なんです』

『難しいところですね。人の確保には、いつも苦労しています』

『あなたなら、Ｃクラウドを業界のリーディングカンパニーに育てられますよ。見どころがあると思ったから、私も独立を許可したし、資金も提供した』

『なかなかご期待に応えられないんですが……』

『心意気は大事です――では、これを』

日比野がスーツのポケットから一枚の紙を取り出し、テーブルに置いた。すっと史花の方に押し出す。史花が手に取って確認し、すぐに折り畳んだ。傍の椅子に置いたハンドバッグを取り上げて、紙片を中に入れる。

「ちょっと止めて」御子柴成美が低く鋭い声で命じた。安藤司はすぐに再生を停止し、少しだけ時間を戻した。紙を受け取った場面をもう一度再生する。御子柴成美が身を乗り出し、パソコンの画面に顔を近づけた。

「さすがに紙の内容までは読めないわね」

「金額が書いてあったんでしょうか」

　安藤司は角谷に視線を向けたが、角谷は腕組みをしたまま、何も言わない。彼自身、この映像からは具体的な情報を得られなかったのではないだろうか。

　安藤司は、そのまま映像を流した。二人のやり取りは続く。

『その紙は、すぐに処分して下さい』

『もちろんです。でも、こういう時は紙が一番便利ですね』

『昔ながらの方法も馬鹿にしたものじゃないということですよ』

『ありがとうございます』史花が頭を下げる。『これを参考にして、次のステップに進みたいと思います』

『上手く使って下さいよ。不自然にならないように、少しだけずらすのが肝要だ』

『それは心得ています』

　おそらく今の紙片には、入札金額が書いてある。それにピッタリ合わせるといかにも情報が漏れた感じがするから、多少上下させて調整しろ、ということだろう。

「この後には、見るべきものはありませんね」角谷が言った。「普通に食事をしているだけです」

「後で全部確認します」御子柴成美が言った。「これはいただいても？」

「そのために用意してきました」

「あなたも同じものを持っていますね？」御子柴成美が指摘した。確かに、こんなものは幾らでもコピーできる。

「もちろん」

「表に出ないように、お気をつけ下さい。外に漏れてしまうと、こちらの調査が潰れてしまいます」

「気をつけましょう」

御子柴成美は実は、警告しているのだ。こんな重大な映像を持っていたら、調査委員会に情報提供する以外にも、使いたくなるかもしれない。まずあり得ないと思うが、この映像をネタにして日比野を脅すことも可能だろう。角谷は御子柴成美の真意に気づいているかどうか……何かと豪快な人物のようだが、その分繊細さには欠ける感じがする。

「それで——相手の方は誰なんですか」

「Cクラウドの高木史花さん」

「それは聞きました。日比野さんとはどういう関係なんですか」

「高木さんは、元々Wデータにいたんですよ。そこから独立して、自分でセキュリティ関連の会社を立ち上げた。それが五年前ですね。まだまだ発展途上の会社ですよ」

安藤司は必死にメモ帳にペンを走らせた。この会話はスマートフォンで録音してもいるが、書いた方がすぐに頭に入る気がする。

「師匠と弟子、みたいなものですか？」御子柴成美が訊ねる。「あるいは暖簾《のれん》分けのような」

「そんな感じですかね」

「この業界ではよくあるんですか？」

「あまり聞きませんけど、日比野さんは面倒見がいい人と聞いてますよ。だから入札情報を漏らしたんでしょう」角谷が皮肉っぽく言った。

「こんな風に、仕事を回すようなこともあるんですか?」

「ないですね」角谷が即座に断言した。「どこだって、自分のところで仕事を取りたい。でも、まあ……そうですね、弟子だと思っている相手なら、仕事を回してもおかしくないでしょう。日比野さんも、悪気はないと思いますよ。本当にサービスみたいなもので」

「Cクラウドから日比野さんに、キックバックのようなものはあったんでしょうか」

「私は聞いていないですけどね」

「それで……角谷さんのネタ元のことなんですが」御子柴成美が最初の話を蒸し返した。

「それは言えませんよ」角谷の態度が急に強硬になった。「彼も必死なんです。覚悟がなければ、こういう情報を流しはしませんよ」

「男性なんですね」御子柴成美が鋭く反応した。「彼」

「参ったな」角谷が苦笑する。「そんなに鋭く突っこまないで下さいよ」

「我々は、法律に則《のっと》って、税金を使ってこの仕事をしています。不正があれば明らかにするのが義務です。そのためには、あらゆる関係者に話を聴かないといけません」

「例えばですね」安藤司は我慢しきれず割って入った。「その人を教えていただいて、我々が会いにいく――でも角谷さんの名前は一切出さないということでどうでしょう。それなら、角谷さんはネタ元を守ったことになりませんか」

「それはまあ……」

「いずれにせよ、割り出して話を聴くことになります。だったら、早い段階で角谷さんから教えてもらった方がありがたいんですが」

「しょうがないな」角谷が折れた。「向こうが話に応じるかどうかは分かりませんよ」

「それは、我々で何とかします。心配しないで下さい」

「本当に、私の名前を出さないようにお願いできますか？　信頼関係にも影響が出ますので」

「当然です」

「半年前まで、Wデータにいた人ですよ」

「日比野さんの秘密の会合に同席するぐらい、近い立場の人だったんですね」

「ええ」

「当時の肩書きは？」

「社長室長」

「今は？」

「この業界にはいません」

「別の業界に転職したんですか？」

「いえ」

どうも話が遅々として進まない。少し苛立《いらだ》ったが、安藤司は口を挟まないことにした。御子柴成美は特に焦っている様子がないので、このペースで進めた方がいいのだろう。とにかく彼女の方が、こういうことでは専門家なのだから。

「都内にお住まいですか？」

「いや——山梨かな」

「ご実家の仕事を継がれたとか」

「というより、介護離職です。母親が実家で一人暮らししていたんですが、体調を崩しましてね。彼ももう五十歳だし、田舎で暮らしながら母親の面倒を見るのも義務だと思ったんでしょう」

それで生活できるものだろうか……しかし安藤司は質問を控えた。話の腰を折るわけにはいかない。

「角谷社長とはどういうご関係なんですか」

「知り合い、とだけ言っておきます。この業界、横のつながりも結構あるものでね」

「それであなたに情報を託された」

「そういうことです。彼もこの件については激怒していますが、さすがに自分でリコール請求する気にはなれなかったようですね。長い間一緒に仕事をした人を破滅させるようなことは……」

「しかし、日比野議員に責任はあると思っていた。だからあなたにリコール請求を依頼した」

「私はね、真っ当に暮らす市民として、こういう不正は許せないんですよ。新体制になってリコール制度ができたんですから、使ってみようと思ったんです」

「分かりました。大変助かりました。ありがとうございます」御子柴成美が一礼したので、安藤司も慌てて頭を下げた。御子柴成美が平然とした口調で質問を継ぐ。「では、あなたのネタ元の名前と連絡先を教えて下さい」

「強引ですねえ」角谷が苦笑する。

「ここまで聞いたんですから、お願いします」

角谷が立ち上がり、自分のデスクに屈《かが》みこんでペンを走らせた。何かと照合して確認すると、大きめの付箋を御子柴成美に渡す。

「私は、住所までは知りません。取り敢えず話してみて下さい。そして私の名前は――」

「絶対に出しません。お約束します」表情を引き締めて、御子柴成美が宣言した。


翌日、二人はJR竜王《りゅうおう》駅に降り立った。甲府より一つ西側……駅は新しく綺麗だが、駅前で周囲を見回した限り、高い建物は見当たらない。大都会の甲府の隣駅なのに、急に田舎の雰囲気が色濃くなっていた。北口からタクシーに乗り、中央道の高架下を抜けると、すぐに会うべき相手――宮尾長人《みやおながと》の自宅に辿《たど》り着く。古い二階建てで、家の脇には水田が広がっていた。

「御子柴さんが声をかけますか？」安藤司は御子柴成美に譲った。

「いいけど、何で遠慮してるの？」

「女性が行った方が、向こうも安心するかな、と」

「そういう考え、もう古いんじゃない？　あなたも、特に相手を警戒させるような顔じゃないでしょう」

「そうですかねえ」

安藤司は思わず自分の顔を擦った。それを見て御子柴成美が苦笑する。結局彼女がインタフォンを押した。昨日電話をかけて、この時間に訪問することは伝えてあったのだが……反応がない。嫌な予感が広がってくる。

「逃げたんですかね」安藤司は思わず言った。

「昨日、電話で話した時には、どんな感じだった？」

「普通に話せました。でも、それから気が変わったかもしれない」

「あり得ない話じゃないけどねえ」

二人は玄関前から引いて歩道に出た。どうしたものか……少し時間を置いて、後でもう一度来てみるか。携帯の番号は分かっているから、かけてみてもいい。思案していると、いきなりクラクションの音を浴びせかけられた。左側のウィンカーを出した車が、自分たちの前でゆっくりと停車する。家の横にある砂利敷のスペースは駐車場だったのだと気づき、慌てて脇にどいた。

「宮尾さんじゃない？」車の中を覗きこみながら、御子柴成美が言った。

「そうかもしれません」宮尾の顔写真までは入手できていなかった。しかし、五十歳ぐらいに見える年齢はそれらしい。

二人が家の方にどくと、バックして車を停《と》める。すぐに出て来た男が「安藤さん？」と声をかけてきた。

「安藤です」今のところは自分が窓口なのだと思い、安藤は一歩前に出た。

「申し訳ない。病院で時間がかかってしまって」

「大丈夫です。今来たばかりです」母親の介護と聞いていたが、入院中なのだろうか。

「中へどうぞ」

宮尾が鍵を開けて家に入る。それにしても……宮尾が乗って来たのは軽自動車である。上場企業の社長室長まで務めた人が、田舎に戻って軽自動車。それまでの自分を完全に捨て去ったのかもしれない。

玄関のすぐ脇にある六畳間に通される。ここが応接間なのだろうが、殺風景な部屋だった。ソファが二脚とテーブルが置いてあるだけで、人をもてなす用意は何もない。

「お茶でも」と宮尾が言って部屋を出かけたが、御子柴成美は「お構いなく」と引き止めた。宮尾が少しだけ不機嫌な表情を浮かべて、ゆっくりと腰を下ろす。三人は、テーブルを挟んで向き合う格好になった。安藤司はすぐにスマートフォンを取り出し、「録音、よろしいですか」と確認した。

「まあ……はい」あまりよろしい感じではない。内密の話を録音されるのを嫌がる人はいるものだ。しかしちゃんとした記録がないと話にならない。

「早速話を聴かせて下さい」御子柴成美が切り出した。

「昨日も言いましたが、あまり乗り気はしませんね」宮尾がちらりと安藤司の顔を見た。

安藤司は昨日、宮尾と三十分近くも電話で話して説得した。結局、積極的に話すという言質は得られなかった。会うのは構わないが……ということで強引にアポを取ったのだが、自信はない。御子柴成美は「会えば何とかなるわよ」と楽観的に構えていたが。

「そもそも、私の名前をどこから割り出したんですか？」宮尾がうつむき、指先を弄った。

「調査委員会は、広く網を張って、あらゆるところから情報を取っています」御子柴成美が曖昧に答えた。

「まさか、角谷社長から出た話ではないでしょうね」宮尾の表情は険しい。

「角谷さんは関係ありません」

嘘。しかし角谷との約束を守るためには、この嘘は仕方がない。宮尾は座り直して、真っ直ぐ御子柴成美と向き合った。それを見て、この人は絶対に喋るという、根拠のない自信が安藤司の中に生じてくる。

「我々は広く情報を収集しています。国民議員を監視するためには、そういう作業が必要なんです。それで……あなたの名前が表に出ることは絶対にありません。リコールは角谷社長から出されていますから、彼の名前は公表されますが、詳細についてはこちらで調整して、公表するしないを決めることができます。あなたが、名前が出ないことを希望するなら、それは必ず守ります」

「そうですか……」

「許せない——国民議員に相応《ふさわ》しくない行為があったから、リコールに協力しようと思ったのではないですか？」

「国民議員の制度も、プラスマイナスいろいろありますね」宮尾が溜息をつくように言った。「国民の誰もが議員になって、政策決定に責任を持つ——素晴らしい理想だとは思います。でも、ランダムに議員を選んでいたら、能力の劣る人や悪人が紛れこんでしまうのを防げないでしょう」

「ランダムにやらないと、公平性が保てないので……すみません、これは、私たちの立場では批判も意見も言えないことです」御子柴成美がさっと頭を下げた。

「でしょうね。公務員というのはそういうものだから」宮尾がそっと息を吐く。

「それで……日比野議員とＣクラウドの高木史花ＣＥＯとの面会に同席した経緯を教えて下さい」御子柴成美が話を本筋に引き戻す。

「私は社長室長でしたから、社長の重要な会合にはよく同席していました」

「その時に、金の話が出たんですね」

「具体的に金の話は出ていませんよ。ただし、日比野社長から高木さんに、間違いなく情報は伝わっている」

「日比野議員から高木さんに、メモのようなものが渡っていました。それですか？」

「ええ」

「入札金額が書いてあった？」

「はい。私は額も見ています」

「実際の落札金額に近い金額ですね？」

「そうです。それで後になって、これはまずいと思ったんです」

実際には、この会談の前に、既に「まずい」と感じていたに違いない。だからこそ、わざわざカメラをしこんで撮影していたのだろう。

「日比野議員と高木さんの関係は、どういうものなんですか？　かつての社長と部下——あるいは師弟関係ですか」

「愛人ですよ」急に怒りの表情を浮かべ、宮尾が吐き捨てた。

「愛人？」御子柴成美の眉間に皺が寄る。

「社内では誰でも知っていることです。それで、高木さんが独立して起業したいと言い出した時にも、自分のポケットマネーから援助したんですよ。ポケットマネーと言っても結局会社の金ですから、それもどうかと思いますけど」

「要するに、自分の愛人に会社を持たせようとしたわけですね？」御子柴成美が念押しして確認した。

「公私混同ですよ。そして今度は、大型の案件を落札させようとした。本来なら、Wデータも入札に参加すべき案件です。しかし自分は引いて、愛人の会社に回したようなものですから、とんでもない話です」

「確かにそれは公私混同ですね」御子柴成美がうなずいて同意した。「二人は今でも愛人関係なんですか」

「私はそうじゃないかと思っていますが、はっきりしたことは分かりません」

「日比野議員は、入札情報をどこで手に入れたんでしょうか」安藤司は話に割って入った。

「それは……デジタル庁の役人でしょう」宮尾がふっと目を背ける。

「誰なのか、ご存じないですか」

「私が言うことではないと思います」

「デジタル庁の人間と会った時、あなたも一緒だったんじゃないですか」

「私は同席していません」

「でも、会ったことは知っているんですね」安藤司はさらに迫った。

「デジタル庁と話をしたのは、Wデータの社長としてではなく、国民議員としてでしょう。私は、そういう場に同席する権利も義務もありません。日比野社長は、その辺は律儀に分けていたようです」

「なるほど。それで、誰なんですか」

「あなたもしつこいですね」宮尾が苦笑する。

「すみません」安藤司は思わず頭を下げた。「よく言われます」

「デジタル庁で入札関係を担当する部署は、総務グループですね」御子柴成美がすかさず口を挟んだ。

「ええ」

「相手は総務グループのトップですか」

デジタル庁は、他の省庁とは組織の呼び名がだいぶ違う。総務グループは、他の省庁だったら「総務部」と言われる部署だ。わざわざ「グループ」と呼んでいるのは、他の省庁との差異をアピールするためかもしれない。仕事の内容は同じなのだが。

「そのように考えていただければ……デジタル庁には、いろいろなところから人が集まって来ていますよね？　民間からの登用もある」

「もしかしたら、総務のグループ長は民間出身ですか？　それで日比野議員と昔からの知り合いだとか」

「調べればすぐに分かるでしょう」

「ありがとうございます」御子柴成美が頭を下げたが、話はこれでは終わらない。「本当に、その面会の場にはいなかったんですか」

「面会とは限りませんよ」

「電話かメールで？」

「証拠が残っているかどうかは分かりませんけどね」

メールやメッセージだったら、削除してしまえば証拠は消えるはずだ。ただし電話だったら——何を話していたか、内容までは分からないにしても、話していた事実は通話記録で残る。

「調べてみましょう」

「あまり私の方には……」

「今後は、できるだけご迷惑をおかけしないようにします」

「お願いします」宮尾が頭を下げた。「東京で仕事をしている時は楽でしたよ。自分のことだけ考えていればよかったんですから。でも今は、まず母親優先です。自分の自由になる時間はあまりないんですよ」

「でも今は、入院されているんじゃないですか」

「いずれ戻って来ます。戻って来たら、もっと大変でしょうね」

「ご病気で？」

「足を骨折しましてね。リハビリが大変――いや、八十歳だと、リハビリしても元に戻るかどうか、分かりませんが」

「それは大変だと思います。ご家族思いなんですね」御子柴成美が少しだけ声を柔らかくして言った。

「家族思いかどうかはね……」宮尾の声から力が抜ける。

「東京は、完全に引き払ったんですか」

「家も処分しました。今はその金と退職金で、何とか暮らしてます」

「ご家族は……」

「離婚しました」宮尾が淡々とした口調で打ち明けた。「もうだいぶ前ですけど。今では、子どもたちにもほとんど会いません。だから、思い切って東京を引き揚げて戻って来る気になったんですけどね」

「失礼しました。立ち入ったことをお伺いしました」

「いえいえ……」

話は雑談に流れ、間もなく御子柴成美はこの事情聴取を終えた。タクシーを呼ぼうかと思ったが、近くに甲府駅へ行くバスの停留所があるというので、それを利用することにした。歩いて五分ほどのところにあるバス停で時刻表を確認すると、次は四十五分後……そのまま屋根もないバス停で、梅雨の晴れ間の強烈な陽射しを浴びながら待ち続けるのはかなり辛い。

「ちょっと早いですけど、昼飯にしませんか？」

「そうね」御子柴成美が腕時計を見た。「でも、どうする？　ご飯を食べられそうなところ、見当たらないけど」

「そこに回転寿司屋がありますよ」

「山梨で回転寿司？　せめてほうとうとかにしない？」御子柴成美が苦笑する。

「でも、近くには他に店がありませんから」

「じゃあ……妥協するわ」

二人はオープンしたばかりで、他に客がいない回転寿司屋に入った。駐車場がやたら広く、基本的には車で来る人向けの店だと分かる。そう言えば、海なし県の人の方が、寿司や刺身など海産物を好むと聞いたことがあった。

二人は黙々と皿を積み上げた。御子柴成美は、体が小さい割によく食べる。

「今日の事情聴取、成功だったんですかね」安藤司は、自信が持てずにいた。

「これでいいと思うわ。手がかりはつながってるから」

「捜査もこんなものなんですか？」

「それは捜査の秘密」御子柴成美がにやりと笑う。「でも今回は、取り敢えずは問題なく続けられるわよ」

「何だか……本気で仕事をしたら、今後も大変そうな気がします」

「そう？」

「千人の議員のうち、まともな人ってどれぐらいいるんでしょう」

「大半の人はちゃんとしてるはずよ。専門知識はないにしても、議員に選ばれたら勉強するようになるし。この前新聞に出てた、八十九歳のおばあさん議員の話、読んだ？」

「ええ」

長年専業主婦で、夫を亡くして一人暮らしという千葉選出のこの国民議員は、法務委員会に所属している。それまで、法律など意識することなく生きてきたのだが、選出されたのをきっかけに必死に勉強し、何度も質問をしている。八十歳以上の人が国民議員に選ばれると、持病や年齢などを理由に断る率が高いのだが、数少ない例外だった。

「いい例だと思うわ。議員の肩書きがつくと、誰でも一生懸命になるんじゃないかしら」

「新日本党は、国会議員の質の悪さを問題にしていましたよね」

「それは、受け入れられた」御子柴成美がうなずく。「二世、三世どころか四世の議員も出てきて、大した苦労もしないで政治家になる人が増えたから、当然質も悪化した。民自連には定年制もあったのに、何だかんだと理屈をつけて居座って老害批判を浴びる国会議員もいた。逮捕されされなければ曖昧に謝罪して、平然と議員を続ける。そして地元の有権者は甘いから、『おらが先生』を簡単に許して選挙で当選させてしまう――そういう風潮を一掃したい、というのが新体制の狙いよね」

「それ、上手くいってると言っていいんですかね」安藤司は首を傾げた。「去年、一人が逮捕されています」

「あなたが逮捕した人」

「僕が逮捕したわけじゃないです」安藤司は苦笑した。あれは、我ながらみっともなかった。

「……それで今回は、こういう事態です。制度が変わっても、議員になると勘違いして悪さをする人はいるっていうことですかね」

「権力を持つと、勘違いする人は多いから。普通の会社や役所でも、人の上に立つと、豹変《ひょうへん》する人も少なくないでしょう」

「……ですかね」

「その辺は、ある程度リスクは織りこみ済みだと思うわ。昔の国会議員だったら、ろくに追及もされないでおしまい、だったかもしれないけど、今は悪いことをすれば私たちが厳しくチェックする。少なくとも、新体制の方がよほど健全だと思うけど」

「そう考えないと、自分の仕事をやっていけませんよね」実際には、「警察国家」と揶揄する声もあるのだが。

「まあね」

「御子柴さんは、いずれ元のところに戻るから、気楽かもしれませんね」つい皮肉を言ってしまう。

「そうだけど、あなただって、こういう警察みたいな仕事ばかりじゃないでしょう？　国民議員に困ったことがあれば、相談にも乗るわよね？」

「ああ……それもあります」最年少議員である田村さくらとの一件を思い出した。あの時は、議員活動を妨害する誹謗中傷を上手く抑えたと自負している。その後田村議員は、積極的に活動を続けているし。

「自信を持って。新体制は、まだ二期目が始まったばかりなのよ。これからもいろいろなことがあるでしょうけど、私たちが自信を持ってやらないと、問題が出てくる。新体制を下支えしているのは、私たちなのよ」

この自信が自分にもあれば、と思う。実際は五里霧中という感じだ。目の前の仕事には全力で取り組むが、その先――将来がどうなるかはまったく分からない。

新しいことに取り組むチャレンジ精神は大事だ、とよく言う。だが、そんなことを言う人ほど、実際にはチャレンジしていないのではないだろうか。目の前の荒野を切り開きながら歩いていくのは、不安でしかないのだし。

「そう言えば……この件が終わったら、首相から電話がかかってくるかもしれませんよ」

「首相？　何で」御子柴成美が疑わし気に目を細める。

「実際、かかってきたんですよ。去年の事件の後で」

「首相が一般職員に電話って……もしかしたら自慢してる？」

「違いますよ」安藤司は首を横に振った。「首相はフラット化って言ってたでしょう？　それを実際にやっているだけ、という話でした」

「それにしてもやり過ぎっぽいけど」

「他の省庁でも電話を受けた職員がいるそうです。直接労うというか、同じ仕事に取り組む仲間としてお礼を言う、みたいな感じです」

「相当変わった人よね。私なんか、警視庁の課長から電話がかかってきただけでも失神しちゃうわよ」御子柴成美が声を上げて笑う。

「まあ……そんなこともあるかもしれません」

「新体制って、かなり変だよね」

「それは否定できません」混乱している、というのが正解かもしれない。


日比野に対する調査は速やかに進んだ。驚いたのは、今回のデジタル庁の件だけでなく、他にも次々と問題が見つかったことだ。日比野の顔が利きそうなのはデジタル庁だけなのだが、知り合いを国交省や文科省の幹部とつないだりもしているという。それだけなら別に問題はないのだが、金が絡んでいるという噂も流れている。実際、日比野の銀行口座を調べると、正体不明の会社から何度も振りこみがあったことが確認された。

調査がスタートして一週間後、武屋課長が定例の夕方の会議で「そろそろ詰めの段階だ」と宣言した。一気に緊迫した雰囲気が高まる。

「安藤君、デジタル庁の担当者から事情聴取してくれ。内密に頼む。それを終えたら、できるだけ時間をおかずに、日比野議員から直接事情聴取する。そういうやり方でよろしいかな、御子柴君」

「本当は同時に事情聴取が理想なんですが、担当者の事情聴取を終えないうちには、日比野議員への事情聴取はできません」御子柴成美がテキパキとした口調で答える。「考えたんですが、担当者が決定的な証言をしたらしばらく監視しておいて、その間に日比野議員に話を聴くようにするのが、現時点でのベストな方法です。口裏合わせをされるのが、一番怖いですから」

「今のところ、担当者と日比野議員の接点は電話だけか」武屋が顎を撫でる。それだけでは弱いと考えているのだろうか……実際、二人の携帯電話の通話記録から、入札が行われる前に三回、通話したことは分かっている。日比野から二度、担当者から一度電話をかけていた。

「物証については、この辺が限界かと」御子柴成美が言い切った。「あとは、本人の事情聴取で確認していくしかありません」

「では、御子柴君も日比野議員に対する事情聴取を担当して下さい。警察的に厳しくやってもらって構わない」

「分かりました」

御子柴成美は気合い十分な様子だ。これこそ自分本来の仕事、とでも思っているのかもしれない。だったら俺はサポートに回った方がいいか……実際これまでの御子柴成美の事情聴取は手際よく、しかも確実に相手を追いこんできた。やはり餅は餅屋ということか。

打ち合わせが終わって、安藤司はすぐに、今後の調査の進め方について御子柴成美と相談した。

「乗りこんで事情聴取……じゃない方がいいですよね」安藤司は提案した。「ここへ呼ぶとか」

「そうね。プレッシャーをかけた方がいいわ」御子柴成美が同意した。

「どういう場所がいいんですかね」

「警察署を使うのも手ね」御子柴成美がうなずく。「警察署の取調室には、独特の雰囲気があるから。狭くて寒くて、古い建物だと微妙に臭い……私はいつも調べる側だったけど、調べられる側からすると、かなりテンションが下がるらしいわ。自尊心を傷つけられるみたい」

「それで喋ってしまう、ということですか……ここに呼んでも、あまりプレッシャーにはなりませんよね」

「旧国会議事堂だからね。警察署に呼んでみる？　できるだけ古い警察署を選んで、不快感を味わわせようかな。取調室に座っているだけで、体調が悪くなる人もいるから」

「……御子柴さん、性格悪くないですか？」

「これはテクニック」御子柴成美が平然と言った。「でも、ちょっともどかしいわね。自供させても、私たちにはそれ以上のことはできない」

「逮捕できないということですね」

　この調査を基にして、懲罰委員会が処分内容を決め、本会議でその可否を判断する。そして事件性が強い場合、本筋は警察、ないし検察に引き渡すことになっている。

「ぎりぎりの勝負になるかもしれない。日比野という人は、ＩＴ業界のトップランナーの一人だし、国民議員に選ばれて、ますます自信を高めてるでしょう」

「国民議員なんて、努力してなるものじゃないですけどね」

「でも、選ばれて調子に乗ってるのは間違いない」御子柴成美が首を横に振った。「自分が権力者だと勘違いしているから、扱いにくいと思うわよ」

「それは……御子柴さんに任せちゃった方がいいんですかね」彼女の言い分を聞いて、急に自信がなくなってきた。

「どうかな。私だって、議員を調べたことなんかないわよ」

東京地検から応援でももらうべきではないか……しかしこれは、自分たちの仕事だ。きっちりこなしてこそ、調査委員会、そしてこの新制度の行く末が見えてくるかもしれない。


警察署に入ったことは……去年の益田の件を含め三回ある。一度目は小学生の頃、社会科見学で。二度目は、友人が交通事故を起こして呼び出された時につき添ってだった。

安藤司が今日足を踏み入れた警察署は、小学校時代に見学した警察署と似ている——古い感じが。どことなくかび臭く、床は波打っているし壁は汚れている。耐震性に、明らかに問題がありそうだ。

既に署と話はついており、安藤司たちは二階にある取調室で待機していた。どうも落ち着かない……こちらが取り調べる側なのだが、御子柴成美が言っていた通り、いるだけで体調が悪くなってくるというのもいかにもありそうな、居心地の悪さだった。

「何だか体が痒《かゆ》くなってきました」安藤司は正直に打ち明けた。

「確かにね」御子柴成美も同調した。

「六月なのに、何でここはこんなに寒いんですかね」安藤司は自分の両腕を擦った。

「独特の空気が流れてるのよ」

説明になってもいないが、何となく納得できた。

約束の時間ちょうどに、ドアをノックする音が響く。安藤司は立ち上がり、何となくネクタイを直した。きちんとしているつもりだが、絶対に舐《な》められてはいけない……。

署員がドアを開ける。呼び出したのはデジタル庁総務グループ長の牧田匡史《まきたただし》。今年五十歳。IT企業からの転身組で、デジタル庁創設のスタートアップメンバーでもある。今は庁内人事や契約関係などを一手に担当する重責を担っていた。

小柄な男で、既に顔面蒼白《そうはく》である。呼び出したのは今朝——余計な準備をさせないように、急がせたのだ。もしかしたら日比野とは今でも連絡を取っているかもしれないが、この様子だと自分のことで精一杯で、この状況を伝えていないかもしれない。それだと、かなりやりやすくなる。

「議員調査委員会調査課の御子柴です」

御子柴成美が頭を下げる。安藤司もならって一礼した。顔を上げると、正面に牧田の蒼い顔がある。

「いったい何事ですか」牧田の声はかすれている。

「我々は、国民議員の活動全般に対してサポート、あるいは調査するのが業務です」

「それは分かっていますが……」

「どうぞ、お座り下さい」

御子柴成美が椅子を引き、牧田に座るよう促した。牧田は躊躇って、視線を上下させている。

「お座り下さい」

御子柴成美が少し口調を強くして言うと、ようやく牧田が腰を下ろす。しかし、すぐにでも逃げ出そうというように、浅く腰かけただけの状態だった。

御子柴成美と安藤司は、並んで向かい側に座った。警察の取り調べの場合、基本は一対一で、もう一人の刑事は記録係として背中を向ける――そのためのデスクが一つ置いてある――そうだが、調査委員会ではそういう決まりはない。「並んで座るのも面白いかも」と提案したのは御子柴成美だった。二人を相手にしていると、相手はどちらを見ていいか分からず、動揺して思わぬことを口走る可能性もある、ということだ。しかし牧田に対しては効果があり過ぎるかもしれない。呼び出されて既にひどく動揺しているのだ。これ以上混乱したら、まともに話ができなくなるかもしれない。

「昨年行われた、新しいセキュリティシステムの入札についてお伺いします」

御子柴成美の一言で、牧田の体がぴくりと揺れた。早くも攻撃のダメージを受けた感じである。御子柴成美は調子を変えずに、淡々と続けた。

「このシステムは、約八十億円で落札されました。小さくない額です。そしてこの情報が、事前に落札業者のCクラウドに流れていたという噂があります――つまり、談合ですね」

「まさか」牧田がはっと顔を上げた。「正当な入札でした」

「しかし落札額は、ほぼそちらの想定通り――談合ではよくあるパターンです。私たちは、入札額情報が何らかの形でCクラウドに流れたと考えています」

「それは――これも議員調査委員会の仕事なんですか？」

「議員が関連していれば、私たちの仕事です」

「議員……誰がですか」

「それをあなたから教えていただきたいんですが」御子柴成美の声が尖る。

「私は何も知りません」

「そうですか？」

「知りません」牧田が繰り返す。

「ＣクラウドのＣＥＯである高木史花さんは、以前日比野議員の会社で働いていました。同じような企業セキュリティ専門の会社ですが、独立して起業したと聞いています。その高木さんと日比野議員が、入札の少し前に会っていたという情報があります」

「それは、私には関係がない……」

「日比野議員から高木ＣＥＯに、入札に関する情報が渡ったという、確かな証言があります。かなり堅い物証もあります。これをどうお考えですか」

「考えと言われても」牧田がうつむいた。

「日比野議員は、どこかから入札情報を入手しました。入札に関しては、そちらが一手に把握している。それを日比野議員に渡したのではないですか」

「私は日比野議員とは面識がありません」

「面識はなくても話はできますね」御子柴成美がさらに迫った。

安藤司は、すかさず携帯電話の通話記録を取り出し、牧田に示した。

「これは、去年の七月から八月にかけての、あなたの携帯電話の通話記録です」

「どうしてそんなものを――」牧田の顔が一気に蒼褪《ざ》める。

「調査のためです」安藤司は平静を装った。「これを見ると、七月二十六日と二十七日に、日比野議員からあなたに電話がかかってきています。八月一日には、あなたの方から日比野議員に電話をかけている。お知り合いですよね？」安藤司は強く決めつけた。「残念ながら通話内容については分かりませんが、それぞれの通話時間は十分、十三分、五分です。そこそこ長いですよね。かなり込み入った話をしていたんじゃないですか」

「記憶にありません」

そう逃げたか……安藤司は、通話記録を牧田の方に押しやった。

「よく見て下さい。見れば、思い出すんじゃないですか」

取調室の中はひんやりしているのに、牧田のこめかみを汗が一筋、流れ落ちた。肩は震えている。

「私は……」掠《かす》れて今にも消えてしまいそうな声だった。

「何でしょうか」御子柴成美が冷たく訊ねる。

「断れるわけがないでしょう。相手は議員ですよ」牧田が御子柴成美を睨みつける。

「そんなに強引に迫られたんですか」

「あれじゃ、前の方がましだ。国会議員は、線引きは分かっていましたよ。もちろん無茶な要求をする人はいたし、癒着してそれに応えてしまう駄目な公務員もいた。でもそういうのは大抵、長いつき合いの中で生じた馴れ合いのようなものです。それを、あの人は……」牧田が唇を噛む。

「いきなり入札情報を要求してきたんですか？」

「……はい」

「それはひどい」御子柴成美が深刻な表情で言って、胸に両手を当てた。いかにも同情している感じ。「公務員は弱いですよね。それは私も理解できます」

「情けないですが、恐喝されたようなものです。結局その通りに入札が行われて……後悔しています。私は秘密を漏らしてしまった」牧田がうなだれる。

「脅されたんでしょう」

「はい」下を向いたまま、牧田が認めた。

「だったらあなたは、被害者のようなものじゃないですか」

「国民議員の制度は正しいんでしょうかね」牧田が首を捻る。「やはり、レベルが低いんじゃないですか？　国会議員にもろくでもない人はいましたけど、国民議員ほどじゃない。あんな人は、さっさと辞めさせて下さい」

「辞めるかどうかは、私たちは判断できません。事実関係を調査するのが仕事で、リコールについては懲罰委員会が判断します」

「私はどうなるんですか」牧田がテーブルの両端を摑んで身を乗り出した。「逮捕されるんですか？　それは困ります。今私がいなくなったら、家族は……」

「我々には逮捕権はありません」御子柴成美が冷静に言った。

「そうですか……」牧田が溜息をついた。

「しっかり話していただければ、あなたの立場についても考慮します。私たちの調査対象は、あくまで日比野議員ですから」

それから牧田は、時折言葉に詰まりながらもきちんと話し始めた。御子柴成美は最低限の質問を挟むだけで、彼の話の流れに任せる。まとめると——彼の言葉をそのまま信じるとすれば、これは間違いなく日比野の恐喝である。最初はいきなり電話がかかってきて、入札情報を渡すように強く言われた。驚いて断ったのだが、二度目の電話では、入札情報を渡さないと公務員として仕事をできなくしてやる、とはっきり脅迫されたという。悩んだ末、牧田の方から電話をかけて、情報を伝えた。日比野は礼を言うこともなく、その後も一切連絡はないという。

牧田は用心深い性格で、二度目と三度目の電話は録音していた。自宅のパソコンに残してあるその音声データを渡すことにも同意した。

御子柴成美は、牧田が逮捕されることはないと請け負い、今日の件は誰にも口外しないようにと口止めした。牧田は、最後は感謝の言葉さえ口にして、取調室を出て行った。御子柴成美は書類などを整理した後、「煙草吸いに行くけど、つき合う？」と訊ねた。

「御子柴さん、煙草吸いましたっけ？」一度も見たことがなかった。

「たまにね」

「僕は吸いませんけど、つき合いますよ」

古い庁舎の裏手の駐車場。その一角に円筒形の大きな吸い殻入れが二つ置かれた喫煙場所がある。数人の署員が、煙草休憩をしていた。御子柴成美が軽く会釈すると、全員がさっと会釈し返してくる。単なる礼儀というより、仲間意識……一言も話していないのに、喫煙者仲間の同族意識は強いのだろう。

「喫煙者に対する迫害はひど過ぎない？」御子柴成美がまず文句を言った。「吸わない人より税金払ってるのに」

「それは喫煙者の理屈ですよね」安藤司は指摘した。

「まあね……財布に痛いし、そろそろやめようかと思ってるんだけど」

「それがいいと思いますよ」煙草の煙が流れてきて、安藤司はさっと顔を背けて避《よ》けた。煙草は嫌いだが、顔の前で手を振って煙を追い払うのは失礼な気がする。

「ちょっと気になったんですけど」

「何？」

「逮捕しないって明言しましたよね？　大丈夫なんですか？　これから警察が動くかもしれないし」

「国民議員の犯罪だったら、担当は警察じゃなくて検察」

「そういう決まりでしたっけ？」

「決まりはないけど、昔から暗黙の了解なのよ。同じ汚職事件でも、国会議員や知事が対象なら検察、地方議員や地方公務員だったら警察がやる、みたいな」

「その線引きって、何だかむかつきません？」大きな犯罪は検察が持っていく、という感じではないだろうか。

「多少むかつくけど、実際、警察が国会議員を逮捕しても手に余るしね」

「そうなんですか？」

「検事って、すごく難しい司法試験を通ってきているでしょう？　政治家だって、そういう相手には一目置くのよ。高卒の警察官が相手だと、舐めてかかる」

「そんなもんですかねえ」

「そうよ。階級社会ってこと……牧田さん、逮捕されるかもね」

「それじゃ、話が違うじゃないですか」安藤司は、顔からさっと血が引くのを感じた。牧田が逮捕されようがされまいが構わないが、一応保証したことを覆すのは気が進まない。嘘をついたことになる。それにこういう事件での逮捕は、公務員にとっては人生が変わってしまう致命的な出来事になるだろう。それで一生恨まれても困る。

「地検がどう動くかは、私には分からないから。もしかしたら、私たちとは別ルートで捜査している可能性もあるし」

「地検と事前に情報交換はしないんですか」

「今のところ、そういう正式のルートはないのよ」

「じゃあ……」

「何をやるにしても非公式。地検がいきなり牧田さんを逮捕しても、私たちは何も言えない。調査委員会としては、今まで通りに調査を進めて、リコールの材料を懲罰委員会に提出するだけ」

「何だか……ずれてる感じなんですが」安藤司は、どうにも納得できなかった。

「始まったばかりの新制度なんだから、しょうがないわよ」御子柴成美が肩をすくめる。この人は諦観しているというか、微妙にやる気が見えないというか……。

「始まったばかりと言っても、もう五年になりますよ」

「そうか……でも、調査委員会が大活躍するようじゃ、国民議会は駄目じゃない」

「そうとも言えるかもしれませんけど」

「考え過ぎないことよ」御子柴成美が安藤司の肩を叩いた。「公務員は、深く考えないのが一番だから。目の前のことをやるだけ」

そうやって、旧体制は腐っていったのだと思うが……。

磯貝保は、お茶を一口飲んだ。長年過ごした新日本党本部……自分は代表の部屋に八年もいて、ここが第二の家になっていた。今、ここの主は北岡琢磨。彼が堂々と座っている様子を見ると、自分は既に主役の座を降りたのだと実感する。

「調査委員会が本格的に動いたと聞いているが？」磯貝保は切り出した。

「そうですね。去年の益田議員の件は、半ば偶発的な事故のようなものでしたけど、今回はリコール請求に基づいた調査ですから、当初の制度運用に合った感じですね」

「結構だ。いい抑止力になるだろう」磯貝保はうなずいた。「それで、上手くいきそうなのか？」

「調査委員会には優秀なスタッフを揃《そろ》えましたから。私は、東京地検特捜部と変わらない捜査力を持っていると思いますよ」

「しかし……」磯貝保は、湯呑みを慎重に茶托《ちゃたく》に置いて、背筋を伸ばした。「調査委員会の動きは予定通りだとしても、それが当たったことがマイナスになりかねない」

「ご指摘、重々承知しています」北岡琢磨がうなずいた。「ランダムに議員を選べば、不良分子が入りこむ。国民議会全体のレベルが下がる——そういうことですね」

「かつての国会議員よりもレベルが下だとは思わないがね」磯貝保は首を横に振った。「我々は、能力と時間の半分を、選挙のために使っていた。議員活動にかけるのは全体の半分……今と、どちらがましかね」

「議会の動きと成果は、旧体制の時代と変わらないと思いますよ。それは一年ごとに、調査委員会が可視化して公表しています」

各委員会や本会議での発言、質問、投票結果。さらに議員立法の数。単純に旧体制と比較はできないが、「国民議会は仕事をしていない」という批判はほとんど聞かれない。

「この調査は上手くいくと思います」北岡琢磨が自信たっぷりに言った。しかしすぐに表情が曇る。「ただし、若干問題がありますね」

「誰が謝るか、だな」

「ええ。制度上はこのままリコールが成立しても問題ありません。しかし謝罪するかどうかは、法律で決めるものでもない。とはいえ日本人は、悪いことをした人がいれば、謝罪の言葉を聞きたがります」

「旧体制なら、議員が逮捕されて本人が何も言えなくても、党として謝罪することができた。しかし国民議会ではそれは無理だ。どうするか難しいな。本人の謝罪がないと、世間は納得しないだろう」磯貝保は腕を組んだ。「去年の益田議員の時は、一種の破廉恥罪だった。どちらかというと、ワイドショーで騒がれるようなネタだな」

「磯貝さん、ワイドショーなんかご覧になるんですか」

「ワイドショーも馬鹿にできないよ」磯貝保は鼻を鳴らした。「しかし、今回は国民議員の立場を利用した犯罪だ。新聞や週刊誌は厳しく当たってくるだろう。制度に対する批判も出てくるかもしれない」

「覚悟はしてますけどね」北岡琢磨の表情が引き締まる。「問題が大きくなれば修正していきますよ。内閣として、調査委員会の職務に関して見直しもしていきます」

「とはいえ、監視は必要だ。監視されていると意識することで、国民議員の質も上がると思う」

「民主主義の教育ですね」

「いろいろ声が出てくるのは覚悟しておいてくれ……あなたなら、肝が据わっているから動じないとは思うが」

「顔に出さないようにしているだけですよ」

「政治家というのは、それが大事なんじゃないかな。動揺した顔を見せないようにするのが、国民に対する責任だよ」

「承知してます」北岡琢磨がうなずく。

頼もしい限りだ……この男を自分の後継者に選んで、新体制を任せたのは成功だったと思う。後は、彼自身にトラブルが起きないようにしなければ。

「ところで、あなたの嫁さんのことなんだが」

「それは、官房長官にも散々言われてます」北岡琢磨が苦笑する。

「色々な人に何度も同じことを言われるのは嫌かもしれんが、普通の結婚のスタイルを取るつもりはないのかね」

「磯貝さん、新体制を作った人とは思えない古い発言ですよ」

「これは失礼」磯貝保は笑いながら頭を下げた。「基本的に古い人間なものでね。夫婦関係については、どうしても保守的になるんだ」

「他の人から見ればおかしいかもしれませんが、うちはこれが自然なんですよ。お互いに不便もありません。とにかく私は、彼女がノーベル賞を取るのを邪魔したくないので」

「まったく大した夫婦だよ。普通、政治家は家族の支えがないと上手くいかない。それなのにあなたは、しっかりやってきた」

「党のアシストがあってこそです」

「政党をなくすことが、我々の最終目的だがね」

「それは、まだ遠い未来の話になるかもしれません。議員はともかく、首相については党がしっかり支えていく形を作らないと、選挙になりませんから。個人が首相選挙に出ることもできますけど、それだと人気投票になってしまう恐れがあります。人気タレントが首相になっても悪くはないですが、やはり行政のトップたる首相や大臣は、プロでなくてはいけないと思います」

「プロとアマチュアの線引きが曖昧になっている時代だが……」磯貝保が、右手の人差し指を右から左へゆっくりと動かした。「そこは、焦ることはないだろう。ゆっくりやってくれ」

「その辺は、私たちの後の世代の仕事ですよ」

「これだけで、私は満足だね」

「そうですか？」北岡琢磨が首を捻る。

「昔の議員は、こういう話はしなかった。日本をどうしていくか、大きなビジョンで語らなかったんだよ。目の前の細々とした問題を片づけていくだけで精一杯でね」

「そうかもしれません」北岡琢磨がうなずく。「目の前の問題を語りながらも、将来のビジョンを提供するのが政治家の仕事だと思うんですが」

「青臭いかもしれんが、あなたたちの世代はそういう理想を忘れないでくれよ」

「もちろんです」

新制度も、いつかは「普通の制度」になるだろう。そしてまた新たな問題が生じてくるに違いない。その都度解決しながら、さらに遠い未来のビジョンを描く。そして、より若い世代が夢と理想を持てるようにしなければならないのだ。

若い人たちを絶望させないこと、それこそが政治の役割ではないか。

いよいよ日比野本人と対決か……今心拍数を測ったら、普段の倍ぐらいあるだろうな、と安藤司は不安になった。

牧田の事情聴取から一ヶ月。情報は出揃った、と武屋課長は判断した。日比野との対決の場所は、調査委員会の会議室。牧田から事情聴取した時のように警察署を使うのではと安藤司は想像していたのだが、事情聴取を任された御子柴成美は、現在の自分たちの本拠地を選んだ。

「ちょっと間が空いちゃいましたね」御子柴成美は、牧田の事情聴取のすぐ後に、と言っていたのだが、様々な事情でそれは叶《かな》わなかった。

「牧田さんが、忠告通り黙っていてくれることを祈るだけね」

「警察署の方が、プレッシャーを与えられるんじゃないですか」先日の事情聴取を思い出して安藤司は言った。

「今日は、そういうことは考えないでいいでしょう。本人が焦っているのは間違いないんだから、場所は関係ないわ」

「自分で喋ってしまったのは、どういうつもりなんでしょうね」

「それこそ、焦ってる証拠よ。でも、今日はその件に触れる必要はないから。こちらが調査した内容をぶつけるだけ」

今日の事情聴取は、実際には急に決まったのだった。昨日の午後、日比野が突然生配信を行い、「自分に談合の疑いがかかっているが、一切関係ない。因縁だ」と息巻いたのである。これに先立ち、ネット上で「デジタル庁の入札で日比野議員が談合の橋渡し」という情報が流れたので、それを否定しようとしたのだろう。安藤司としては、この情報がどこから漏れたのかが気になっていた……調査委員会内部から出た可能性もあるが、牧田が自棄《やけ》になって、自ら情報を流したのかもしれない。あるいは、リコールの動きが遅々として進まないと感じた角谷が、痺《しび》れを切らしたか。調査委員会も問題視していたのだが、武屋課長は、その件については追わないと判断していた。余計なエネルギーを使う必要はない、ということである。

午後一時半、会議室のドアが開いて日比野が姿を現した。一人の若い男を連れている。誰かと一緒に来るとは聞いていないが……安藤司は胸のざわつきを覚えた。

「始めましょうか」日比野は、御子柴成美の向かいに座った。「こういう下らないことは、さっさと終わらせたい」

「ご足労、ありがとうございます」御子柴成美が頭を下げたが、まだ座ろうとしなかった。同行している若い男性に厳しい視線を向ける。「そちらの方は？」

「弁護士です」

「それは困ります」

「私は逮捕されたわけではない。調査委員会の事情聴取に弁護士を同席させることは、法律的にも問題ないはずだ」

さすがに理論武装してきたわけか。これは厳しい戦いになりそうだ、と安藤司は覚悟した。

「では、始めます」御子柴成美が座った。安藤司も彼女と少し距離を置いて腰を下ろす。

「このリコールは不正だ」日比野がいきなり切り出した。

「不正とは？」

「リコールを請求したのは角谷だろう？　あの会社は入札で負けたから、その腹いせに私に因縁をつけてきたんだ」

「リコール請求者の背景については考慮しません。我々はリコールの内容についてのみ判断します」

「請求者が反社だったら？　それでも受けつけるのか」

「内容によります」

「これでは、反社会的組織の活動を助長することにもなりかねませんよ。リコール制度を使って、国民議員に圧力をかけられるんだから」それまで黙っていた弁護士が急に口を開いた。「明らかにリコール制度の不備と言えます」

「反社ならね」御子柴成美が急にラフな口調になった。「しかし今回の請求者が反社でないことは確認できています。ここで入口論を語っても、時間の無駄ですよ」

「しかし――」弁護士が抗議の声を上げかけた。

「事情聴取の邪魔をするなら、出て行っていただきます」御子柴成美が強硬に言った。

「同席を拒否する決まりはない」弁護士の口調も頑なになる。

「許可する決まりもありません」御子柴成美は一切引かなかった。「あなたがそこに座って、何か法的な問題があった時にアドバイスすることは、弁護士の業務として認めます。しかし、一々口を挟んで調査委員会の業務を妨害するようなら、こちらとしても対策を考えます」

「それは横暴だ」弁護士が抗議する。

「何とでも仰《おっしゃ》って下さい。入口論で議論して時間稼ぎをするつもりかもしれませんが、我々は何度でも日比野さんにおいでいただきますよ」

「ああ、分かった」日比野が面倒臭そうに顔の前で手を振った。基本的に気の短い人間のようだ。

「構わない。さっさと本題に入ってくれ」

御子柴成美は、通話記録の話から入った。しかし日比野は頭から否定する。

「そういう人物は知らない」

「あなたと、デジタル庁の職員との会話の記録も残っています。あなたは、入札情報を渡せと脅迫した」

「でっち上げだ。ディープフェイクだ」

「音声の解析を行いました。あなたの声と百パーセント合致しています。人工音声でそこまでやることは、現段階でもまだ不可能だそうです」

「だったら、その音声を私に聞かせてみろ。違うことを証明してやる」

「今はまだ聞かない方がよろしいのでは？」御子柴成美が皮肉っぽく言った。「言い訳できなくなるだけですよ」

「ふざけたことを言うな！　私は選ばれた国民議員だぞ！」

「たまたま選ばれた」が正解だ、と安藤司は皮肉に思った。それなのにこの男は、特権意識の塊になっている。

「安藤君」

御子柴成美に指示されて、安藤司はノートパソコンの画面を日比野に向けた。身を乗り出してキーボードを叩き、動画を再生させる。

「ご覧下さい。あなたがある人と会っている動画です……ここですね」

ＣクラウドのＣＥＯ・高木史花にメモを渡した場面。会話もそのまま流れる。

「この相手はどなたですか」御子柴成美が迫る。

「クソ……」日比野が吐き出した。「これは……宮尾だな？　隠し撮りしたんだろう。同席していたのはあいつだけだ」

「誰が撮影したかは申し上げられません」

「宮尾以外にいない！」日比野が声を張り上げる。

「何をしたんですか？　何かを渡していますよね？　安藤君、ここ、リピートして」

言われた通り、安藤司は動画を繰り返し再生した。日比野は腕組みしたまま、微動だにしない。しかし目は、パソコンの画面から微妙に外れている。

「宮尾の野郎……訴えてやる」

「どういう理由で訴えるんですか？」

「盗撮じゃないか！」

「密室で撮影すると、何か問題があるんですか、先生」御子柴成美が平然と弁護士に訊ねる。

「それは……本人たちの許可なしでは……」弁護士の声が小さくなる。

「裁判で争っていただくのは構いませんが、うちも法的な問題についてはチェックしています。

この動画を裁判で証拠にしても問題ないというのが、当方の法務部門の判断です」

「裁判？　私を逮捕するのか？」日比野が目を見開いた。

「私どもには逮捕権限はありません。これからこの動画を、懲罰委員会のメンバーが見ることになります。また、一般市民にも公開します。それがリコール制度のあり方なので」

「ふざけるな！」日比野が怒鳴って立ち上がる。「私は国民議員だぞ！　何でこんな目に遭わないといけないんだ！」

「国民議員だからです」安藤司は、御子柴成美に目配せしてから、冷静に話を引き取った。「国民議員は、常に行動を監視されています。全てを透明化するのが、国民議会を作った時の理念ですし、法律にもそのように明記されています。我々はそれに従って調査をし、懲罰委員会に結果を提出すると同時に、国民に公開するだけです」

「そんなふざけた法律があるか！」

「否定されるんですか？」安藤司は迫った。

「否定する！　私は誰にも情報を流していないし、何もしていない」

「では、この動画は何でしょうか」

「ディープフェイクだ。今の技術なら、それぐらいのことはできる」

「しかしあなたは先ほど、特定の人の名前を挙げて、その人が撮影したのかと言いました。つまり、この相手と会って、しかもその場に別の人が同席していたことを認めたも同然です」

「屁理屈だ！」

「ここで認める、認めないはあなたの自由です。しかし正式な弁明は、懲罰委員会で行っていただくことになります」

「冗談じゃない。帰らせてもらう」

日比野が立ち上がった。御子柴成美がそれを見上げながら、感情を感じさせない声で弁護士に訊ねる。

「先生、何かアドバイスはないんですか」

「これは……不当な調査だ」辛《かろ》うじて絞り出した抗議だった。

「我々は、法律に基づいて調査しています」

「しかし……」

「制度は変わったんです。国民議員は、かつての国会議員のように権力を振り回すことはできない」

「調査委員会の横暴じゃないか。一々監視なんかされていたら、国民議員としてきちんとした活動ができない」

日比野が御子柴成美を見下ろして、馬鹿にしたように言った。

「異論があるにしても、懲罰委員会で主張していただくしかありません。我々にはどうしようもないことですので」

「いったい、私をどうするつもりなんだ？」

急に日比野の声が不安で揺らいだ。御子柴成美が一瞬間を置き、自信に溢《あふ》れた口調でまくしたてる。

「私たちの仕事はここまでです。あなたがリコールの内容を否定したことを明記して、懲罰委員会に報告を送ります。あとのことは懲罰委員会が決めますが、一応ご説明すると、委員会で釈明する権利はあります。国民議員に対する処分は、戒告・議会への参加停止・除名の三段階です。懲罰委員会の三分の二の賛成でリコールの成立と処分内容が決まり、それを本会議にかけて可否を判断する投票を行います。除名になると国民議員はやめていただき、向こう四年間、一切の選挙などに参加できなくなります。首相の直接選挙、地方選挙での投票権も失います。また、事実関係は全て公表されます。それによって司法当局がどう動くかは、我々は関知しません」

脅しだ、と安藤司は危惧した。どうしても日比野に認めさせたいのかもしれないが、あまり強く出ると「脅迫だ」と反発される恐れがある。弁護士が同席しているのだし、下手なことはできない。

「公表されたらどうなるか、お考えいただければ分かると思います」

「脅すのか？　私の会社を潰すつもりか？」

「事実関係をお伝えしているだけです」

「ふざけるな！」日比野が激昂《げっこう》する。「たかが公務員が、どうして我々議員を調べる？　これは陰謀だ。私を陥れようとしている人間がいる。私を裏切った部下と、ライバル社の人間だ。そういう連中の利益のために、私を断罪しようというのか？」

「我々は法律に基づいて、事実関係の調査をしているだけです。背景は一切ありません」

安藤司は、嫌な緊張感を抱いていた。益田が襲いかかってきた時の感じと似ている……座ったまま身構えたが、取り敢えずは大きなテーブルが障壁になってくれる。ここを回りこんで摑みかかってくるには、かなり時間がかかる。襲ってきたらどこかへ逃げよう。御子柴成美は……自分のことは自分で守れるはずだ。元々警察官なのだから、格闘技の経験もあるだろう。

「帰らせてもらう。今後の呼び出しには一切応じない」日比野が憤然と言った。

「先生、それは……」弁護士が小声で忠告した。日比野が、自分からまずいことを言ってしまったと悟っているのだ。

「いいから、帰るぞ。こんな茶番劇にはつき合っていられない！」

日比野が弁護士の言葉を無視して、大股でドアに向かう。乱暴に引き開けた瞬間、動きが止まった。やがて、一歩、二歩と下がって部屋の中に戻る。

「日比野光正さんですね」

通りのいい男の声が、日比野を圧する。声に押されるように、日比野は後ろ歩きで部屋に戻って来た。呼びかけた男も部屋に入って来る。百八十センチぐらいあるがっしりした体格で、妙な迫力があった。日比野の目の前で、一枚の紙を示す。

「東京地検特捜部の石垣《いしがき》です。談合罪での逮捕状が出ていますので、ご同行願います」

「はめたな！」振り向いた日比野が、悲鳴のような声を上げる。

御子柴成美は両手を組み合わせて、日比野をじっと見ていた。安藤司は内心慌てて、今にも立ち上がりそうになったが、何とか耐えて冷静を装う。こんな話はまったく聞いていなかった。

ドアのところでは、石垣と日比野の悶着が続いていた。日比野は「絶対に同行しない」、そして石垣は「逮捕状が出ています」と繰り返している。

「従わなかったら？」

「強制的に身柄を確保するだけです」

その言葉を機に、二人の制服警官が中に入って来た。日比野の横に立ち、今にも両側から腕を押さえようとしている。日比野は両腕をぴたりと脇につけ、二人に摑まれないようにしている。

「手荒なことはしたくありませんから、どうかご同行いただきたい」石垣の声のトーンはまったく変わらない。

「手荒？　ふざけるな！　私は国民議員だぞ」

「私は法執行機関――東京地検の人間です」石垣は平然としていた。

「だから何だ！　国民議員を逮捕できるのか？　そもそも不逮捕特権が――」

「下院議長の許可を得ています」

何なんだ、この滅茶苦茶《めちゃくちゃ》なやり取りは……安藤司は、内心唖然《あぜん》としていた。一切聞かされていなかったが、予《あらかじ》めルートが敷かれていたのは間違いないだろう。御子柴成美もこれに絡んでいたのだろうか。ちらりと彼女の顔を見ると、一切の表情を消していて、内心はまったく読めない。

「クソ……」

「ご同行下さい」石垣がまったく口調を変えずに繰り返すと、日比野ががっくりとうなだれた。そのまま崩れ落ちるかと思ったが、結局はのろのろと歩き出す。制服警官二人が彼の両手を摑んだのは、拘束するというより、支えている感じだった。

石垣が一礼してドアを閉める。安藤司は思わず息を吐いた。しかしすぐにまた、緊張感が高まってくる。御子柴成美に向き直って、詰問口調で言ってしまった。

「御子柴さん、どういうことなんですか？　知ってたんですか？」

「今日、ということは知らなかったわ」

「でも、逮捕されることは知っていたんですよね？」安藤司はさらに詰め寄った。「一緒に仕事してるのに、どうして教えてくれなかったんですか」

「こういう話は、できるだけ広がらないようにしないと」

安藤司は溜息をついた。自分は所詮下っ端……御子柴成美は警察からの出向組だから、調査委員会以外のところにも伝手はあるのだろう。それにしても、自分が信頼されていないようで辛い。

「黙っていたのは悪かったけど、捜査はこういうものだから。特に複数の役所が絡んでいる場合は、徹底して内密に話を進めないといけないのよ」

「そんなものですか？」

「この逮捕の件は、調査委員会の中では数人しか知らなかったのよ。あなただけがのけものにされたわけじゃない」

「そう、ですか」

「へそ曲げないで」

「そういうわけじゃないですけど」言いながら、つい口が尖ってしまう。「しかし、不逮捕特権って、昔みたいに議員を守るものじゃないんですね」

旧憲法では、国会議員は国会会期中は逮捕されない、と定められていた。会期中に逮捕するためには議院の許諾が必要なのだが、現在は国民議会は一年を通して開催されており「会期外」はなくなっている。そのため、国民議員の逮捕については、「議長の許可が必要」という緩い条件になった。益田のように現行犯逮捕の場合は、この限りではないが……とにかく今回の逮捕が、本来の不逮捕特権に絡んだ初のケースになる。明日の新聞は大騒ぎだな、と安藤司は思った。自分はそれに絡めなかった――いや、調査委員会の仕事は、議員を逮捕することではないのだが。

課長の武屋が入ってきて、「ご苦労さん」と軽い調子で労う。

当然課長は知っていただろう……そう考えて、安藤司はつい睨みつけてしまったが、武屋は気づく様子もない。

「今後の手続きについては、どうなるんでしょうか」御子柴成美が、極めて事務的な口調で訊ねた。

「日比野議員は、全否定だったんだな」この部屋にはカメラが設置されており、事情聴取の様子は全て記録される。武屋は外から様子を確認していたはずだ。

「ええ」

「その証言を入れて、これまでの結果をまとめて懲罰委員会に送る」

「逮捕されてしまったら、懲罰委員会で本人は証言できませんよ」

「それは我々が関与することではない」武屋は淡々としていた。「報告書を上げたら、今回の仕事は終わりだ。打ち上げの用意をするよ」

「課長！」我慢できず、安藤司は思わず声を張り上げてしまった。「こういうやり方でいいんですか？」

「こういうやり方とは？」

「それは……調査の途中で、他の捜査機関に持っていかれるようなことですよ。これじゃ、調査は中途半端に終わってしまう」

「リコール制度に関しては、これが初めてのケースだぞ」武屋が冷静に指摘した。「前例のないことなんだから、どうなるかなんて誰にも分からない。評価は、後の時代の人が決めるよ」

「毎回こういうことになるんじゃないですか？　こっちがリコール請求を受けて情報を集めても、途中で検察に持って行かれる——今回だって、検察には情報を流していたんでしょう？」安藤司は食い下がった。

「向こうから情報をもらうこともあるだろう。ケースバイケースだ。そんなに怒るなよ」

「無理ですよ」

「そうか。まあ、ゆっくり考えてくれ。俺にも正解は分からない」

そんな、無責任な。どうしても納得がいかない。しかし武屋も御子柴成美も平然として、部屋を出て行った。

何だか、今までの仕事が全部無駄になった感じがしないでもない。一人会議室の椅子に座り、ぼうっと天井を見上げる。

正直、就職した時は楽勝だと思っていた。衆院事務局では、面倒な国会議員の世話をしなければならないにしても、昔からずっと続いてきた仕事である。レールは敷かれており、そこを辿れば何の問題もなく楽に仕事をこなせるはずだった。絶対に失業する恐れはないし、定年までだらだらと……しかし新体制になり、全てが変わってしまった。議員の相談に乗るぐらいなら何ということもないが、まさか警察官の真似をすることになるとは。そもそも、捜査のノウハウも知らない自分が、こんなことをしていていいのかどうか。せめて警察や検察で研修を受けて、捜査の基礎を学んでからにした方がいいのではないだろうか。

考えても仕方ないことだが、将来が不安になるばかりだった。普通、一つの仕事を終えたら達成感があると思うが……転職しようかな、と考え始めた。

嘘、本当に？

田村さくらは声を上げそうになった。久しぶりに帰省して、実家で昔使っていた部屋にいる……一人きりなので声を上げてもいいのだが、最近自分の部屋でもなるべく黙っているように気をつけている。

委員会や本会議は東京の自分の部屋から参加することが多い。映像・音声ともオフにしておけるのだが、それを忘れて、誰かに独り言を聞かれるのが恥ずかしかった。というのも去年、ある女性議員が自宅で本会議に参加している時に「ママー！」と大声で呼ぶ子どもの声が響いて、審議が一時中断したことがあったのだ。

とにかくその不注意な出来事がきっかけになって、田村さくらもなるべく声を出さないように気をつけるようになった。

それにしても驚きだ。まさか現職の国民議員が、談合容疑で逮捕されるなんて……去年も益田議員が逮捕されたが、あれとはまったく意味合いが違う。日比野議員の場合は、立場を利用した犯罪であり、益田議員よりも罪は重いと言えるだろう。

気になったが、こんなことを家族と話しても仕方がない。話すべき相手は畑山貴一だ。チャットで連絡を入れると、今なら話せるという。急いでオンライン会議をつないだが、画質がイマイチ……実家は、回線速度が遅いようだ。

「急にすみません」

「いや、全然いいんですけどね。私も日比野議員のことは気になってましたよ」

「今日、いきなり採決の要請があったじゃないですか」午前中、懲罰委員会が招集されたのだ。そこで、日比野議員に対してリコール請求がされていること、内容が悪質なので、同じタイミングで捜査していた東京地検に逮捕されたことが報告された。しかし、下院議長もよく逮捕請求を許可したものだ……懲罰委員会では、満票でリコールは正当と判断した。明日には本会議が開かれる予定で、田村さくらも賛成に一票を投じるつもりだった。懲罰委員会が全会一致で結論を出しているし、何より日比野が既に逮捕されている事実は大きい。いわば、多方面から一気に追いこまれた感じなのだ。

「こういう疑惑では、マスコミなどの報道が先行するケースも多い。それである程度全容が明らかになってから、捜査が動くパターンは珍しくないんですね。今回は、我々はまったく知らない状態で捜査が進んでいた……せめて、リコールが請求されていることが分かっていれば、もう少しじっくり考えられたんですけどね」

「こういう制度で大丈夫なんでしょうか。リコールに賛成投票することが、大きなミスになってしまうかもしれない」

「それは私も心配ですね。リコールや捜査がどうなるか分かりませんが、ちょっと問題提起してみましょうか」

「また議員決議ですか」初めて議員決議を出した時の緊張が蘇《よみがえ》る。

「場合によっては。その時は、また一緒に頑張りましょう」

「はい」国民議員が、全員畑山のように良識と常識を持った人ならいいのだが、二年で二人も逮捕されるということは、レベルの低い人間の集まりなのだろうか……。

「それと、前にお誘いした司法試験の件、どうですか」

「いやあ……どうでしょう」田村さくらは言葉を濁した。「考えてもいなかったので」

「あなたは法学部でしょう。基礎は学んでいる」

「司法試験を受けるような、優秀な学生じゃありません」

「でも、まだ内定が出ていないんでしょう？」

痛いところを突かれた。大学の講義に加えて国民議員としての活動で結構時間を取られ、就活に集中できていない。大学の友だちは、もうほとんどが内定を得ているというのに……面接まで漕《こ》ぎ着けて、国民議員をやっていることをアピールしても、今ひとつ反応が鈍い。それだけ、国民議員の存在が浸透していないということなのだろうか。菱沼恵理は三つも内定をもらったと言っていたのに。

今回帰省したのも、就職をどうするか、両親に相談するためだった。田舎に戻って、父や兄と同じように公務員になる手もある……ただし、公務員は国民議員になれない決まりがあるから、議員を辞職するか、公務員試験を受けるのを二年後にするかという問題に直面する。二年後に試験を受けるとすれば、勉強する時間も取れるはずだし、国民議員の活動にやりがいも感じてはいた。

「これから法科大学院へ行って、司法試験の準備をする手はあります。国民議員の任期が終わった後は、私の事務所でパラリーガルとして研修してもいい」

「でも……大学院に行けるかどうかも分かりませんし」

「国民議員の活動は考慮されるんじゃないですか」

「その辺のことは、大学に聞いても、はっきりとは教えてもらえないんです。大学でも方針は決まっていないみたいです」

「なにぶん、初めてのことですからね……でもあなたは優秀だ。やる気もある。国民議員としての経験も貴重なものでしょう。でも、実際に政治家になれるかというと、難しい。今後は地方議会もなくなるでしょうし、政治家というと、首相か地方の首長だけ、ということになるでしょう。政党政治が消滅しかけている現在、首長選挙をどう戦うのか、私にも分かりません。それよりも、司法の道を選ぶ方が堅実ですよ。試験に受かりさえすればいいんですから」

「それが大変なんじゃないですか」田村さくらは苦笑した。「あんな狭き門……」

「でも、首相や首長になる方がよほど狭き門でしょう。正解が何もないんですから」

「そうですけど……」

「まだ時間はありますから、検討して下さい。やる気があるなら、私も全面的に協力しますよ」

「ありがとうございます」

簡単には気持ちを決められないが、田村さくらは素直に礼を言った。私が司法関係の仕事……検察官か裁判官か弁護士。弁護士だろうな、とぼんやりと考えた。犯罪を捜査する検察官は、精神的に辛そうだ。人の命にかかわる裁きを下さねばならない裁判官もきついだろう。消極的な理由だが、可能性としては弁護士が浮上する。

金銭的な余裕があるのが大きい。四年分の報酬二千万円があれば、しばらくは生活のことを心配せずに、司法試験に備えられるだろう。時間は……あるような、ないような。

でも、考えてみるべき価値はあると思う。まずは、両親に相談しないと。

田村さくらはパソコンをシャットダウンして階下に下りた。自分の気持ちも固まっていないのに、両親とちゃんと話ができるかどうかは分からないが。

「この先、オフレコね」宮川英子は口の前で人差し指を立てた。都知事と担当記者の、月一回の懇談会。普段は、毎週一回の定例会見、それに何かあれば立ち話でも臨時で取材に応じることはあるが、懇談会は知事室で座ったまま、ゆったりと行われる。あまり過激なことは言うべきではないが、少しは本音を漏らしていい会合だと宮川英子は理解していた。都知事も二期目になり、マスコミのコントロール方法は身にしみついている。

漏れてはいけない話もあるので、オフレコが原則だ。ただし、自分が何を考えているかは知っておいて欲しい――この塩梅は未だに難しい。

「今回の日比野議員の件、かなり危ういわね」

「どういう意味の危ういですか」日本日報の都政キャップ、滝川佳美が訊ねる。

「アトランダムに人を選ぶと、日比野議員のような不良分子が入りこむ可能性が高くなる、ということ。やはり、選挙というフィルターを通ってきた議員には、人より高い倫理観と使命感があるでしょう。この二年で二人が逮捕されています。一期からだと三人目。異常事態と言っていいかもしれないわ」

「日比野議員の場合は、議員の権力を勘違いした、という説もありますが」

「否定はできないわね。でも、元々そういう勘違いしやすい人を選んでしまった――どうしてもそういう人が入りこんでしまうということが問題なんじゃないかしら。一人一人の性格まで考慮して選ぶことはできないし」

「確かに、背景をまったく考慮しないわけですからね」佳美がうなずいた。「今後も同じような問題は起きるとお考えですか」

「どうでしょう。私は、国民議員一人一人を存じ上げているわけじゃないから」

宮川英子が肩をすくめると、軽い笑いが起きた。自分も笑みを見せておいてから、続ける。

「でも、そういう可能性は否定できないわね。元々あまり行いのよくない人もいるでしょうし、日比野さんのように議員になって勘違いしてしまう人もいるかもしれない。やはり、国民議会は危うい制度だわ」

「旧体制では、国会議員が官僚を押さえつけて、倫理観も破壊してしまった、という意見もありますよ」異議を唱えたのは、東京新報の都政キャップ、嶋田稔だった。東京新報は、本来左寄り――旧体制では与党攻撃一本の政治面を作ってきた。新体制になってからは一転して、ヨイショ記事が多い。自分たちが何をしたわけでもないのに、国民議会の擁護者のような論調だ。

「そういう意見は聞いていますよ。でも、二年の間に二人も逮捕者が出ることはなかったでしょう」

「それは、上手く言い逃れしていたからじゃないですかね。不正を追及する方も、人事で首根っこを押さえられて、何もできなくなった。司法と行政、立法のバランスが不適切に崩れていたんですよ」

「お説はお伺いしました。私がもう一つ心配しているのは、議員調査委員会のことです」

「今回は、きちんと機能したと思いますが」宮川英子の非難が理解できないというように、滝川佳美が首を傾げる。

「日比野議員の行為は、もちろん褒められたものじゃないでしょう。でも、調査委員会のやり方も、かなり強引だったと聞いていますよ。東京地検の逮捕は、調査委員会の事情聴取中に行われたそうじゃないですか。調査委員会と地検が手を組んで、日比野議員を追い落としたような感じがしませんか？　調査委員会も地検も、その気になれば簡単に国民議員を排除できるということです。これは、立法よりも行政が強くなってしまった証拠ではないですか。三権分立のバランスが崩れている」

「しかし、不正行為があったわけですから、見逃せないでしょう」嶋田稔が反論する。

「その辺は塩梅というかバランスですけど、私は心配ですね……ああ、これは何かの機会に書いておいて。調査委員会至上主義になると、議員活動が萎縮してしまう。それでは本末転倒だと私は思いますね」

　こういう言葉は生のニュースにはなりにくい。そこは記者の手腕なのだが、コラムなどの形で、今の言葉を上手く伝えてくれるとありがたい。嶋田稔は当てにならないが、滝川佳美は自分の意図を汲《く》んで、何らかの形で紹介してくれるだろう。それがどんな波紋を呼ぶか。

　マスコミはこういう風に使うものだ、と宮川英子は一人納得した。

　二日後、滝川佳美が社会面にコラムを書いた。フリーで何を書いてもいいコーナーで、内容は硬い時も軟らかい時もある。今回は、滝川佳美はごく真面目に書いていた。

国民議員の日比野光正容疑者が談合容疑で逮捕された事件に波紋が広がっている。国民議員の資質を問う声がある一方、議員調査委員会を代表とする行政の「暴走」を懸念する声も出ているのだ。

先日、宮川英子都知事は、記者団との懇談の中で、「調査委員会至上主義になると、議員活動が萎縮してしまう」と心配の声を上げた。実際、国民議員の間でも「自分たちも悪い人間だと思われてしまう」と不安の声が上がっている。議員の一人は「恣意的に議員を辞めさせようとすれば、議員調査委員会を動かせばいいということになってしまう。これでは、内閣をはじめとする行政の方が強くなってしまい、三権分立のバランスが崩れる」とし、「これが新体制の本質なら、活動全体に疑念が生じる」と批判した。

さすが、滝川佳美はよく分かっている、と宮川英子は満足した。自分の言い分をしっかり伝えてくれた。問題は、この記事が世間にどんな影響を与えるか、だ。

都庁へ向かう公用車の中で、SNSをチェックする。それなりに広がりはあるようだ。概《おお》ね、記事の趣旨に賛成する声が多いのが心強い。やはり、今回の逮捕劇を不自然、強引と感じている人が多いということだ。後はこの動きがどうつながっていくか……誰かが誘導しない限り、こういうトレンドはいつの間にか消えてしまう。もちろん、SNSに関しては、政治的な発言は、実際にはほとんど影響力がないのだが、それでも続けていけば世論をある程度は誘導することができるだろう。

今日はさほど公用がない。宮川英子は知事室に籠《こも》り、早速電話攻勢を始めた。とはいえ何かを

「お願い」するわけではなく、様子見である。

　当然、最初に電話するのは民自連顧問の富沢大介だ。

「おかしな話になってきましたな」富沢大介が面白そうに言った。

「問題は、今後も炙り出されると思いますよ。何しろ新体制では、固まっていないことも多いでしょう」

「それで少しでもヘマしたら、徹底的に叩けばいい——今朝の日本日報のコラム、知事が書かせたんでしょう」

「一言お願いしただけです。上手く意を汲んでもらえたようですね。東京新報は相変わらず新体制派で、何に対しても万歳ですけどね」

「あそこはしょうがない。いずれ切るべきですが、しばらくはいい目を見させておいてもいいんじゃないですか。ただし東京新報の部数だと、もう影響力云々《うんぬん》を言えるわけでもないが」富沢大介が皮肉を吐いた。

「もはやマスメディアとは言えない状況ですからね」

　東京新報の実売部数は、既に百万部を切っているという。ネットでも記事は流れているものの、ネットの記事を読む人は、案外「どこの記事か」は気にしないものだ。そして大新聞から出た記事でも、個人が流した情報でも、特に差がなく受け取る。情報のフラット化とでも言うべき現象かもしれない。個人がマスメディアに「勝てる」可能性もあるわけだ。ただし、個人が事実を発掘して伝えるのは難しい。個人の発信がバズるのは、せいぜい何かに対して上手いコメントを発した時ぐらいだ。日常的に事実関係を取材して発信しているマスメディアとの差はそこにある。

それ故、政治関係者は未だにマスメディアを軽視できないのだ。

「調査委員会には、今回の批判はどれだけ届きますかね」宮川英子は気にしていた疑問を口にした。

「ちょっと探りを入れてますけどね、内部でも混乱はしているようですよ。大成功だと調子に乗っている人間もいれば、やり過ぎだと腰が引けている人間もいる」

「上手く揺さぶれば、こちらでコントロールできるのでは？」

「やってみたいところですが、できるかどうか、確信はないですね」

あれだけ官僚のコントロールに自信を持っていた富沢大介にしてこれか……今や彼は議員ではなく、何ら公的な肩書きを持っていない。官僚から見れば、「ただのオッサン」だろう。それに、かつて人事などで散々押さえつけられた恨みを抱いている人はいるはずだ。

「富沢さんらしくないですね」

「私も耄碌《もうろく》したということですよ。まあ、この件は置いておいて、以前からの課題になっている例の件ですが」

「黒井さんのことですか？」富沢大介はしきりに「黒井を上手く使いたい」と言っていた。「何をお考えなんですか」

「そろそろ、あなたを担ぎ出すための下準備を進めたい。一度、黒井さんとお会いになったらどうですかね」

「その問題なんですが……民自連の看板は残すんですか」宮川英子が懸念しているのはそれだった。彼女自身、長く民自連の国会議員として活動してきたから、当然愛着がある。しかし最近は、少し冷静に考えられるようになってきた。

「民自連の名前を残すかどうか、私は心配です」

「しかし、民自連の名前がないと戦えませんよ」富沢大介が急に臍《へそ》を曲げた。愛党心は彼の方がはるかに上なのだ。一種の依存のようなものかもしれない。「特に地方では、未だに民自連の名前で活躍している議員がたくさんいる。頑張ってくれている人たちへの影響も考えないと」

「後ろ向きだと捉えられるのが嫌なんです」宮川英子は自説を押し通した。「次の首相選挙は三年後……有権者は、国政の場で民自連の名前を聞かなくなっています。都合八年ですよ？　八年は長い。そして、旧体制への逆戻りというイメージを与えてしまう。それよりも、新しい党名で、さらに改革を進めるということで——イメージさえできれば、選挙では勝てますよ」

「まあ……とにかく会ってみますか」

「もちろんです」

首相の任期はあと三年。さほど時間がない。動き出すなら、もうタイムリミットだろう。

政党法
第三条　国は、政党に対して金銭的な助成等を行ってはならない。

第四章　新党結成

何度会っても、宮川英子は黒井康明という男が好きになれない。今日は特に……この場所がざわついていて、落ち着かないせいもあるのだが。

年に一度の民自連党大会で、総裁選が行われた。とはいえ今や総裁選は、昔ほど大きな意味を持たない。政権奪取に向けたリーダーではあるのだが、二期目の続投が決まった現総裁は、党の顔としてはあまりにも弱い。それに今は、政党の存在価値が揺らいでいる。新日本党のせいで……。

選挙結果が発表され、万歳三唱。それから総裁の挨拶があり、今後一年間の活動方針が採択されて党大会は終わった。その後で、宮川英子は狭い会議室を貸してもらい、黒井康明と面会している。民自連本部の建物は古く、廊下を歩く人たちの話し声が遠慮なく入ってくる。宮川英子はちらりとドアを見たが、きちんと閉まっている。よほど壁が薄いのだろう。内密の話をすることも少なくないのに。

黒井康明は、あつらえたように体にピタリと合ったスーツを着こなしていた。シャツはドゥエ・ボットーニというのだろうか、第一ボタンが二ついて襟が高いデザインが特徴だ。ネクタイをしない夏場などに、襟元がだらしなく見えるのを嫌ってこのシャツを着る男性がいるのだが、大抵似合っていない。しかし黒井康明は、上手に着こなしていた。長い脚を組んで、頬杖《ほおづえ》をついている。肘は一人がけのソファの肘かけに預けた格好で体を斜めに倒し、なかなか様になっている……しかし中身は空っぽだ。

今年五十二歳。旧体制では民自連の衆院議員として三期務めた。現在は、国会議員経験者としてただ一人の国民議員になっている。千人いる国民議員の中で唯一の「プロ」と言える存在なのに、これまで議会では目立った活動をしていない。とかく出たがりなのが、政治家という人間である。そもそもそういう人間でなければ、政治家になろうと思わないはずなのに。

「総裁は、これからが大変ですね」黒井康明が切り出す。「知事、来年の総裁選には出られるんですか」

「私はまだ、正式には何も言っていませんよ」宮川英子は慎重に答えた。

「まあまあ」黒井康明がぐっと身を乗り出す。「ここでの会話は内密です。表には出ませんから、本音でいきませんか。私も国会議員出身の唯一の国民議員ということで、政権奪取へのお手伝いができると思っていますので。私しかできないと言うべきかもしれませんが」

「国民議会に刺さった唯一の矢、ということですね」

「上手いことを仰る」黒井康明がニヤリと笑う。非常に嫌らしい笑い方――若い頃から、こういう笑顔を浮かべて遊び回っていたのだろう。黒井康明は世襲議員で、国政に進出する前は親戚の秘書をしていたのだが、その頃は六本木《ろっぽんぎ》を庭にして、かなり女性を泣かしていたらしい。そんなことをしているから、世襲や二世、三世議員の評判が悪くなるのに……今はもう二世も三世もないわけだが。

黒井康明が急に表情を引き締めた。左右の膝に両肘を乗せ、親しい人間にでも語りかけようとする態度。宮川英子はまったく親しみを感じていないのに。

「知事、本音を聞かせて下さい。私も、次の総裁は知事しかいないと思っているんですよ。今の総裁では、とても首相選は戦えない」

「首相選はまだ二回しか行われていません。誰もノウハウが分からないのでは？」

「民自連選対の力を過小評価したらいけませんよ。あらゆる状況をシミュレートしていますから……まあ、どれだけ模索するより、知名度のある人が立つことが一番いいんですけどね。今、民自連が擁立できる首相候補は——知事、あなたしかいませんよ」

「そのように言っていただけるのは、政治家冥利に尽きますね。ただ私には、知事選の時の公約があります。都民に対する責任もあります。その辺りをクリアできないと——」

「そういう綺麗事はやめましょうや」黒井康明が急にラフな口調で言った。「今の民自連には、あなた以外に擁立できる人間がいない。これこそが民自連の最大の問題点ですが、まずは政権を奪取しないとどうしようもない。あなたには、その旗振り役をやってもらいたいんです」

「広告塔ですか」

「それだけじゃないですよ。神輿《みこし》に乗って格好だけつけていれば済むわけではない。広告塔と同時に、改憲に向けて実務もこなしていただかないと」

宮川英子は思わず声を上げて笑った。黒井康明の言い方には苛立つが、彼の率直な気持ち——追いこまれている——を知って急に気が楽になったのだ。

「何かおかしいですか」黒井が怪訝《けげん》そうな表情を浮かべる。

「いえ……黒井さんは、あくまで民自連が政権を奪取して、以前の議会制民主主義に戻す、国会を復活させるという方針で動いておられる。そうですよね？」

「それが民自連の現在の党是ですよ」何を言っているんだ、と言いたげに黒井康明が目を細める。

「表向きは」

「表も裏も、党是は党是でしょう」

「それができると、本当に思われていますか」宮川英子は一歩踏みこんだ。「仮に私が民自連の総裁として首相選に挑んで、それで勝てると思いますか？　今の内閣——北岡内閣の支持率は六割を超えている。しかもこの一年間、非常に安定していますよね？」

一昨年、関西台風で自衛官に犠牲者が出た時には批判が高まり、一時、支持率は五割を切った。ただしその後緩やかに回復し、この一年ほど、支持率は六割前後で安定している。完全に安全水域であり、大きなトラブルがなければ、残り任期の二年弱を余裕で乗り切れるだろう。そうなったら、二期目も見えてくる。北岡は個人的人気も高いから、対抗馬としては強敵だ。

「まあ……何か、北岡を個人的に攻撃できる材料でもあればいいんですけどね」黒井康明が溜息をついた。「例えば彼は、ずっと別居婚でしょう？　本人たちは先進的なつもりかもしれませんが、これは一種異様な状態ではないですかね。その辺を叩けば、何か問題が出てきそうな感じもしますが」

「どうでしょうね……倫理的に問題があるわけではないし、そこを叩くと、逆に守旧派だと馬鹿にされる恐れもある」

宮川英子自身は、ずっと独身を通している。結婚しないで政治の世界に入り、結局そのまま……男性の場合は独身で議員になっても、周りが世話を焼いて、議員夫人に相応しい女性を探してくる、ということは普通に行われていた。しかし女性の政治家の場合は、なかなかそういう具合にはいかない。やはり日本の「男女同権」は絵空事なのだ。宮川英子自身は、政治にのめりこみ過ぎて、家庭を持つことに興味が持てなかったのも事実だが。

「私も古いということですか」

「北岡首相の場合、日本の歴史上、最強のパワーカップルと言う人もいますよ」

「それは大袈裟だと思いますが……」

「奥さんが一切取材に応じないし、首相も家庭のことについてはほとんど喋らない。それで神秘性が増しているという事情もありますね。何でもかんでも可視化の時代には、謎を保っているだけで価値が上がるということですよ」

「それだと、マイナス材料にはなりませんか……」黒井康明が腕を組んで天井を仰ぐ。

「相手のマイナスにつけこむよりも、こちらのプラスポイントを一つでも増やす方がいいんじゃないですか」

「それが一番難しいんですけどね。我々は、政権から追い出された立場だ。それだけ、民自連の長期政権がうんざりされていた証拠でしょう」

「だから、看板を下ろすんです」

「党名変更ですか？　しかし、そういう小手先の手段では――」

「民自連を解党します」

宮川英子が宣言すると、黒井康明の顔が引き攣《つ》った。いきなり、味方に後ろから刺されたような気分かもしれない。この男も、所詮は古い価値観から逃れられない人間ということか……富沢大介の方が、よほど進取の気質を持っている。

「他の保守系政党は、今や全滅状態です。日本で政党としてまともに機能しているのは、うちと新日本党だけでしょう？　新日本党の考えとしては、今後政党の役割はますます限定される――行政の代表としての首相と大臣を出すためだけの存在にしようとしている。彼らの最終目的は、国民議員ではなく、国民全員が参加する直接民主制ですしね」

「完全な直接民主制というのは、あまりにも……実現可能性はゼロに近いと思いますけどね」

　前首相の磯貝保は、古代ギリシャ・アテナイの直接民主制を例に出していた。アテナイでは市民が直接法案に投票できたとはいえ、実際には完全な直接民主制ではなかった。投票者は大人の男性市民に限られ、全人口の一割程度だったという説もある。現在は、ネットの普及により、本当に直接民主制が可能になっている――理屈の上では。実際には、あらゆる年齢の人を法案審議に参加させ、可否を問うことは不可能だろう。そこで実現されたのが、疑似的な直接民主制である国民議会制度である。ランダムに選ばれた議員は、理論的には国民の代表と言える。

「現体制にも色々問題はありますよ」宮川英子は指摘した。「保守勢力を糾合すれば、議会制民主主義に戻せるチャンスはある」

「それで、民自連は解党ですか」

「発展的解党です」宮川英子は先ほどの発言を修正した。「他の党を実質的に吸収する形になりますが、それを前面に押し出すと、他の党から反発を受ける可能性が高い。ですから、あくまで民自連も解党して、他の党と合流するという形を取らなければなりません」

「この期に及んで、まだメンツの問題ですか」黒井康明が鼻を鳴らす。

「あなたにもメンツがあるのでは？」

「まあ……しかし、かなり大胆なやり方ですね」

「私個人の考えじゃないですよ。党内でも、民自連を解党して新党を作り、首相選に備えるべきという意見が出ています」

「なるほど」

「例えば、私が来年の総裁選に出馬して、民自連の総裁になれば、新党結成を進められるでしょう。ただし、十分な根回しが必要です」

「それはそうでしょう」

「黒井さん、民自連から離党してもらえませんか？」宮川英子は切り出した。

「どういう意味ですか？」黒井康明がピンと背筋を伸ばした。

「あなたに先陣を切ってもらいたいんです。すぐに民自連を離れて、新党を作るんですよ。その後私は、民自連の看板を掛け替えて新しい保守政党に生まれ変わらせる。真っ先に、黒井さんの党がそこへ合流すると表明してもらえば、話が進みやすくなる」

「ややこしい作戦に思えますが」黒井康明が首を捻る。

「こういうのは、誰かが先に手を挙げる――しかも有力な人が手を挙げることで、上手くいくんです。どうですか？　あなたが新党を立ち上げるならば、党員としてかなりの人数を回すことができますよ」

「もうそんなに話が進んでるんですか？」

「あくまで仮の話ですけどね。しかし一度決まれば、一気に実現できるのが、民自連の強みでしょう」

「分かりますが……」黒井康明は明らかに躊躇っていた。

「国民議員であるあなたが、今の民自連の中では一番の有名人でもあるんですよ。そのあなたが真っ先に動けば、追従する人も少なくないでしょう。それに、一度は一国一城《いっこくいちじょう》の主になってみたいと思いませんか？」

「それは……そう考えない政治家はいないですよね」

「政党交付金の制度も廃止されましたから、財政面では苦しいかもしれません。しかしそこは、民自連が援助します」

「おかしな金の流れを作ると、また批判の対象になりますよ」

「政党は、もはや単なる任意団体です。そういう団体同士の間でどんな金の流れがあろうが、問題になることはないでしょう。時代は変わったんですよ」


あのたぬきが、と黒井康明はムッとしていた。いや、たぬきという感じではない。政治の世界でたぬきと言う時は、相手に本音を読ませず、のらりくらりと話を続ける人のことを指す――つまり、典型的な政治家だ。宮川知事は、極めて率直に今後の計画を明かしてくれたと言える。だったらたぬきとは言えないのではないか。

「何考えてるの、先生？　また仕事のこと？」

耳元で囁かれ、黒井康明はぞくりとして身を引いた。こんな状況――二人とも素っ裸で、ベッドの中で抱き合っている――で話すような内容ではない。

「ちょっとな」黒井康明はベッドから抜け出し、洗面所に行って顔を洗う。鏡に自分の姿を映し出してみる――五十を超えた人間にしては、いい感じに仕上がった肉体だ。長年自分流の運動を続けている賜《たまもの》である。腕立て伏せと腹筋、それに軽いジョギングで、筋トレと有酸素運動のバランスが取れているのだろう。腕立て伏せは実は全身運動で、バランスよく筋肉を育てるのに一番いい、と聞いたことがある。実際、腹にはうっすらと腹筋の筋が浮き、大胸筋はほどよく盛り上がっている。

「また、鏡見てる」

洗面所の入口のところで、壁に背中を預けたまま、三木里奈《みきりな》がからかうように言った。羽織っている黒井康明のワイシャツの裾は、太腿《ふともも》の中ほどにまで達していた。

「チェックだよ。体の緩みは心の緩みだ」

「はいはい、全然緩んでないから大丈夫」馬鹿にしたように言って、里奈が黒井康明の横に立つ。身長差、約三十センチ。年齢差、二十歳。しかし何故か、長年連れ添った同年代の女性という感じがする。銀座で長く働き、自分の店を持つまでになった女性は、やはりどこか老成した感じになるのだろうか。老成、などと言うと本気で怒られそうだが。

「先生、コーヒーでも？」

「ああ、頼む」

顔を洗って、タオルに顔を埋める。彼女の匂い――実際には彼女が使っている柔軟剤の匂いなのだが――が、心地好く鼻を刺激した。

寝室に戻ると、里奈が脱ぎ捨てた自分のシャツがベッドの上に置いてあった。こういうところが案外雑なんだよな、と苦笑しながらシャツを羽織る。リビングルームに行くと、里奈がキッチンで立ち働いているのが見えた。丈の長いトレーナーに着替えているので、ミニのワンピースを着た時のように両足がほぼ見えている。小柄だが豊満な肉体……夜の街でのしあがるのに、いい武器になったんだろうなと思う。

テーブルにつくと、すぐにコーヒーが出てくる。この辺は水商売のプロらしい如才なさというべきだろうか。二人で横に並んでコーヒーを啜《すす》る。

「先生、毎週日曜にこんなところにいて、大丈夫なの？」

「それは、君が心配することじゃない」

「奥さんって、ひょんなことから浮気に気づくものよ。ちょっとした習慣の変化とか」里奈は警告しているわけではなく、世間話をしているようだった。仮に黒井康明の浮気がバレても、自分はひどい目に遭わないと思っているのかもしれない。こういう修羅場を何回もくぐってきている可能性もある。

「もう三年だぞ？　三年バレなければ、絶対に表に出ないよ。それより、今度旅行にでも行かないか？」

「そんな余裕、あるの？」

「国民議会だって、四六時中何かやってるわけじゃない。自分が参加する委員会と本会議にきちんと出ていれば、問題ないよ。それに、急に何かあっても、どこからでもリモート参加できる」

「それが便利なのかどうか」里奈が肩をすくめる。「四六時中追いまくられている感じ、しない？」

「それが国民議員の責務だよ」

こうやって週に一回、里奈の店が休みの日曜日に密会するようになってから三年経つが、二人でどこかへ出かけたことはない。里奈はそれでも満足な様子だが、黒井康明としては少し物足りない。一緒に旅行でもしたいところだ……来月、講演で京都に行く予定が入っている。その件を話すと、里奈が急に興味を示し出した。

「梅雨時の京都は、そんなに混んでないからいいのよね」

「民自連の京都府連が宿を取ってくれるんだけど、それとは別に、どこかいい宿に泊まればいいから」

「そんなことしていて、大丈夫なの？　バレたら面倒なことになるんじゃないかしら」

「夜の会合まではつき合わないといけないけど、一次会で引き上げるよ。それから何か美味《うま》いものを食べてもいいんじゃないか」

「旅行なんて久しぶりだわ」里奈の表情が崩れる。「お店、臨時に休んじゃおうかしら」

「いいんじゃないか？　新幹線は俺が手配するから」

「先生、こんなことを聞くと怒るかもしれないけど、お金は大丈夫なの？」

「心配するな」思わず声を荒らげてしまった。実際、懐具合には余裕はないので、こんな話をされると苛つく。国会議員時代に比べれば、収入はぐっと減っている。現在は党から少し援助が出ているが、それとて雀《すずめ》の涙程度だ。家業の不動産会社の取締役は続けているが、その収入も高が知れている。もちろん世間の人よりは年収が高いが、それでも決して余裕綽 々《よゆうしゃくしゃく》の生活を送っているわけではない。

「それならいいけど」

「贅沢《ぜいたく》させてやれないのは申し訳ないけど」

「私は別に、お金に困ってないわよ。何だったら、先生に援助してもいいぐらい」

「まさか」黒井康明は鼻で笑ったが、これはあながち冗談とは思えない。年収という点では、里奈の方がはるかに上かもしれないのだ。

「じゃあ、後で詳しいスケジュールを教えるから。いい宿を探しておいてくれよ」

「分かった。楽しみね」里奈が笑みを浮かべる。彼女はいくつもの笑顔を持つ女性だ――店では常に落ち着いた、人を安心させるような微笑みを浮かべているが、二人きりの時には、子どもっぽい笑顔を見せることもある。

少しは楽しみがないとな。ストレスが溜まる国民議員の仕事から解放される時間があってもいい。


水商売の人間ならではのコネがあるわけではないだろうが、里奈は午後九時という遅い時間に、一流の腰かけ割烹《かっぽう》を予約していた。本来はカウンターで、板前と話しながら料理を楽しむのがこの手の店の醍醐《だいご》味なのだろうが、黒井康明はそういう粋な世界とはあまり縁がない。誰かに見られないようにと、小上がりの席に二人で入りこんでいた。

薄味だがコクがある料理を味わい――府連との会合ではほとんど料理に口をつけなかった――酒もほどほど呑んでいい気分になったところで、午後十一時。そろそろ切り上げ時だ。勘定を済ませて外に出ると、雨。里奈はちゃんと傘を用意してきていた。それも二本。

「別に、相合傘でもいいじゃないか」他人行儀過ぎると思い、黒井康明はつい文句を言った。

「わざわざバレるようなことしなくてもいいじゃない。私、少し後ろを歩くから」

「用心し過ぎじゃないかな」

「先生が不用心過ぎるのよ。腐っても鯛《たい》……じゃないけど、国民議員の先生なんだから」

国民議員を「先生」と言われてもピンとこない。ただランダムに選ばれただけで、素性の怪しい人間も少なくないようだし……まるで日本人の知的レベルの低下を証明するようなものだ、と皮肉な論考を展開した評論家もいた。そう言えば、政治評論家というのも絶滅寸前だが。評論すべき「政治」が消えてしまったのだから、失業状態と言ってもいい。それは新聞やテレビの政治部も同じことだ。かつての政治記者は、閣僚だけでなく政党幹部に密着して取材を繰り広げ、党内の政争までをしっかり記事にしていたが、今はそんな事態は起こっていないし、仮に起こっても報道する価値があるかどうかも分からない。国会議員時代は、新聞記者のしつこい取材に散々悩まされた黒井康明にすれば、少し寂しい感じもあった。まあ、記者のマークがなくなったから、こうやって里奈とつき合うこともできるようになったのだが。

里奈は後ろからついて来ると言っていたが、結局、並んで歩くようになってしまった。ようやくすれ違いができる程度の細い道なので、向こうから人が来ると一々避けなければならない。せっかく二人でいるのに、のんびり並んで歩くこともできないのは侘《わび》しかった。

「串カツとワインか……珍しい店だな」黒井康明は歩きながら、周囲の店を観察していた。少し酔いが回っているが、その状態が心地好い。

「この辺も、最近は老舗ばかりじゃなくて、若い人が新しい店をどんどん出してるみたいね」

「地代が大変じゃないか？」

「そうだけど、銀座と比べれば……」

「さすが、銀座に自分の店をもつ人は自信家だな」

「あら、どうも」

　この状況は、本来なら気分が落ち着くところだろう。狭い通りの両側には、日本の古き良き伝統を残す町家造りの建物が建ち並ぶ。老舗も新しい店も、景観を壊さない外見だった。雨に濡《ぬ》れた細い道路は、しっとりと散歩するのに適している――しかし実際には、ここは京都一の歓楽街かつ観光地であり、明らかに旅行者と分かる人たちが、声高に話しながら歩き回っている。静かな雰囲気がぶち壊しだと思ったが、考えてみれば黒井康明たちも旅行者だ。

「ちょっと鴨川《かもがわ》を見ていく？」

「そうだな」

　二人は狭い路地を抜けて、鴨川の河川敷に出た。水面が近い――土手がそれほど高い位置にない。大雨の時には大丈夫なのだろうかと心配になった。これで何百年もやってきたにしても、最近は「経験したことのない」はずの大雨が、頻繁に降ったりする。まあ、京都の市街地で鉄砲水が出たという話は聞いたことがないから、問題はないのだろうが。

　十一時を過ぎたのに、まだ河原を散策している人が多いのには驚かされる。京都はそれだけ、夜が遅い街なのだろう。黒井康明は国会議員時代、出張や選挙応援などで、全国各地を飛び回った。京都にも何度も来たことがあるが、ゆったりと過ごす機会はほとんどなかったので、初めて見る光景だった。

そのまましばらく河原を散歩し、京都一と言われる高級ホテルに戻った。明日は時間に余裕があるし、今夜はゆっくりしよう。

ホテルに入ろうとした時、黒井康明は急に気配の変化に気づいた。誰かいる――しかし素知らぬ振りをして急いで振り向いても、誰もいなかった。ホテルのロビーに入るまでの間、何度も振り返ったのだが、やはり人の姿はない。気のせいか……少し神経質になり過ぎているのかもしれない。

エレベーターの方へ向かう途中、黒井康明は里奈に小声で指示した。

「少しロビーで時間を潰して、後から来てくれないか」

「どうかしたの?」

「誰かにつけられていたかもしれない」

「本当に?」里奈が眉をひそめる。

「分からない。でも、念のためだ」

「奥さんが探偵を雇ったとか」

「まさか。そんな鋭い女じゃないよ」

「分からないわよ。何十年も一緒に住んでいるのに、本性が分からないこともあるでしょう」

「そりゃそうだけど」嫌なことを言う……しかし里奈の言うことにも一理ある。国会が解散して、国会議員の肩書きを失った頃から、妻との会話は極端に減ってきた。非常に懸念される状況である。黒井は今、不動産会社の取締役でもあるが、それは妻の実家の会社で、社長は妻なのだ。いわゆる政略結婚――妻の叔父というのがやはり民自連の国会議員で、親戚一同で長年政治活動を支えてきた。しかし叔父夫婦には子どもがなく、そのままだと政治家の一族が途絶えてしまう。そこで、実質的に議員の椅子を継ぐことを前提に、黒井康明は妻と結婚したのだった。だから最初から頭が上がらないとも言えるのだが……自分のせいではないが、国会議員という立場を失ってから、妻が自分を見る目は明らかに変わったと思う。それは国民議員になっても変わらなかった。所詮ランダムに選ばれただけで、あなたは何の努力もしてないでしょう――あからさまに言うわけではないが、普段の言動から、何を考えているかは明らかだ。俺のせいじゃないのに……そういう冷たい態度でこられるから、俺だって気を抜ける場所に逃げこみたくなる。

そもそも妻は、もう俺には関心がないと思う。結果的に――自分のせいではないが、政治家一家は途絶えてしまったわけだから。今は家業の不動産会社の社長として、金儲《かねもう》けをすることしか考えていない。浮気を疑って探偵を雇うなど、想像もできなかった。

部屋に入り、中をざっと検《あらた》める。部屋に誰かが入りこんでいるとも思えないが、念のためである。超がつく高級ホテルなのでさすがに部屋は広いが、誰も隠れてはいない……よし。背広を脱いでハンガーにかけていると、インタフォンを押す音が聞こえた。足音を忍ばせてドアに近づき、覗き穴から確認すると、里奈だった。ほっとしてドアを開け、彼女の手を引いて中に引き入れる。

「誰かに尾行されなかったか？」小声で確認する。

「エレベーター、一人きりだったわ」里奈も囁き声で答えた。

「それならいい」

「何を気にしてるの？　誰かにつけられるような覚え、ある？」ハンドバッグをテーブルに置いて、里奈が言った。

「いや……気のせいだとは思うけど」

「尾行されてるって言うけど、そういうこと、今まであった?」里奈が少し呆れたように言った。

「ないけど、用心に越したことはないんじゃないかな」

「国民議員の立場を気にしてる?」里奈が一人がけのソファに腰を下ろした。「国民議員って、そんなに偉いものじゃないと思うけど、勘違いしてる人、結構いるみたい。それこそ、急に銀座で豪遊を始める人もいるのよ」

「そうなのか?」

「金遣いが荒い新顔の人がいたら、銀座ではすぐに噂になるわ。どうして金まわりがよくなったか、さりげなく探り出すぐらいの話術は、どんな女の子でも持ってるし」

「水商売のプロは怖いねえ」黒井康明は肩をすくめ、ベッドに腰かけた。「そんなことまで、すぐに分かるんだ」

「分かるわよ」里奈が声を上げて笑う。「錦糸町《きんしちょう》で安く呑んでいた人が、急に年間五百万円もの金が余計に懐に入ってくるようになった……そうなると銀座へ、というのもおかしくはないでしょう」

「未だに、日本一の夜の街だからな」

「呑み方が汚くて、女の子にも迷惑をかけて、何軒もの店で出入り禁止になってる国民議員の人がいるわ」

「誰だ?」

「それは言わない方がいいでしょう。プライバシーの問題もあるし」里奈が商売用の笑みを浮かべる。「あなたも、そういう意味では狙われるかもしれないわね。国会議員経験者で、たった一人の国民議員なんだから。銀座のクラブママと不倫旅行なんて、写真週刊誌が一番喜びそうな話じゃない」

「まあな」軽く応じたが、鼓動は速くなっている。確かに面倒なことになりかねない。

「奥さんが探偵を雇ったとは本当に考えられない？」

「それはないと思うよ。俺に興味なんかないからさ」

「じゃあ、本当に写真週刊誌かしら」里奈が首を捻る。

「どうかな……でも、この部屋にいる限りは大丈夫だろう」

「誰かが盗聴器をつけたり、盗撮していない限りは」

「こんな高級ホテルで盗聴？　まさか」

「お金を払えば、何とでもなるんじゃない？」

「だったら、今日は声を出さないようにしないとな」黒井康明は唇の前で人差し指を立てた。

「君には、それは難しいかもしれないけど」

里奈が妖艶な笑みを浮かべる。声を上げるのは俺の方かもしれないな、と黒井康明は思った。

「馬鹿なことをするものねえ」宮川英子は、呆れて首を横に振った。「まあ、基本、暇なんでしょう」

「仰る通りかと」本間菜美《ほんまなみ》がうなずいた。

「だけどあなたも、相当な腕ね。今後もよろしくお願いするわ」

「もちろんです」

もちろんです、金をもらえる限りは——か。宮川英子は皮肉に思った。

本間菜美は、元々新聞記者である。しかしどうも性格に難があったようで周りと衝突が絶えず、都庁担当だった四年前に退社。その後フリーのライターとして週刊誌などに書いていたが、フリーのライターにそんなに仕事があるご時世ではない。そこに目をつけて、宮川英子が自分の事務所スタッフに引き抜いたのだ。取材経験のある人間なら、調査の任には適しているはず……国民議員、あるいはライバルである新日本党の政治家たちの弱点を摑むためには、アングラ情報も大事なのだ。

肩書き的には私設の秘書になるが、実際には特命で様々な仕事をさせている。今回は、黒井康明の調査——始めて一ヶ月で、あの男が銀座のクラブのママを愛人に持ち、一緒に京都旅行に行ったことまで摑んできた。しかも京都旅行は、民自連京都府連の招待による講演が目的である。そこに愛人を同行させた——昭和の政治家か、と宮川英子は呆れてしまった。国民議員はそれほど注目されないと甘く見ているのか、あるいはバレるはずがないと開き直っているのか。

「つき合い、長いの？」

「三年ぐらいになるようです」

「かなり親密な関係だと考えていいのかしら？　結婚生活に影響が出るような？」

「黒井議員は、奥さんとは既に冷え切った仲になっているようです。ですから、そこはさほど大きな問題にはならないかと」

「分かった」

宮川英子は、菜美が隠し撮りしてきた二人の写真を手にした。先斗町《ぽんとちょう》辺りを、並んで歩く姿。ホテルに一緒に入るところで異変に気づいたのか、振り向いた黒井康明が見せた怪訝な表情。

「この件、この後はどうしますか？」

「すぐに何かする必要はないわ。でも、二人の関係が続いているかどうかは確認しておいて。できる？」

「できます」

「ところでそういう調査、どうやってやるの？」興味が出てきて、宮川英子はつい訊ねた。「監視や尾行だって、二十四時間三百六十五日は無理でしょう」

「ええ、無理ですね」菜美があっさり言った。「人を使わないと」

「人を使って監視をする？」それだと経費が嵩《かさ》んでしまう。

「いえ」菜美が首を横に振る。「不倫は二人だけの問題だと思われがちですけど、意外と周りに知られているものです。近しい人をネタ元にしておけば、監視するよりも確実ですよ」

「今回のネタ元は、誰？」

「すみません」菜美がさっと頭を下げる。垂れた前髪をかき上げながら顔を上げた。「ネタ元は……大事にしないといけないので。ただ、信用できる人ですから」

「それならいいけど」私は雇い主なんだけど、と思ったが、宮川英子は文句を吞みこんだ。権力者——政治家は長く続けているうちに、全能感を抱くようになる。自分は何をしても許される、部下は黙って言うことを聞くべきだ、と。そういう政治家に限って、つまらないことでつまずいて舞台から途中退場する。苦言を呈する部下を持ち、その部下の言葉に耳を傾ける政治家こそ、長続きするものだ。

「全部言えなくて申し訳ないんですが」

「それがあなたのやり方なら、信用するわ」宮川英子はうなずいた。「また新たにお願いすることがあると思うけど、よろしく頼むわね」

「承知しました」

菜美が引き上げて、一人きりになる——正確には一人ではない。家事全般を手伝ってくれる女性に一部屋を与えて住まわせているものの、仕事は夜八時までと決めていて、それ以降は基本的に何も頼まないようにしている。自分でできることは自分でしないと、人間としてどんどん駄目になってしまう感じがするのだ。しかし、なかなか思い通りにはいかない。昔はよく料理もしていたのだが。

昔の知事公舎——渋谷の高級住宅地にあった——の近くにある自宅は、中に入ってしまえば普通の一戸建てなのだが、玄関前には警備ボックスがあるので、外からは物々しく見えるようだ。政治家になった時に「マンションの方がセキュリティがしっかりしている」と転居も勧められたのだが、ここは自分が生まれ育ち、両親から引き継いだ土地である。どうしても離れたくなかった。幸い、今までトラブルは一回も起きていない。

静かだ……宮川英子はリカーキャビネットを覗き、バーボンのボトルを取り出した。若い頃から酒はこればかり。「女性らしくない」と言われることも多いのだが、好きなのだから仕方がない。ワインに親しもうと色々試してみたこともあるが、何故か二日酔いになることが多かった。

ショットグラスにバーボンを入れ、チェイサーとして炭酸水をグラスに注ぐ。バーボンを炭酸水で割ったら同じという人もいるが、二つは別物と考えるのが正しい酒呑みだ。いい酒を何かで割るのは犯罪に近い行為だとさえ思う。

バーボンを一口。炭酸水で追いかけさせる。それを繰り返していくうちに、軽い酔いと満足感が襲ってくる。知事になってからは、こういう一人の時間が少なくなっている……今日は珍しく、完全に一人の夜だった。普段は、都庁や民自連の関係者が来て話をしていくことも珍しくないのだが。

宮川英子は、リビングルームの隣にある応接間に入った。今時応接間のある家もそうそうないが、来客の多い家なので、建て替えた時にわざわざ造ったのだ。応接間であると同時に趣味の部屋でもあり、これも父親から受け継いだ古いステレオセットが置かれている。巨大なスピーカーで、クラシック音楽をレコードで聴く——今となっては、こういうのは贅沢な趣味なのかもしれない。ダウンロードして気軽に聴くのもいいが、レコードの方が音質が温かい気がする。

ビバルディをかけ、ソファに背中を預ける。この家は、自分が死んだ後はどうなるのだろうと考えることもあった。夫も子どももいないし、今や唯一の身内になってしまった姉には自分の家庭がある。十歳違いだから、自分が死ぬ頃にはかなりの高齢になっている可能性もあるわけだ。歳を取ってから、古くなった家を押しつけられたら迷惑だろう。姉の子どもたちに任せるにしても、結局手に負えずに売り払うことになるのではないだろうか。

スマートフォンが鳴る。富沢大介だった。この人も、時間を気にせず連絡してくる人だから……苦笑しながらステレオのボリュームを下げ、電話に出る。もっとも、先ほどまでこちらからかけようかと思っていたのだが。

「黒井と話をしたんだがね」富沢大介はいきなり切り出した。

「どうですか？」

「どうも、はっきりしないな。何か、他のことを考えてるんじゃないか？」

「例えば？」

「本当に新党を作って、民自連を乗っ取るとか」

「彼はそんな器じゃないでしょう」

「言いますなあ」富沢大介が喉の奥で笑った。「しかし、まあ、その通りだ。それなのに、あの男はどうも本気らしい。自分も一国一城の主人になるべき年齢だ、とか言っているそうですからね。簡単には言うことを聞かない様子ですよ」

「自分のことがまったく分かってないですね」宮川英子はグラスを鼻先に持っていって、バーボンの香りを嗅いだ。「こちらの手助けなしで人が集まる見こみがついたんでしょうか」

「いや、我々が都合してやらない限り、無理でしょう。実際に動いている様子もない」

「なるほど」間を置き、バーボンを一口呑む。「一種の条件闘争ですか？」

「しかし、何の条件で？　我々から何かを引き出そうとでも？」

「本音は例によって読めませんけど、腹の底には何かあるかもしれませんよ」

「……確かに」

「どうしますか？　それでも駒として使いますか？」

「元国会議員の国民議員は、彼一人しかいないからねえ。あなたが新党の立ち上げを言ってくれれば、一番やりやすいんだが」富沢大介が恨みがましく言った。

「自分の選挙や都議選の時以外は、知事は単なる行政のトップですよ。政治家と見る人はいませんし、私にもそういう意識はありません」基本的に、生臭い政治の世界からは距離を置くようにするのが、知事の身の処し方だ。

「仕方ないですな。やはり、じっくり話をして本音を引き出すしかないでしょう。そういう場合じゃないんだが……時間は、あるようでない」

「富沢先生、脅すのは得意ですよね」宮川英子は思い切って切り出した。

「これは何を、物騒なことを」富沢大介が笑った。「政界一の紳士と言われた私が脅し？　そもそもどうやって脅すんですか」

「それが、材料があるんです」

「ほう」富沢大介が一瞬沈黙した。しかしすぐ、はっきりした声で「聞きましょう」と宣言した。

「たった今、入ってきた情報なんですが」黒井康明の女性問題を説明する。途中でひどく気分が悪くなってしまった。富沢大介のように、それこそ昭和の時代から政治家だった人間には、大したスキャンダルには思えないかもしれない。富沢大介が納得するとも思えなかった。

　しかし富沢大介は、「それでいきましょう」とあっさり合意した。

「いけると思いますか？」

「いけますよ。問題は、その京都旅行だ。まさか、その女の分の旅費まで、府連に払わせたんじゃないでしょうね？」

「それは違うようです。府連は宿泊先を用意していたんですが、黒井さんは自分で別の宿を予約して、その女性と泊まった。翌朝は何故か、別行動ですが……尾行に勘づいたのかもしれません」

「なるほど。いずれにせよ、府連には嘘をついたことになる。褒められた話ではないですな。それに、奥さんに対する裏切り行為でもある」

「家庭の事情については、あまり責めるわけにはいきませんけど……それに、そもそもあの夫婦の関係は破綻しているそうですよ」

「知事……いつの間に、そんなことを調べたんですか」富沢大介が呆れたように言った。

「私にも情報源はありますから。呼びつけて、ちょっと話をするのはどうでしょう」

「そうしますか？」

「正式に、新党の発足を依頼するんです。人は集まりますよね？」

「それは既に、私の方で手を回している。地方議員で、千人規模で集まりますよ」

「それなら、かなりの人数になりますね。民自連議員から転向させる形ですか？」

「転向という言い方はあまり好ましくないが」富沢大介が苦笑する。「いずれ再合流——全く新しい党を作るための方策なので、全員が納得していますよ」

「総裁の方は、大丈夫なんでしょうか。完全に置き去りになります」どうでもいい男だが、無視もできまい。

「まあ、そこは私の方で手を考えています。総裁のメンツも潰さずに、最終的には上手く運びますから」

「さすが、富沢さんですね」宮川英子は持ち上げた。クソジジイを褒めるだけで、虫唾《むしず》が走る思いだが。

「いえいえ……それで、黒井にはどこで話しますか？」

「私の家ではどうでしょう」応接間をぐるりと見渡しながら、宮川英子は言った。「たまには手料理をご馳走《ちそう》しますよ」

「知事の手料理ですか？　これは珍しい」

「昔は料理もよく作っていたんですよ。時間がなくて、このところご無沙汰ですが」

「いいでしょう。メンバーは？」

「三人だけでいいんじゃないでしょうか。雑音が入らないところで、みっちりと話しましょう」

「結構ですな。では、私はスケジュールを調整します。早速黒井に連絡を取ってみますよ」

「お願いします」

　電話を切ると、ふいにプレッシャーを感じた。黒井と話をするのは構わない。富沢大介も圧力をかけてくれるし、自分一人で説得するわけではないのだから。問題は料理……手料理を振る舞うと言ってしまったのだから、やるしかない。そのメニューの組み立てを考えると、頭が痛くなってくるのだった。

「これ、本当に知事が全部お作りになったんですか」黒井康明は目を見開いた。料理……というより、家庭的なことには一切縁がない人だと思っていたのに、今日はちょっとしたホームパーティだ。軽く食事を、という話だったので、気軽な気持ちで来たのだが、本気で全部食べたら動けなくなるだろう。

「昔はね、ちゃんと料理をしてたんですよ。結構好きでしたしね。だけど政治の世界に入ると、どうしてもね……でも、たまに無性に料理したくなるんです」

「ということは、我々は実験台ですかな」富沢大介が面白そうに言った。

「ちゃんと食べられるものを作っていますから、大丈夫ですよ」

「それにしてもすごい」黒井康明はテーブルの上を見回した。イタリアンを中心に、様々な前菜が並んでいる。色合いも鮮やかで、いかにも美味そうだ。

「どこから食べても大丈夫ですから、どうぞ」宮川英子が皿に取り分けてくれた。「イタリアンベースですけど、途中で席を立つのが嫌ですから、今日はパスタは作りません。その分、前菜をたくさん用意しました」

「では、早速いただきます」

黒井康明は料理を自分の皿に盛った。豆などが入ったパテ、トマトとチーズのサラダ、玉ねぎ入りのオムレツ……イタリアンとフレンチ、両方のいいところを取り入れている。

「富沢さんは、和食の方がよろしかったですか」宮川英子が訊ねる。

「いやいや、私は昔から、フレンチやイタリアンの名店で修業したんですよ。舌の修業ということですが」

「失礼しました」宮川英子が苦笑しながら頭を下げた。

「昔は、政治家が飯を食うというと料亭ばかりでね。イタリアンやフレンチの店に行くと珍しがられましたよ。しかし、美味いものは美味いんだよね。料亭ばかりを使いたがる政治家は、味なんかどうでもいいんだ。単に、人払いができる場所を探しているだけだったんでしょう」

「料亭での会合も、もう懐かしい世界ですね」黒井康明はしみじみと言った。最近はそういうこともほとんどない。

「記者連中が外で待機していてね。一言取ろうと必死になっていた」富沢大介が話を合わせる。

「あれも日本の政治文化だったんですねえ。今、政治記者はやることがなくて大変じゃないですか」

「私のところにも時々、昔馴染みの記者が来るが、喋ることがなくて困っていますよ」

当たり障りのない会話……ただし、今の内容はかなりシビアなものだったと思う。取材相手が変われば、記者も変わる。それを象徴するような話ではないか。

料理は美味かった。少し味つけが濃い感じはしたが、酒と一緒ならこれぐらいがちょうどいい。驚いたことに、パンまで自分で焼いたのだという。

「これだけ料理がお上手ということは……知事、世間に知られていない顔をまだお持ちなんじゃないですか」黒井康明は訊ねた。

「さすがにもう、引き出しはないですよ」宮川英子が苦笑する。

「料理の道に進んでもよかったぐらいじゃないですか？　十分金を取れる味ですよ」

「そういう未来もあったかもしれない、という仮定の話ですね」宮川英子が澄まして言った。

「やはり政治の世界が合っておられた？」

「今までの人生を否定するわけにもいきませんからね」

当たり障りのない会話が続く。前菜が少なくなってきたタイミングで――黒井は既にかなり腹が膨れていた――宮川英子がキッチンに一度引っこみ、大きな鍋を持って戻って来る。テーブルの真ん中で蓋を開けると、茶褐色の煮物が湯気とともに姿を現した。

「牛頬肉の赤ワイン煮です」

「また、凝った料理を作られる……大変でしょう」黒井は驚いた。それこそフレンチの専門店で出てくるような料理ではないか。

「名前ほどには大変じゃないんですよ。ただ時間をかけて煮込むだけですから、まず失敗しないんです——取り分けますね」

宮川英子がレードルを使って煮込み料理を皿に盛ってくれた。実際には褐色というより赤みが強く、赤ワインで煮込んだというのが納得できる仕上がりである。肉とソースには艶があり、いかにも美味そうだ。つけ合わせはマッシュポテト……にしては、少し黄色が強い。

肉を切るのに、ナイフがいらないぐらいだった。ナイフの重みだけですっと繊維がほぐれていく。口に入れると、ソースの甘みが口中を満たし、肉はあっという間に溶けてしまう。大したものだ……本当にこの料理は、店で出しても金が取れる。つけ合わせのマッシュポテトは、口に入れるとちょうどいい塩気——いや、もっと複雑な味がする。

「肉も美味いですけど、ポテトもいい味ですね」

「アリゴもどきです」

「アリゴ？」

「フランスの地方料理で、マッシュポテトにチーズ、正確に言うとチーズになる一歩手前のものを混ぜこむんです。向こうでは主食感覚で、レストランで食べると、どんどんおかわりを持ってくるんですよね。若い頃、ヨーロッパの視察旅行で覚えたんです」

「なるほど、チーズですか。これのおかわりを続けたら、太りそうだな」

「黒井先生は、太る心配はなさそうですけど」

「これでも必死に運動して、何とか体形を保ってるんですよ」

「大したものですね。私は最近、体を動かすのも面倒ですよ」

「知事、それは少し怠慢では？」富沢大介が皮肉っぽく言った。「私は、今でも毎日四キロ、ウォーキングをしますよ。それで体調はすこぶるいい」

「顧問がお若いのは、そのせいですか」

「気の持ちようですけどね」

本当にどうでもいい会話だ……ただし、気を抜いてはいけない。これが、ただ飯を食べるだけの会合であるはずはないのだから。この後、本題が待っている――間違いなく、新党のことだろう。

デザートには、軽くチョコレートが出た。これは銀座にある高級店のもの。腹一杯になっているので、軽い甘味がありがたい。食後酒は遠慮し、濃いコーヒーをゆっくりと味わう。ワインの酔いを早く醒《さ》まさないと、これからの話についていけないだろう。幸い、ひどく酔っているわけではないが。

「ところで黒井先生、この前からお話ししている新党の話ですがね」

予想通り、富沢大介が切り出してきた。

「ええ。富沢先生、だいぶ話を進めていらっしゃるんですね」

「次の首相選に向かっては、もう動き出さないといけませんからな。地方議員を、千人単位で新党に合流させる準備ができています」

「それは……民自連は完全に割れますね」

「新しい政党を作るためには、壊さねばいけないものもあるんですよ。その新党をベースに、民自連の看板を掛け替えて、新しくしなければならない」

このところ、富沢大介からも何度も話を聞かされていた。彼らは、政権奪取に向けて複雑なシナリオを描いている。まず、黒井康明が民自連を割って出て、新党結成を宣言する。そこに、富沢大介が根回ししておいた地方議員、そしてかつての国会議員の一部が合流する。現総裁は、取り敢えずこの状況を看過。しかしこれは表面だけのことで、既にその先の密約ができている。来年、宮川英子が都知事を辞して総裁選に出馬する。そこで勢力の減った民自連の実権を握ったところで、黒井康明の新党と合流、さらに他の保守系政党——既に絶滅寸前だが——も加わって新しい看板を掲げるという流れだ。民自連が名前だけを変えても、有権者へのアピールはできないだろうという計算からだというが、逆にこういう手法による「看板掛け替え」の狙いぐらい、有権者には簡単に見抜かれてしまうだろう。

それに何より、自分が一種のかませ犬にされるのが気に食わない。国会議員出身の国民議員は自分しかいないとはいえ、何もそんな役目を背負う必要はないのではないか。

「黒井先生、覚悟は決まりましたか」富沢大介が迫る。

「そうですね……」富沢大介はこの件について、非常に強い圧で迫ってくる。党を生き残らせ、議会制民主主義の復活を目指すために必死になっているのは分かるが、あまりにも急ぎ過ぎる。

「先生、あまり時間はないんですよ。これから、日本の憲政史上最も大きな変化と言われたものを覆す。あなたには、その先頭に立ってもらわないといけない」

「少し考えたんですが」黒井康明はコーヒーを一口飲んだ。「民自連を割って新しい政党を作る、それはいいでしょう。しかし、民自連との再合流を狙っていることがバレたら、有権者にはそっぽを向かれますよ。新しい党は新しい党で、首相の座を目指すべきではないでしょうか。民自連が全面的にサポートしてくれれば、当選は間違いないと思います」

「つまり、あなたがご自分で首相選に出ると？」富沢大介の目つきが急に厳しくなった。

「新党を作るのは素晴らしいことです。政治家として、一つの党の代表になるのは大きな目標だ。しかもこの難しい時代に、政権奪取にもチャレンジするわけですから、やりがいもある。しかし、今の顧問の計画では、私はかませ犬のようなものではないですか？　下準備だけして、実際の首相選は……」黒井康明は宮川英子の顔を見た。「知事に任せる。もちろん、知事の知名度と実績は抜群です。だったらそもそも、最初から知事が新党を結成して首相選への準備を始めた方がいいんじゃないですか？　何も、こんな回りくどい方法を取る必要はない」

「私にとっては、タイミングが大事なんです」宮川英子が淡々とした口調で言った。「東京都知事のまま国政政党の党首になるのは、筋が違います。それに、東京も課題が山積みなんですよ。今すぐには、首相選の準備には入れません。そんなことをすれば、私を選んでくれた都民に対する裏切りになりますから。知事として、都市博もきちんと開催しなければなりません」一番大きな公約だし、準備も着々と進んでいる。

「しかしですね……都政より国政ではないんですか？　より大きな枠で世の中を見た方が……」

「黒井先生、あくまで首相の座を狙うつもりですか」

「新党の準備をされているなら、私はそれに乗りますよ。でも、民自連の衣替えのためだけに使われるつもりはない」

黒井康明は腕組みをした。言うべきことは言った。さあ、向こうはどう出る？　俺の要求を呑むか、それとも俺以外の人間を代表に担いで新党を作るか。

俺以外に誰がいる？

「黒井先生、少し身の回りを整理された方がいいんじゃないですか」宮川英子が突然言い出した。

「どういう意味ですか？」

「政治家らしく、清廉潔白に生きておられますか？」

それで黒井康明はすぐにピンときた。この女は……京都で抱いた違和感の正体。宮川英子が手を回して、俺を監視していたに違いない。

「何のことでしょうか」取り敢えずとぼけてみた。

「ご家族との関係は円満ですか？」

「私は婿養子のようなものですからね。家内には頭が上がりませんよ」

「そういう暮らしは、なかなか厳しいのではないですか？　息が詰まるでしょう」

「気を抜く術《すべ》は知っていますよ」

「女性とか？」

「失礼だな」黒井康明は低い声で脅しつけるように言った。「いくら知事でも、それは言い過ぎではないですか。まるで私が、妻に対して不貞を働いているような言い方だ」

「京都では、府連が指定した宿に泊まらなかったと聞いていますよ」

クソ、やはりそういうことか。黒井康明は一瞬下を向き、歯を食いしばった。ここでは話を曖昧にしておくしかない。何も認めず、謝罪せず、責任問題などには発展させない。

「そういうこともあったかもしれません」

「事実としてありましたよ」

「証拠を……という話はあまり好ましくないですね。いいでしょう、認めます。私には愛人がいます」黒井康明は一瞬で方針を決めた。「ですが、家庭はあってないようなものです。もしこの件が家族に知られても、大きな問題にはなりません」

「世間に対しては？」

「今時、こんな問題で騒ぐ人はいませんよ。国民議員が浮気しても、ニュースバリューはないでしょう」

「ただの国民議員ならね」富沢大介が厳しい表情で言った。「ただし新党の党首ともなれば話が別だ。公党の責任者が浮気しているとなったら、世間は許さないでしょう」

「脅すんですか？」

「いいえ」宮川英子が軽い調子で否定した。「推測しているだけです」

「脅しにしか聞こえませんね」

「まあまあ」富沢大介が割って入ってきた。「こういうことは、大きな声で話すものじゃないですよ。我々も、身内の人にモラルを教えるような立場ではない」

「では……」

「これ以上余計なことは言いませんが、当初の予定通り、新党の立ち上げにご協力いただけませんか」富沢大介が平然とした口調で言った。「我々の計画通りに」

黒井康明は一瞬、きつく口を閉じた。このまませめぎ合いを続けていくこともできるのだが、それではいつまで経っても埒が明かない。ここで話を呑んでも、まだチャンスがある——最終的に首相選に出馬する段階で、自分が選ばれる可能性もあるのだから。その時に、最大の「障壁」である宮川英子を追い落とせばいいのだ。これから自分が党首になる政党で実績を作り、自分こそが次期首相に相応しいと、有権者に印象づければいい。

「それで……新党の結成に関しては、いつ頃を目処《めど》にしたらいいですかね」

「そうですね、今年の秋には正式に政党として立ち上げたい」富沢大介が事務的に告げた。「黒井先生には、それまでに各地の有力議員と面会していただき、今後の党の動きに関してコンセンサスを得られるようにお願いしたいと思います」

「分かりました。新党結成へ向けた実際の動きについては、富沢先生にお任せします」

「派手にいきましょう」富沢大介が急に笑顔になった。「最初が肝心ですからね」

そして一気に勢力を拡大する。そのために俺は……知事を潰す。


「新しい党の名前は、『民主前進党』とします」黒井康明が振り向くと、大きなモニター上に新しい党のロゴが登場した。「今の政治体制の問題を炙り出し、議会制民主主義の復活を目指して前進していくことを、党是といたします」

なるほど。

北岡琢磨は、官邸の執務室でパソコンの画面を注視していた。閣議が終わり、一瞬間が空いた時間。このタイミングで、黒井康明が会見を設定したのは間違いない。昼のニュースや夕刊に間に合う時間なのだ。もちろん結党会見の様子は、ネットでも生配信されている。

会見場はホテル。壇上《だんじょう》にいるのは、「民主前進党」――あまりよくないネーミングだと北岡琢磨は思った――代表の黒井康明と、幹事長に選ばれた大阪府議の立花泰雄《たちばなやすお》。地方議員の中ではトップクラスの実力者だが、それでも小粒感は否めない。

「衣替えの前振りでしょうね」北岡琢磨は指摘した。

「仰る通りでしょう」内村晋助がうなずく。「おそらく来年の民自連の総裁選で、新しい総裁を選出する。そこへ民主前進党が合流して、新党を結成する流れかと」

「単なるイメージ戦略ですね」北岡琢磨は断じた。「実質的に民自連が看板を掛け替えるだけだ。しかし民主前進党の結成からは少し時間を置いているから、まったく新しい党が生まれたように見える。おそらく、他の保守系政党の残党も合流するでしょう。保守の大合同のようなものですよ……。その保守は、今は革新ですけどね。現在の体制を変えようとしているわけですから」

「まあ、そういう分析は政治学者に任せておけばいいでしょう。今や、政治学者は混乱の最中にあるわけですが」

「それで――どうしますか？」

「新日本党としては、何かする必要はないでしょう。代表として、あるいは首相としてコメントを求められたら、適当に逃げておけばよろしい」

「関心がないと？」

「そこまで露骨に言わなくてもいいですよ」内村晋助が苦笑する。「他党のことなので、コメントする立場にない、という感じがいいでしょう」

「官房長官の会見では何を喋るんですか？」内閣官房は、午前の閣議後、それに午後に毎日会見することになっている。官房長官か副長官が担当し、内閣の動きを記者団に説明するのが基本だが、時にそれとは関係ない質問が出ることもある。

「こちらからは言い出しませんよ。聞かれたら、コメントする立場にないと答えておきます」

日本のマスコミの政治部も、大きな変革期にある。昔は与党担当、野党担当と分かれ、有力国会議員への取材が主流だった。しかし今、そういう取材は意味を失いつつある。国民議員に取材しようにも、彼らは旧国会議事堂に登院せず、基本的に地元にいる。それに、政党から出ている人たちではないから、個人の意見はバラバラだ。取材をしても、個人的な意見が聞ける以上の成果はない。結局、各大臣の番記者として行政の取材をするのがメーンになっている。

「では、内閣としてはそういう反応でいきましょう。連絡を回してくださいますか」

「承知しました」

相手にしない、と言っているも同然なのだが、これを黒井康明はどう見るだろう。彼としても、これで一国一城の主になったわけで、あまりにも無関心でいられると傷つくだろう。ただし、彼が何を狙っているかは分からない。内村晋助の言う通り、民自連との合同に向けた一種の「目眩まし」の役割かもしれない。だとしたら、彼の代表としての権力も借り物としか言いようがない。黒井康明はなかなかの野心家と聞いている。そういう役割に満足できるかどうか……。

昼過ぎ、内村晋助から新たな報告の電話があった。民主前進党の会見に参加していた子飼いの記者から詳細なリポートを受け取った、というのである。

「それなりの盛り上がりだったようです。最近は政治イベントがほとんどなかったせいだと思いますが」内村晋助が皮肉っぽく言った。

「ちなみに、誰か重要な人はいますか」

「元国会議員が何人も名前を連ねています。ただし昔の名前で……という感じですね」

「宮川都知事は？」

「名前はないですね」

「今は動かず、来年の総裁選に出てくるんでしょう。民自連側の切り札、ということですか」

「おそらくは」内村晋助が重々しく同意した。

「ちなみに、民自連の方はコメントを出していないんですか？」

「簡単に、ですね。総裁名で『保守勢力の伸長につながる新党結成で、前向きな決断だと思う』と」

「まあ、お約束のコメントですね」北岡琢磨は鼻を鳴らした。

「ええ」電話の向こうで内村晋助が苦笑した。「しかし、取り敢えず警戒はしていきましょう。情報収集も続けますよ」

「ちなみに、会見の雰囲気はどうだったんですか？」

「民自連の党大会より活気があったという話ですね」内村晋助が皮肉っぽく言った。

「目新しいものは目立つんでしょう」

「仰る通りです……何かあったらすぐにお耳に入れますから」

「お願いします」

内村晋助のことだから、重要な情報を逃すことはないだろう。問題は、黒井の狙いだ。何か機会を作って、直接話してみたいと思うが……上手い手を考えないと。

「現在の円安への対策について、首相のお考えをはっきりお聞きしたい」

黒井康明が歯切れのよい、叩きつけるような口調で言った。昔の国会なら、なかなか迫力のある質疑になっただろう。ただし、あくまでネット上での討論なので、見ている人の印象は膨らまないはずだ。

国民議会では、議員が自由に、首相を含めた各大臣に質問ができる。ただし、無制限に許してしまうと、委員会や本会議が進まなくなってしまうので、「五人以上の連名での質問通告」が事前に必要になる。今回、黒井康明は「代表デビュー」の感覚で質問をぶつけてきたのだろう。質問主意書に名前を書いた議員には、表立ったつながりはなかった。ただし、議員同士の実際の関係は、はっきりとは分からない。何しろそれぞれが個人参加の形で国民議員になっているだけなのだ。もちろん、議員決議や議員立法のために共同作業をすることはあるが。

「現在の円安水準に関しましては、国内消費に極端な影響が出るまではないと考えています。消費者物価指数の推移を見ましても、まだ市民生活には大きな影響は出ていません。日銀、財務省とも、もうしばらくは慎重に推移を見守る方針でおります」

「積極的な財政出動がないと、一気に円安が進んで、市民生活にも影響が出る——そうなった時には、対応できなくなるかもしれません。一歩先んじた対策が必要になるのではないですか？」

「現段階では、政府の積極的な介入等は考えておりません。ただし、状況によってはすぐに対策できるように準備を進めています。そのための情報収集も怠っておりません」

　何度も質疑を経験したが、未だに慣れない……閣僚による質疑応答は、官邸の専門の部屋で行われることになっている。各閣僚は決まった席につき、背後に関係省庁の担当者が控えてヘルプを出すことになっている――これは旧国会と同じようなやり方なのだが、違うのは、相対しているのが巨大モニターだということである。ここに質問者が映し出される。国民議会が始まる時には、メタバースを利用してバーチャル議会を開くべきという極端な案もあったのだが、「アバターのレベルが低く、ゲーム感覚になってしまう」という批判的な意見が多かったので見送られ、結局、オンラインでの討論、という形式に落ち着いた。メタバースが発達すれば、そこで議会の審議全てを行う日が来るかもしれない。ただし、高齢の議員にとっては負担も大きいだろう。現在も、ネットワーク環境が貧弱な高齢の議員のために、急遽《きゆうきよ》環境構築、機器の提供、レクチャーなどを行っているが、それが関係省庁の負担になっているのは間違いない。パソコンやスマートフォンを触ったこともない、八十代の高齢者に使い方をゼロから教える――それがどれだけ面倒臭いことかは、北岡琢磨にも容易に想像できた。

　黒井康明の質問は少ししつこかったが、それでも北岡琢磨は淡々とした回答で乗り切った。この質問に意味がないことは最初から分かっている。財務委員会などで何度も取り上げられて、専門的な話し合いがされているし、そこで北岡琢磨自身も何度も答弁した。確かに円安対策は大きな問題だが、政府に対する攻撃手段としては、既に手垢《てあか》がついてしまっている。

　これはやはり、黒井康明の「顔見せ」なのだ。前進党の代表として、存在感をアピールするための「デビュー戦」。北岡琢磨としては、軽くつき合ってやってもいい、ぐらいの感覚だった。

横綱が若手に胸を貸すようなもの。黒井康明がどれだけ厳しく攻めてこようが、この後保守合同の新党ができようが、北岡琢磨はさほど恐れていない。現在の制度ができた時に、これまでのような選挙戦は一切通用しなくなるだろう、と予想されていた。国政選挙と呼べるのは、首相選のみ。たった一人のトップを選ぶ選挙なので、どうしても人気投票的な側面が強くなり、有権者の関心は高い。実際、最初の首相選、それに自分が当選した二回目の首相選でも、投票率は七割を軽く超えていた。これだけ投票率が高くなると、各党の固定票はさほど意味を持たなくなる。計算できる固定票よりも、無党派層の票数の方が圧倒的に多くなるからだ。

時間が来て、黒井康明との質疑応答は中途半端な幕切れになった。北岡琢磨としては「乗り切った」という感じさえなく、淡々とした時間……しかし、画面で見る黒井康明のパフォーマンスが気になった。身振り手振りが大きく、表情もくるくる変える。「自分はできる男だ」とアクションでアピールしているようだった。質問の内容はあまり意味がなくても、見た目のインパクトにだけ注目してしまう人も多い。

しかしデビュー戦としては失敗だったのでは、と北岡琢磨は思った。この程度では、彼が何を企《たくら》んでいるにしても、自分のライバルにはなり得ない。

仲間を集めるのは大変だ、と黒井康明は実感していた。もちろん、富沢大介から「譲ってもらった」仲間はいる。盟友と言える元国会議員も何人かいる。しかし彼らは国民議員ではないので、普段活動を一緒にするわけではない。

黒井康明は、スキャンダルをネタにした富沢大介と宮川英子の脅迫に、取り敢えず屈した振りをした。あんなことは、屈辱でも何でもない。政治の世界ではよくあることだ。

そして、報復も。

報復というのは正確ではないかもしれない。「独立」だ。宮川英子たちの計画には乗らず、前進党を強固な保守勢力として育て上げ、自分はそのまま首相選に出て最高権力を手に入れる。民自連内での権力争いが必要なくなったが故に、首相への道はむしろ開けたと言えるかもしれない。とにかく選挙で勝ちさえすれば——そのためには自分の知名度と好感度を上げてアピールしなければならない。それもただ「感じのいい人」「見た目がイケてる人」ではなく、きっちり政策を提案して、国民議会で戦える人間として、だ。

もちろん見た目は大事だし、自分はその点で恵まれていると思うが、いつまでもそんなことばかりが重視されていては、いずれ日本は滅びる。

代表に就任し、新党としての活動を始めて以来、黒井康明が最も力を入れているのが、国民議会内での勢力伸長だ。ただしこれは、当初想像していたよりも上手くいっていない。かつての政党政治の方が正しいと思っている人が一定数はいるはずだと考えていたのだが、前進党への勧誘にも、首を縦に振らない人がほとんどだったのだ。どうも、国民議員の気持ちは読めない……背景も出身もバラバラだから、一様に勧誘できるものではないと分かっているが、それでも断られる度に疲れる。

国民議員の中で、黒井康明の誘いに乗って前進党への入党、あるいは協力を約束してくれた人は、十人に過ぎなかった。もちろん、千人の議員全員に声をかけるのは物理的に難しいのだが……党の役員たちも動いてくれているものの、どうにも反応が鈍い。役員たちの間では「この六年間で有権者の意識も変わった」という声がある。国会が廃止され、国民議会が生まれてからの六年……そんなに簡単に、国民の政治意識は変わるのだろうか。あるいは、元々根強かった政党不信が、さらに強くなったのか。

「どうも、上手くない」民自連本部のすぐ近くに借りた事務所の代表室で、黒井康明は愚痴をこぼした。相手は、前進党幹事長に就任した大阪府議の立花泰雄。

「まあ、焦ることはないでしょう。ゆっくりやればよろしい」

「そうもいかんのですよ。立花さん、ここだけの話、俺は勝負をかけたい」

「民自連との合同の話ではなく？」立花が身を乗り出した。狡猾《こうかつ》な雰囲気……立花は大阪府議を八期も務めていて、文字通り「府議会のボス」だ。地方議員なのに、民自連内での発言力も強かった。

「違います。大勝負です」

「どういうことですか？」立花が目を細める。

「国民議員制度を廃止し、国会を復活させるんです」

「それは党是ですから、いずれやることだ。民自連との合同の際にも、それを金看板に掲げて戦っていくことになる。それとは意味が違うんですか？」

「違います。議員立法として提出して、審議させる」

「今？」立花の顔から血の気が引いた。

「もちろんです」

「何故今なんですか。そんなに焦ることはないでしょう」

「立花さん、あなたの真意をお聞きしたい」ここが勝負どころと見て、黒井康明は声を低くして立花に迫った。「あなたは単なるお目つけ役ですか？　それとも、議会制民主主義を復活させる熱意に燃えた議員ですか？」

「それはもちろん、私の目標は国会の再生や。今の国民議会は素人の集まりで、とてもまともに機能しているとは思えない」

「私もそう思います。だからこそ、一刻も早く国会を復活させねばならない。再度の憲法改正を前提とした大きな話になりますから、のんびり構えているわけにはいかないんですよ」

「しかし、憲法改正となると、簡単にはいかない……だから、民自連が保守系政党と大合同して、勢力を増強させなければいかんでしょう」

「そこは、富沢さんや宮川知事が勘違いしているところなんですよ」黒井康明は厳しい表情で首を横に振った。「いくら地方議員が集まって大きな勢力になっても、国民議会は動かせない。ただし国民議員なら、議員立法で憲法改正を提案できる」

　議員立法もそれほど難しいものではない――プロセス的には。黒井康明が所属する下院では、二十人以上の賛同者がいれば提案できて、まず当該の委員会で審議を始めることになる。しかし憲法改正となると遥かに壁は高く、原案提出、臨時に招集される憲法審査会での審議を経て、上院下院それぞれの本会議で、議員の三分の二以上の賛成を得なければならない。国民議会で可決されても、さらに国民投票での半数以上の賛成が必要になってくる。

「憲法改正の国民投票で賛成多数に持っていくためには、宣伝活動も大事です。今の前進党には、そこまでの力はありません」立花が指摘した。

「今すぐ憲法を改正できるとは思っていませんよ」

「代表、それは――」

「まずは小手調べです。実際に憲法改正、国会の復活を強く願う勢力がいることをアピールするんです。民自連が衣替えして新しい政党になるのを待っていては、時間が無駄に過ぎてしまう。新しい総裁を選んで、保守合同を経て首相選の結果を待つ――それでは遅過ぎる。だいたい、首相選で勝てる保証はないんですよ。単純に考えてみて下さい。宮川知事と北岡首相、人気投票のような首相選では、どちらが勝つと思います？」

「それは……シビアな戦いになるでしょうな」

「戦いというより、一種の賭けです。私は、そんな賭けに乗るつもりはない。まず、ジャブを打ってみましょう。それで、国民議員の動きを見る。趨勢《すうせい》が分かれば、今後の作戦も考えられるんじゃないですか」

「この件、民自連の方に相談は？」

「私の一存です。私は国民議員ですから、憲法改正の原案を提出する権利がある」

「それで、私にどうしろと？」立花が明らかにたじろいだ。

「国民議員の中で、この件に賛同する人を増やしたい。そのために、お骨折りいただけませんか？　立花先生は、民自連の議員としてトップの存在でした。立花先生がお声がけしてくれれば、動く人間はいくらでもいると思います」

「それは買い被《かぶ》りや。私はただの一地方議員ですよ」

「それでも、大阪――関西地方では絶大な力をお持ちだ。例えば、関西地方の国民議員を説得していただくことはできませんか？」

「それは……私に、民自連を裏切れと仰るのか？」立花が目を見開く。

「国民議会が解散して国会が復活する目処が立てば、我々はまず主導権を握ることになる。その際、立花先生には、中心として活躍していただきたいんです。実際に国会が復活するには、時間がかかるでしょう。また国政選挙を行って、議員を選ぶところから始めるんですから。それまでは、今までと同じ体制で、公選首相による内閣が行政の舵取りをしていく。私は今回の憲法改正案提出をきっかけに、首相を目指します。立花さんには、できれば副首相も兼務していただき、この国の舵取りをお任せしたい。府議はやめていただくことになりますが、全国の党員を全てコントロールする——そして選挙を仕切る。そういうことは、立花さんにしかできないはずです」

「ベテランの元国会議員が何人もいるやないですか。党全体の仕切りや選挙のことは、そういう人たちでないとできないでしょう」

「いや、彼らはボケている」

立花が目を細めた。失礼な、と思っているのかもしれないが、これは事実だ。実際、黒井康明は元議員たちとよく話すのだが、彼らの多くは現実を把握していないし、将来のビジョンもない。

「考えてみて下さい。元国会議員の方たちは、議員でなくなってから六年以上も経つんですよ？もはや『引退した議員』に過ぎません。それに対して、立花さんは、厳しい政治の前面にいた。立花さんの方が、キャリアでもお考えでも、元国会議員の連中よりも上なんですよ。私も、立花さんを政治の師と思っている」

「しかしな……そういう、民自連を裏切るようなことは……私は親の代から民自連を支えてきたんや」

「もちろん、承知してます」黒井康明はうなずいた。「ただ、党に対する忠誠心が、結局はマイナスになったんじゃないですか？　しがらみを排した新日本党が、何故ああもあっさり政権を獲得して憲法を改正できたのか、よく考えるべきです。民自連的なものは、もはや日本の有権者にはアピールにならないんですよ」

「それは、あまりにも悲観的では？」立花が腕組みをして黒井康明を睨んだ。

「必ずしもそうではないと思います。どうですか、立花さん？　ここは私と組んで勝負に出ませんか？　この件はまだ、立花さんにしか話していないんです」つまり、富沢大介たちが潰しにくれば、あんたから情報が漏れたことが分かる——黒井康明としては、しっかり釘を刺したつもりだった。

「少し時間をいただきたい」

これは有望だ、と黒井康明は安心した。この手の誘いを断るのに、話を先延ばしにする必要はない。原理原則を貫き、「断る」の一言で済む。話に乗るかどうか決めかねているからこそ、時間を欲しがっているのだ。彼にも重大な支援者や知恵袋がいるだろう。そういう人たちに相談しなければならないのは当然である。自分のこれまでの政治活動を全面的に変える——ある意味過去の全否定になるのだから。

「一週間以内にお返事いただけますか」黒井康明は強気に出た。「年内には法案を提出して、最初の勝負に出たいと思います。そのためには、もう時間がないでしょう」

「あなたは……覚悟がおありなのか？」

「私には失うものはありません。人生の大勝負に出る時が来たんです」

結構、結構。

黒井康明は満足して、画面に呼びかけた。「今回は本当にありがとうございます。皆さんのご協力で、おかしな方向に突っ走っている国政を正すことができます」と言って頭を下げる。

憲法改正の原案提出に、二十人の賛同者が集まった。そのうち十人が関西地区選出の国民議員――立花がしっかり動いてくれたのだ。ただし立花は、「自分が原案提出に協力したことは表沙汰にしないで欲しい」と強く言ってきていた。まだ覚悟が定まらない――民自連を裏切って、前進党の政権奪取のために全力を尽くす気持ちが固まっていないのだろう。というより、彼も今回の憲法改正の審議の動きを見て、身の振り方を決めるつもりではないだろうか。臆病者とも言えるが、それも仕方がない。親の代からの民自連党員ということは、筋金入りである。先祖代々の宗派を捨てて改宗しろ、と迫るようなものではないだろうか。

黒井康明は気を引き締め、さらに言葉を継いだ。

「今回の原案提出で、一気に憲法改正が叶うとは思っていません。昔の政党政治時代と違って、票数が一切読めませんから……ただし、いつまでも手をこまねいて様子を見ているだけでは、話は進みません。新日本党が掲げているのは、議会制民主主義の破壊に過ぎない。我々は、それを正常な状態に戻すために、まず第一撃を放つのです。そして場合によっては二波、三波……最終目標の憲法改正、国会の復活まで戦い抜きましょう」

この言い方は、昔の野党的なのだが……今は自分たちが野党なのは間違いないのだから、おかしくはないだろう。

「今後、原案の内容をさらに詰めていきます。毎週金曜のこの時間、オンライン会議にお集まりいただき、議論を進めて参りましょう。ただし、年内の原案提出を目指したいので、会議ができるのは四回が限度になります。こういうのは時間を区切ってやらないと、とかく流れてしまいがちなので……時間がない中、申し訳ありませんが、よろしくお願いします。もちろん、随時ご意見は伺います」

「一つ、いいですか」画面上のアイコンが、実際の人の顔に変わる。京都選出の国民議員、金子《かねこ》だった。中年の男で、職業は精密機器製造会社の総務系社員。

「もちろんです。どうぞ」黒井康明は愛想よく言った。

「今回の憲法改正案については、全面的に賛成します。私も国民議員に選ばれはしましたが、拘束時間が長いのは厳しい。それに、私のような素人が国政に関与していいのか、間違った投票をしているのではないかという心配は今でも消えません。やはり政治は、国会という場でプロがきちんと行うのが、正しい民主主義の姿だと思います」

「ありがとうございます」黒井康明は頭を下げた。わざわざ、賛同の意を示してくれなくてもいいのだが、この発言は援軍になる。

「憲法改正については、このまま協力させていただきますが、前進党についてはどうなんですか？」

「どう、とはどういう意味でしょう」黒井康明は慎重に訊ねた。

「これを機会に、私たちも前進党に入らないといけないのでしょうか。前進党の国民議員は、黒井さん一人ですよね？　今後、国民議会の中で前進党の発言力を増していくために、党員を増やしていこうと考えておられるのでは？」

「もちろん、皆さんをお誘いします。国民議会の一番おかしな点は、あらゆる決定が一種の運任せになってしまうことではないでしょうか。実際、法案の審議や決議に関して、明らかにおかしな部分があります。そういうことを少しでも減らすためには、常に同じ意見と方針を持って動く人間——つまり政党が必要なんです。国会の復活に向けて、前進党は党勢を拡大します。ただし、実際に参加するかどうかは、皆さんのご意思次第です。憲法改正案の提出にご協力いただき、その活動の中で判断していただければ、助かります」黒井康明は一気に言い切った。

その質問をきっかけに、前進党の政治姿勢についての質問が相次いだ。今回の賛同者も、政党としての活動について積極的なわけではない。基本的には、政治について何の考えも理想もない、ランダムに選ばれた人たちである。

強制はしない、しかしできれば今後も活動を一緒にしたい——同じ答えを返しながら、黒井康明は、この人たちは捨て石になるだろう、と想像した。政党活動に興味がなく、できれば距離を置きたい、と考えているのだから。しかし憲法改正の議論をする中で、前進党の考えに理解を示してくれる人は間違いなく増えてくるはずだ。今回の原案の賛同者は、あくまで「サクラ」のようなもの——。

質疑を終え、ほっと一息ついてパソコンをシャットダウンする。黒井康明は基本的に、国民議会の質疑に参加する時には、自分の事務所を使うようにしている。政治・経済の専門書が入った本棚をバックにしていれば、いかにもプロっぽく見えるものだから。今回もそうしていたが、早々に事務所を出たい――里奈と会う約束があるのだ。宮川英子たちには脅しをかけられたが、今は黒井は開き直っている。知られてしまったものは仕方がない。今後、里奈との関係がどうなるかは分からないが、会える時には会っておこうと決めていた。

忙しい人間ほど、その中でゆとりを求めるものだし。これからしばらくは、目が回るような忙しさになるだろう。そんな中でも、里奈と会う時間だけは絶対に確保しなければならない。

「憲法改正にタブーはありません。そして制度を検討し、改めることにもタブーはない。国民議会の制度が発足してから、あなたは負担が増えたと不安になっていませんか？　国の命運を左右する決定に参加して、その責任を負わされて炎上することを恐れていませんか？　政治はプロに任せるべきです。国民を守るために存在するのが政治のプロです。負担を抱えずに普通に生きていく――そのために、民主前進党は憲法改正、国会の復活を訴えます」（民主前進党ホームページから）

「次はあなたの番かもしれません。例えば他国の侵略を受けた時。大災害が起きた時。予想外のパンデミックが起きた時。国がどう対処するか、決めるのは国民議員なのです。そしてあなたが二十歳以上の場合、四年に一度、国民議員に選ばれる可能性がある。日本を生かすか殺すか、その判断に責任を持って一票を投じられますか」（民主前進党・黒井康明代表の生配信から）

「国民議員のかなり多数が、自分の仕事に自信がないと言っているんですよ。直接民主制の理念は分かります。技術がそれをサポートしてくれるのも間違いない。しかし、人の心はコントロールできません。どんな人にも、自由に生きる権利がある。いきなり大きな責任を押しつけられるのは、一種の全体主義ではないですか――民主主義とは正反対にあるものです」（テレビ討論番組での民主前進党・黒井康明代表の発言）

だいぶ飛ばしてるわね……宮川英子は、リモコンを取り上げ、テレビを消した。黒井康明は、前進党として、議会に憲法改正案を提出するつもりのようだ。マスコミの取材に対しては明確には答えていないものの、これだけあちこちに顔を出して新体制に対する露骨な批判を繰り広げ、憲法改正を訴えているのだから、本気だ――我々に何の相談もなしに。

富沢大介が何度か黒井康明に面会し、真意を質《ただ》したのだが、黒井康明は「折を見て」「民自連との合同後に提出を」などと答えているという。

嘘だ、と宮川英子は読んでいた。今、憲法改正案を提出して、本会議で採決することになっても、可決される可能性は極めて低い。しかし黒井康明としては、確実に爪痕を残せるはずだ。憲法改正案は何度でも提出できるから、続けていけば、本当に改正案が通ってしまうかもしれない。

スマートフォンが鳴る。富沢大介……一つ息を吐いて取り上げる。

「今の討論番組、ご覧になってましたか」

「ええ。だいぶ飛ばしてますね」

「どうやら、十二月には下院の憲法審査会に改正案を提出するようです」

「本当ですか？」宮川英子は思わず声をひそめた。自宅にいて、誰かに聞かれる心配もないのに。

「ええ。年明けまで審査会で審議を続けて、できるだけ早く本会議へ――という流れですね。改正原案については、二十人ほどが共同提出者になるようです」

「おそらくそれが、前進党の新しいメンバーになる……」

「黒井の狙いはそうでしょうが、実際に前進党に入るかどうかは分かりませんな。共同提出者の身元を洗っていますが、必ずしも前進党や民自連の支持者というわけでもない。あくまで、今回の改正案の趣旨に賛同して、名前を連ねているようです」

「それがどこまで広がるか……最終的な狙いはうちも同じわけですから、試金石にはなりますよ」

「呑気なことを言っている場合ではない」富沢大介がぴしりと言った。「これは黒井の暴走です。自分が前進党のトップとして首相選に出る――そのために爪痕を残そうとしているんです。こちらが用意して新党の代表にしてやったのに、勝手に動いている――飼い犬に手を噛まれるとはこのことですよ」

「では、脅しますか」

「知事は今でも、黒井に対する調査は続けているんですか」

「今はストップしていますけど、再開するのは簡単です。うちの調査員は優秀ですしね。ただし今は、時間がないでしょう」十一月十五日。年内に改正案提出となると、こちらに残された猶予は一月《ひとつき》あるかないか。

「やってみましょうか。法案提出の前に釘を刺せれば、動きを抑制できる。どうせ黒井のことですから、叩けば埃《ほこり》は出るでしょう」

「では、それは私の方で何とかします」

電話を切り、本間菜美に連絡を入れる。黒井康明に対する調査を短く指示したが、果たして時間がない中で、上手くいくかどうか。

スキャンダルを探すのではなく、もっと地道な方法で黒井康明を潰しておくべきではないだろうか。例えば……改正案の反対派を糾合するとか。


直接民主制の難しさを、宮川英子はつくづく思い知った。政党の議員ではない国民議員は、いわば烏合の衆であり、個別に考えが違う。憲法改正についてどう思うかを調べるためには、それぞれに事情を聞いていくしかないのだ。しかし千人全員に話を聞くにはとんでもない時間がかかるし、特定の政党がそんなことをしたら「直接民主主義への攻撃だ」と批判されかねない。

黒井康明が何度も主張する通りで、こんなに全体の動きが読めない集団を相手にしたら、緊急の対応は不可能だ。内閣の権力は旧体制時に比べて増大しているが、議会の重要性が減ずるわけではない。となると、黒井を脅して何とか止めるしかない——ところが、さすがの菜美も新しいスキャンダルは探し出せなかった。黒井康明は相変わらず銀座のクラブママと愛人関係にあるようだが、それが果たして抑止力になるかどうか……実際、この件で脅しをかけたのに暴走したのだから、効果はなかったと考えるべきだ。

「あまり無理をしない方がいいかもしれませんな」富沢大介は弱気になっていた。「常識的に考えれば、国民議会を廃止して旧体制に戻そうという意見が多数派になるとは思えない」

「それでは、我々の計画も上手くいかないことになりますが」

「それはまあ、時機を見てということですよ」富沢大介が咳払いした。自分の言葉の矛盾に気づいた様子である。「とにかく今回は、黒井にやらせてみてもいいでしょう。我々にとっては、観測気球にもなる」

「もしも憲法改正案が通ってしまったら？」

「それはないでしょう。最新の世論調査でも、新体制の支持率はまだ六割近い。一応、国民の支持を得ているわけですから……国民議会は、国民全体の動向をかなり正確に反映すると思いますよ」

「六割ね……」その世論調査は、宮川英子も見ていた。意外な支持率の高さに驚いたものである。

「それほど優れているとは思えない。ほぼ、内閣の言いなりじゃないですか。官僚の力を増大させただけで、彼らが暴走した時に止めるだけの力もない」

「国民議会には、クリーンなイメージがあるのがいいんでしょうな」富沢大介が解説した。「国会議員といえば選挙違反、現状維持、癒着——昔は、こういうことが嫌がられていたのは間違いない。国民議員にも逮捕者は出ましたが、クリーンイメージが覆されるほどではないでしょう」

「では、今回は何もしないと？」

「声がけできる人には声がけしておきますが、まあ、心配しなくていいでしょう」

本当にそれで大丈夫なのだろうか……宮川英子の懸念は、すぐに現実のものになる。

まさか——北岡琢磨は、冷や汗をかいていた。ここまで、憲法改正派が多いとは。

審査会——北岡琢磨も何度も政府代表として答弁に立った——での討論を経て、三月に行われた下院本会議での投票。

　毎回、この投票が上手くいかない——不正を防ぐために、時刻を決めて行われるのだが、どうしても間に合わない、あるいは高齢の議員が機械の操作を誤って投票できないケースなどが相次いでいる。そこは修正していかないと……と考えているうちに、投票結果が公表される。やはり投票に参加できなかった人間は一定数いて、有効な投票は、下院議員五百人のうち、四百七十二に止まった。反対二百六十五、賛成百九十八、白票が九。薄氷を踏むとまでは言わないが、国民議会を廃して国会を再開させることを望んでいる議員は予想外に多かった。

　本会議で改正案が否決された後、北岡琢磨は首相官邸で報道陣の取材を受けた。いつもは囲み取材に応じるだけだが、今回は極めて重要な法案採決の後なので、会見室が用意されている。官房長官の内村晋助が司会をして始まった会見で、北岡琢磨は汗をかかされることになった。

「今回の投票結果に対して、どうお考えですか」

　最初は幹事社の質問から入る。一種の代表質問で、ここでは当たり障りのない内容になるのが普通だ。

「現在の体制——直接民主主義が支持されたものと考えております。ほぼ七年間、この体制でやってきましたが、一部の例外を除いて問題はなく、基本的に日本人の勤勉さや真面目さに合ったシステムだということが証明されたのではないでしょうか」

「改正案を提出した前進党について、コメントをお願いします」

「政党による政治活動は、現在でも認められています。主義主張を同じくする人が集まり、正当な手続きで法案を提出するのは、直接民主制の理念や手続きと何ら反するものではありません。

逆に、こういう形での議員立法も可能だと証明したものであり、私としては、高く評価したいと思います」

これは少し上から目線だったか……一瞬反省したが、すぐに難しい答えを用意しなければならなくなった。日日——日本日報の記者が質問に立つ。日本日報は相変わらずの守旧派で、ことあるごとに北岡内閣・国民議会批判を展開する。北岡は身構えた。

「憲法改正に賛成する票が二百近くあったということは、現体制に対する批判がそれだけ多い証明だと思いますが、内閣としては、今後どのように現体制を運営していくおつもりですか」

「数の上では、現体制を支持していただいている人の方が多いのは間違いありません。どんな問題でも、十対ゼロになることはまずありませんから、これは真っ当な結果だと考えています。どちらかが極端に多くなることは、むしろ危険な兆候ではないかと考えます」

「首相、あるいは内閣に対する批判票とも考えられますが」

「今回の投票は、あくまで国民議会に対する憲法改正を問うものであり、内閣に対する批判とは捉えておりません」

相変わらず、しつこい……というか難癖をつける奴だ。しかし流石《さすが》にこれ以上は突っこんでこないだろう。首相記者会見での質問は、一人が二問まで、というのが暗黙の了解になっている。記者たちを抑えつけるというよりは、多くの記者に質問の機会を与えるためだ。

取り敢えず日本日報の厳しい質問が終わったのでほっとしたが、背中に汗をかいているのを意識する。これぐらいで緊張してはいけないのだが……。

その後も、新体制への批判的な質問が相次いだ。基本的に新体制には好意的な東京新報でさえ、質問は厳しい。

「今後、政党として憲法改正などを主張する場面が出てきてもおかしくありません。しかし新体制では、政党の主張を国民議会に反映できない。となると、幅広い意見を吸い上げて議論するという、国民議会の当初の理念と反することになるのではないですか」

「特定の政党が、国民議員に働きかけて法案を提出したり、議論の材料を提供することは可能です。活発な議論が行われることは歓迎すべきですし、それを提供することが、政党の存在理由と言えるのではないでしょうか」

どうも、今回の憲法改正案提出が、一つの節目になってしまったようだ。日本日報のような、民自連お抱えとも言えるメディアが新体制を批判するのはよく分かる。しかし、新体制歓迎のニュースを流していたメディアも、実際には様々な矛盾や問題点を感じていたのだろう。今回の改正案で、その辺の問題点が一気に噴出した感さえある。これで批判の炎が燃え上がったら、対応は厄介になる。

ネットメディアの記者が質問に立った。この男は確か昔は、日本日報の記者だったはず……旧メディアの将来に絶望して、ネットメディアに移籍したのかもしれない。

「国民議員の素行問題について、首相にお伺いします。第二期の議員は、既に二人逮捕されています。一人は破廉恥罪と言える容疑ですが、日比野前議員の場合は、国民議員の立場を利用した犯罪です。国民議員が、必ずしも質が高くない、あるいは犯罪の温床になる可能性がある証明になった形ですが、どうお考えですか」

「まず、三権分立の考えに立てば、私は国民議員の活動に関しては批判も賞賛もできません。ですので、この件についてはコメントを差し控えたいと思います」

「しかし、国民議会の制度を推進したのは、新日本党です。新日本党の代表としてどうお考えか、お聞かせ願いたい」

そうくるか……ここでは自分は、内閣の代表たる首相の立場なので、新日本党代表として語る義務はない。ただし、それを理由にコメントを拒否し続ければ、弱気だと考えられる恐れもある。それだけは避けたい。北岡琢磨は気合いを入れ直して記者の顔を真っ直ぐ見た。

「私は今、内閣総理大臣として質問を受けておりますので、本来は答えるべきではないのですが、一言申し上げます」一瞬言葉を切り、記者たちの顔を見渡す。この連中が敵なのか味方なのか、イマイチはっきりしない。それが不安だったが……。「新制度は、発足してまだ七年です。日本史に残る大きな変化ですから、七年間の活動だけで評価するのは極めて難しいと考えています。しかし一つだけ」人差し指を立てる。「新日本党が直接民主制を目指した最大の理由は、目に余る政治腐敗です。民自連を中心にした長期政権の下で、チェック機能が働かなくなり、議員の倫理観が地に落ちたのは間違いありません。少なくとも今は、そういうことはなくなったと断言できます。議員調査委員会も正常に機能して、悪いことは悪いと判断し、正しています。旧体制と比べて、はるかに透明性が高くなっていますし、過去の国会議員と比べて、今の国民議員の質が落ちているとは思えません。むしろ皆さん、よく勉強されている。私は感心するばかりです」

そこで内村晋助が割って入った。時間なので会見終了——何とか大きなトラブルなしで終えることができた。しかし、首相になって最も緊張した記者会見だったのは間違いない。自衛官が亡くなった時の会見も緊張したが、あの時の比ではなかった。

内村晋助と一緒に執務室に戻る。北岡琢磨は部屋の片隅にある冷蔵庫からペットボトルのミネラルウォーターを取り出し、一気に半分ほど飲んだ。会見室の演台にも必ずペットボトルが置いてあるのだが、それで喉を潤すのを忘れるほど緊張していたのだ。

「お疲れですな」内村晋助が軽い調子で言った。

「あの会見室、暑くないですか？　暖房が効き過ぎている」

「後で調整させましょう。私は暑いと思ったことはないですが、歳のせいかもしれないですな……今日は厳しい会見でしたね」

「何でまた、急に各社とも攻撃的になったんでしょう」

「まあ、憲法改正の投票が終わったばかりですから……それなりに賛成票が集まったわけですし、新体制への疑念が出るのも当然ですよ」

「内村さんは、本当のところはどうお考えですか？　あれだけ反対意見があったのだから、私は、こちらのやり方には問題はなかったと思いますが」

「正直に言えば、予想外に賛成意見が多かったですね。多数派工作が行われた形跡はありませんが、逆にそれが怖い。国民議員の本音が出たんじゃないですか」

「国民議員は、基本的に自分の仕事を肯定的に捉えているのかと思っていましたよ」

「それも様々だと思います」

議会事務局は、定期的に議員にアンケートを行っている。意見を活動にフィードバックさせるためだが、そこでも極端に否定的な声は出てきていない。第二期の国民議員の中で、逮捕で馘《くび》になった議員は二人、病気で死亡した人が一人、闘病や本来の仕事の関係で途中辞任した人が七人いる。これを多いと見るか少ないと見るかは、微妙なところだ。その都度新しい国民議員が補充され、上院も下院も定数五百人のままで活動を続けていて、特に問題はない。

「ちょっと気になったアンケート結果もあるんですよ。首相は、全部は目を通されていないでしょう」

「千人分ですからね。概要だけをいただいています」

「私は暇を見て、全部目を通しているんですが、『税金泥棒と言われるのが辛い』という意見が、毎回必ず出るんですね」

「税金泥棒？　冗談じゃない」北岡琢磨は息巻いた。「国民議員は、きちんと仕事をしていますよ」

「ただし、委員会や本会議で発言していない――発言できない人はいます。決議の時の票を投じるだけでは、議員らしい仕事はしていないと悔やんでいるんですな」

「それでも、昔の国会議員に比べればましでしょう」

「高齢の方は、そう思わないパターンが多いようで……やはり、議員というと選ばれた存在で、特別に義務を果たさねばならないというプレッシャーを感じているんですよ」

「一票を投じるだけで、十分仕事をしているんですけどねえ」

「本当は、首相が直接声をかけてそう言っていただくのがいいんでしょうが、それだと三権分立が崩れてしまう。行政が立法よりも上と見られるのは、まずい」

「確かにそれはよろしくない」北岡琢磨はうなずいた。「折に触れ、新日本党代表として、そういう発言をしていくしかないでしょうね」

「磯貝さんにもお願いしましょう。引退しているとはいえ、磯貝さんの発信力は今でも健在ですから」

「いつまでも磯貝さんに頼るのは、情けない感じもしますがね」北岡琢磨は溜息をついた。「自力で立てない、老舗の二代目みたいな感じだ」

「いや、立ってる者は親でも使え、ですよ」内村晋助がニヤリと笑う。「そこは私にお任せ下さい。急がないと……」

「何かあるんですか？」今の言い方が気になった。

「未だに私も、政治家としての意識が消えないんでしょうな」

「どういうことですか？」

「政治家には、重視すべきことがいくつもあります。私の歳になると、いつも元気でいるようにしておくのが一番大事ですよ」

「体調ですか？」ピンときた。確かに昔から、「政治家は病気を悟られてはいけない」とよく言われる。弱みにつけこまれてしまうからだ。

「あなたですから、はっきり申し上げます。ガンです」

ガンという言葉の衝撃が北岡琢磨を襲った。完全に顔色が変わっていたのだろう、内村晋助が慌てて早口で説明した。

「前立腺《ぜんりつせん》ガンなんです。ただし、かなり初期の段階で発見できまして、治療すれば百パーセント復帰できると聞いています。それでも一ヶ月ほどは席を空けることになる……もう少ししたら、ご相談しようと思っていたんですが」

「一ヶ月なら、それほど長い空白にはなりません。副長官を代理に立てて、内村さんの復帰を待ちますよ」

「一ヶ月で日常生活に戻れるだけで、この激務に復帰できるかどうかは、もう少し様子を見て、ということになるでしょう。政治的空白を招かないためには、ここは私は一度身を引いて、若い人たちに任せたいと思います」

そういうことなら、無理に「留まってくれ」とは言えない。これでまた大きな問題を抱えこんでしまった。右腕をなくすようなものである。残りの任期、そして次の首相選に向けて、どう戦っていくべきか。

日本国憲法

第九十三条

1　地方公共団体には、法律の定めるところにより、その議事機関として議会を設置する。

2　地方議会の議員については、選挙人名簿の中から無作為に選出される。人数に関しては法律の定めるところにより、地方公共団体の人口に応じて決定される。

第五章　公務員

結局、新体制になっても、やってることに変わりはないわけか。

総務省地方選挙課係長の安本尚志《やすもとたかし》は、頭を下げながら心底情けなく思った。頭を下げる——これが昔ながらの役人の主な仕事である。

「君ね、こういう話なら、次官とは言わないがせめて審議官、そうでなければ担当局長が説明にくるのが筋じゃないか」総務大臣の三崎大治郎《みさきだいじろう》が皮肉っぽく言った。

「申し訳ありません。今回は実務的な話ですので、現場の私が説明にまいりました」

「こういうのは、大臣になって初めてだね」三崎大治郎が鼻を鳴らす。

「……出直した方がよろしいですか」安本尚志は遠慮がちに確認した。

「ああ、もういい」三崎大治郎が面倒臭そうに顔の前で手を振った。「時間の無駄だ。今話してくれ」

「では、こちらのペーパーを」

ほっとして、安本尚志はA４判の紙を手渡した。「関西における地方議会廃止に関する説明会のお知らせ」。年度が替わる来月から、全国各地の地方議会をなくすための前準備として、総務省による説明会が行われるのだ。これは議会に対してではなく、一般の有権者向け。取り敢えず

「地均《じなら》し」が目的なのだが、荒れることも予想される。憲法は改正されたものの、地方議員の「無作為選出」はまだ実現できておらず、未だに「議会存続」「直接民主制反対」の声は大きい。憲法に記載されている以上、地方議会の廃止は必定……ただし地方議会の数を考えると、国会を廃止するよりもよほど手間がかかり、まだ具体化はしていない。しかし北岡政権も、一期目の終わりが近い。二期目の目玉政策としても、そろそろ地方議会廃止に向けて具体的に動き出す時期だった。

そのために、まずは有権者への説明が必要になる。特に民自連の勢力が未だに根強い関西で、真っ先にこの説明会を開催することになっていた。敵の一番強いところを最初に叩く作戦である。

政府側の本気度を示すために、担当大臣自らが現場へ足を運んで……ということで三崎大治郎に頼みこみにきたのだが、予想以上に強い拒否反応を示され、安本尚志は戸惑った。地方議会も担当する大臣なのに、三崎大治郎自身は、直接民主制にさほど興味を持っていないようなのだ。日々の言動から薄々それを感じていた安本尚志は、この話を持ちかけるなら、然《しか》るべき立場の人から事前に根回ししてもらうべきだと考えていたのだが、その提案は却下された。「大臣も一般職員もフラットな存在であるべき」――それは新日本党のモットーでもあり、実際に首相が一般職員に直接電話をかけて話をすることもあるようだが、一公務員と大臣ではやはり立場が違う。

「二日がかりか……わざわざ土日を潰してまで、ねえ」

「平日は、やはり東京で色々と仕事がありますので」

「京都、大阪、兵庫、滋賀、奈良、和歌山――これ、二日で回り切れるの？　それぞれの会場で時間はどれぐらい見てるわけ？」

「大臣には、一時間ほどいていただければ。最初にご紹介した後、担当者が実務的な話をして、その後にご登壇いただく予定にしています」

「吊《つ》るし上《あ》げにあって、一時間では済まないんじゃないかな。ここぞとばかりに攻撃してくる奴もいるだろう」

「そこは、我々がしっかりサポートしますので」

「人寄せパンダなら、勘弁してくれ」

三崎大治郎がペーパーを突っ返した。拒否か、と鼓動が跳ね上がる。つい、紙を取り損ねそうになった。

「首相は何と仰ってるんだ？」

「私は首相と直接話していないので、何とも申し上げられませんが」

「フラット化なのに？」

「全員が全員、フラットというわけにはいかないと思います」まさか、首相と直接話すわけにもいくまい。

「とにかく、このスケジュールでは受けるのはきつい。そもそも、私が直接行くことに意味があるとも思えないな。だいたい、関西に行ってしまったら、他の地方にも行くことになるだろう？私は、どさ回りをするために大臣になったんじゃない」

「しかし、三崎大臣に出ていただくのは、首相の意向だと聞いております」

「そこを上手く調整してもらわないと。それが君たちの仕事だろう」

この大臣が「ノー」を言い出すと、簡単に引かないことは分かっている。ここは一度引き下がるしかないようだ……。

「では、持ち帰らせていただきます。またご説明に参ります」

「内容をきちんと考え直してくれないと、説明を聞くだけ無駄だよ」

「……分かりました」

一礼して、さっさと大臣室を出る。クソ——これも全部俺が小柄なせいだ、と親に文句を言いたくなった。対して三崎大治郎は、百八十センチを超える長身で、たっぷり肉もついている。座っていても圧が強く、反論するのは難しい。何なんだよ、と悪態をつきたくなったが、誰かに聞かれたらまずい。うつむき、廊下の床を見つめながら大股で地方選挙課に戻る。自席につくと、何かをぶん殴りたくなった。ゆっくり息を吐いて緊張を逃し、目をきつく閉じる。何度か目を瞬《しばたた》かせて、もう一度深呼吸した。立ち上がり、地方選挙課長の村松《むらまつ》に報告する。

「しょうがねえな。三崎大臣、面倒臭がりだから」村松が嫌そうな表情を浮かべる。

「そもそも、地方議会廃止に対しても、あまり熱がありませんよね」

「プレッシャーが大変らしいよ」

「陳情ですか？」

「ああ。地方議員にすれば、自分たちが失業するかどうか、ぎりぎりの話だからな。大臣就任以来、陳情と夜の会合が大変で、体調も良くないらしい」

だったら呑まなければいいのに、と安本尚志は思う。三崎大治郎が酒好きなのは知っているが、陳情・接待を受けながら呑む酒が美味いはずがないだろう。昼間、素面《しらふ》の状態で話を聞けばいいのに——いや、昼間も面会の予定はかなり入っている。

「バラバラ来られたら大変ですよね。まとまって来る方が、まだ対処しやすいと思うんですけど」

「それだけ、議会存続派の意向もバラバラということだよ。民自連の中もまとまっているわけじゃないし、状況は複雑だ」

「……どうしますか？　俺が大臣に説明に行ったのが、そもそも間違いだったと思いますけど」

「大臣に、フラット化は通用しないか」村松がうなずく。「ちょっと時間を置いて、然るべき人間にやってもらうよ。局長が行けば、さすがに話は聞くんじゃないか？」

「でしたら、現地との調整については、今まで通りに進めていいですね？」

「ああ」村松がうなずいたが、すぐに一瞬目を閉じ、考えこんだ。ほどなく目を開けると、「大臣の名前は出さないように、気をつけてくれ」と告げる。

「現地で宣伝しないようにするんですね」すぐにピンときて、安本尚志は言った。

「ああ。大臣来たる、なんて大々的に打ったら、三崎大臣は臍を曲げそうだ。『俺は何も聞いてない』なんて言い出しかねない」

「説明会の二日間、間違いなく日程は空いているんですけどね」

「あまり先走るな。まず局長からきちんと大臣に説明して、納得してもらおう。君は現地と相談して、説明会の詳細を決める――悪かったな、嫌な思いをさせて」

「いえ」短く否定したが、気分は晴れなかった。三崎大治郎のところへ行かせたのは、村松本人なのだから。

何が新体制だ、と白けた気分になることがある。安本尚志は、一般職員として総務省に勤めて十五年。新体制も既に八年目に入ろうとしており、官僚人生の半分近くはこの体制で仕事をしているのだが、未だに慣れない。現場はずっと混乱し続けている感じなのだ。

今日は自棄酒でも呑まないとやってられないな、と思った。


「でも、店のランクは上がったんだから、いいじゃないですか」

安本尚志がひとしきり文句を言った後、後輩の安藤司がぽつりと言った。それは事実——しかし慰めにはなっていない。

「そういう問題じゃないんだよ」

「でも、昔はこんな高い酒、呑めませんでしたよ」

安藤司が焼酎のボトルを取り上げる。「幻」と言われる鹿児島の焼酎で、昔だったら呑み屋で気軽に注文することはできなかった。

「だから、そういう問題じゃねえんだよ」安本尚志は繰り返した。「お前は独身だからいくらでも金を使えるけど、俺には家族がいるんだから」

「高い家買うから、大変になるんですよ」

「しょうがねえだろう。嫁さんの意見には勝てない」

「奥さん、そんなに贅沢好きなんですか」

「違う、違う。子どもの学校のためだよ。小学生なのに通学時間が長いと可哀想《かわいそう》だからって、学校に近いところに家を……この先のローンのことを考えると、頭が痛い」

一人息子は小学三年生。私立の名門小学校に入ったのだが、前に住んでいた家からは、通学に電車で四十五分ぐらいかかった。これでは心配だというので、学校まで電車で一駅の私鉄駅近くにマンションを買ったのが、子どもの小学校入学と同時——三年前。旧体制の給料では考えられないぐらいの高価なマンションだった。

「俸給が三割上がったら、家のレベルも上がりますよね」

「だけど、小遣いはアップしない。この焼酎だって、清水《きよみず》の舞台から飛び降りるつもりで呑んでるんだぜ」

「先輩は大袈裟ですよ」

安藤司にからかわれても、さすがに怒りはしない。この男は、大学のゼミの後輩なのだ。大学時代には直接面識はなく、彼が就活中に、先輩に話を聞きたいということで会いに来た時に知り合った。結局安藤司は、総務省ではなく衆院事務局に就職したのだが、その後もつき合いは続いている。他の省庁に知り合いがいると、情報収集で何かと便利なのだ。

「でも確かに、昔はこのレベルの店には来なかったなあ」

だいたい、新橋の居酒屋……国家公務員とはいえ、それほど高給取りではなく、仲間内で呑みに行く時は縄のれんが常だった。しかし新体制になってからは、通う呑み屋のレベルは二段階ぐらい上がった。

俸給制度が見直された結果、国家公務員の年俸は一気にアップした。平均で三割増、キャリアの次官級になると、年俸は五千万円になる。新体制で一番批判を浴びたのが、この公務員の待遇改善だった。昔から「仕事をしないでも給料はもらえる」と文句を言われる対象だったのに、その給料が一気にアップ——安本尚志も、新体制でなければ、子どもを私立の小学校に入れたり、昔だったら分不相応なマンションを買ったりもできなかっただろう。年収に応じて銀行の態度も簡単に変わるものだと呆れた。

批判が多い国家公務員の待遇改善だったが、現実には厳しい監視と表裏一体である。何か不祥事があったら、それまでとは比べ物にならない厳しい処分が待っているし、リコール制度もある。実際、新体制になってから、処分を受けた公務員は数十人に上っていた。そのうち二人は、夜の街での不品行を咎《とが》められ、リコール請求されての馘首《かくしゅ》だった。昔だったら庁内処分で戒告を受けるぐらいだったのに、今はどんなささいな処分でも名前と内容を公表されてしまう。法的に問題があって馘になったりすれば、さらに数年間の選挙権剝奪など、厳しい処分が待っている。選挙権を剝奪されても、地方選挙や首相の直接選挙に行けないぐらいのデメリットしかないが、初代公選首相の磯貝保が「民主主義の脱落者になる」と厳しく宣したことで、処分の意味は一気に重くなった。新体制の背信者、のような感じかもしれない。そして総務省内には「公務員警察」とも呼ばれる「監査課」が新設され、警察や検察と情報を交換しながら、公務員の不祥事に常に目を光らせている。同じ省内の仲間がそういう仕事をやっていると思うと、安本尚志はいつも少し嫌な気分になるのだった。人事異動で、自分が監査課に行かされる可能性もあるのだが、それだけは避けたい。監査課の評判は省内でもよくないのだ。身内を貶めるネタを、常に探しているようなものだから……。

「お前は独身だから、使い放題だろう」安本尚志は話を蒸し返した。

「いや、老後に向けてちゃんと貯金してますよ」安藤司が澄ました顔で言った。

「夢がないなあ。豪快に使うぐらいの気持ちじゃないと、国家公務員の希望者がいなくなるじゃないか」

「プロ野球選手が高級外車を買うみたいな？　それは何か筋が違うと思いますけど」安藤司が首を傾げる。「安本さん、今日は何か調子が変ですよ」

「いやあ……今日、Mと会ったんだけどさ」

イニシャルトークでも、安藤司はピンときたようだ。「上の人？」と言って人差し指を天井へ向ける。

「そうそう……出張をお願いしたんだけど、いきなり蹴られたんだよ」

「そんなことあるんですか？」

「Mはそういうタイプなんだよ。関西で、地方議会廃止に関する説明会をやる時に、最高責任者として一言喋ってもらうつもりだったんだけど……何かと難癖つけて、行こうとしないんだ」

「社長が、新商品の売り出しを渋るみたいなものですか？」

「まあ、近いな。行きたくないから、何かと因縁をつけてくるんだ」

「でも、新日本党の人ですから、元々廃止論者なんですよね？　しかもその最高責任者になっているわけですから、真っ先に飛んで行きそうな感じもしますけど」

「何か心変わりするようなことがあったのかなあ」安本尚志は首を傾げた。

「俺らが知る由もないことですけど、これとトラブったとか？」安藤司が、今度は親指を立ててみせた。一番上——首相。

「どうなんだろうな。俺らには絶対に分からない世界だ」

「分かっても、対処しようもないですけどね」

「ただねえ……この人も四年目だから」安本尚志も人差し指を立てて見せた。「今の体制だと、何もなければ同じメンバーで四年間続いていくわけだろう？　色々軋《きし》みも生じるんじゃないかな。ああいう人たちも、聖人君子じゃないし」

「むしろ欲が深い――人間関係では問題を起こしがちじゃないですか？　新体制になっても、そういうのに変わりはないんでしょう」

「身内でトラブってるのは勝手だけど、こっちに影響があると困るんだよなあ」安本尚志は溜息をついた。

「安本さんのところが、一番大変そうですよね。他の省庁は、そんなに仕事の内容も変わらないでしょう」

「大変なのはお前の方だろう？　議員を調べるなんてさ……本当に馘になる人がいるなんて、想像もしてなかったよ」

「悪いことだけじゃないですけどね。普通に議員から相談を受けて、面倒も見てますよ」

「面倒臭い人たちの面倒を見るのは、きつくないか？」

「慣れちゃえば、何ということはない仕事ですよ。議員っていっても、基本は普通の人たちですから。やっぱり、安本さんの方が大変そうだな。物事を変えていくのって、パワーがいりますよね」

「まったく――だったら今日は、お前が奢《おご》ってくれるか？　仕事ではストレスが溜まるし、家のことで金はかかるしさ」

「先輩がそれを言っちゃダメでしょう」安藤司がニヤリとした。「先輩は、意地でも後輩に奢らなきゃ駄目ですよ。メンツのために」
「俺のメンツなんかどうでもいいけどな」

「地方における直接民主制導入に関する説明会」——何だかよく分からないタイトルになってしまったが、これも安本尚志たちの苦心の策だった。端的に言えば「地方議会廃止について」なのだが、ダイレクトにそれを打ち出すと反発を食らう恐れがある。できるだけ穏便に……ということで、ここへ落ち着いた。

会場になった京都市の市民会館小ホールは満員だった。こういう説明会にしては異例——それだけ関心が高いのだと思い知る。関心というか、反発かもしれないが。民自連が強い関西方面では、依然として直接民主制反対の声が強い。強引に進めれば、強烈な反発を招きそうだ。しかし、こういう説明会は続けていかなくてはならない。北岡政権は「国民への説明は基本ネットで」というスタンスなのだが、未だにネット環境を活用できない人もいるし、担当者や大臣が直接顔を出して話さないと納得しない人がいるのも事実である。

「そうは言うけどね」控室で、三崎大治郎が文句を言った。何とか京都まで連れて来たのに、未だに不満のようだ。「私が話したところで、大した影響はないよ。そんなに印象づけたいなら、首相が自分で足を運べばいいんじゃないか」

「それは……内閣で合意していると思いますが」安本尚志は遠慮がちに言った。その結果、やはり総務大臣が現場へ行くのが適切だと決まったのである。首相がこの件を直接訴えるのは、次の選挙でいい。大ボスは最後の最後、一番いいタイミングで声を上げるべきだ、と。

「それで、私はどこまで突っこんで話せばいいんだ」

「それは、事前にお渡ししたペーパーで……」安本尚志は早くもうんざりしてしまった。関西来訪の直前に、担当大臣としてここまでは触れて欲しい、ここから先は黙っていて欲しいとペーパーにまとめて渡しておいたのだが、結局読んでいないようだ。ペーパーを取り出して、改めて渡す。

「導入時期、地方議員の処遇、選挙を止めることでカットできる費用……分かってる話ばかりじゃないか」一瞥《いちべつ》しただけで、三崎大治郎がぶつぶつつぶやく。

「はい。大臣はお分かりで当然です。我々も担当省庁の人間として分かっています。でも、普通の人は、まだピンときていないんです。丁寧で具体的な説明が必要です」

「総務省の特設ページで、事細かに紹介してるだろう」

「全ての人がそれを見に行くわけではないので」いい加減にしてくれ、と安本尚志は心の中で叫んだ。やるべき仕事をやらないなら、総務大臣など辞めてしまえばいいのに。

「ホームページに掲載してれば、説明責任は果たしてるんだけどな……ここで煙草は吸えないのか？」

「すみません、館内は全部禁煙です」

「俺が煙草を吸うことは分かってるだろう」三崎大治郎の視線が鋭くなる。

「駐車場に喫煙所があります。そちらへ」

三崎大治郎が安本尚志を睨みつけたが、結局腰を上げた。先導して、狭く暗い廊下を駐車場へ案内していく。外へ出た途端、しまった、と動揺した。市民会館に入る頃から空模様が怪しかったのだが、今はぽつぽつと降り出している。

「大臣、すみません。すぐに傘をお持ちします」

「これぐらいなら傘はいらないよ」

　傘を待つよりも、早く煙草を吸いたいわけか……三崎大治郎は吸い殻入れが置いてあるところまで移動し、素早く煙草に火を点《つ》けた。幸い、小さな屋根がある場所なので、ぎりぎり濡れずに済む感じである。安本尚志は少し離れたところで、雨に濡れながら、三崎大治郎が煙草を吸い終えるのを待った。

「君、そんなところにいないで、ここへ入ったらどうだ」三崎大治郎が手招きした。

「いえ、狭いですからお邪魔になります」

「煙草が嫌なんだろう？」

「そういうわけでは……」

「まったく、喫煙者は人権がないみたいな扱いだな」

　文句を言いながら、三崎大治郎が煙草を吸い終える。さて、これで戻れる——時間も迫っているし、と腕時計を見たところで、三崎大治郎が新しい煙草に火を点けた。おいおい、そんなにのんびりされても困るんだよと思ったが、文句は言えない。仕方なく、じっと我慢して彼の喫煙タイムが終わるのを待った。その間も雨がスーツを濡らしていく。全身びしょ濡れになるほどひどくはないが、四月の冷たい雨はひたすら鬱陶しい。風邪でも引かれたら、明日からの予定が厳しくなる。

「さて、行こうか」三崎大治郎は二本目の煙草を灰皿に投げ捨てた。

「出番まで五分です」

「トイレに行く時間ぐらい、あるだろう」

「お急ぎいただければ」

「君は、人を急かすのが得意だね」三崎大治郎が皮肉を吐いた。

「そういうわけではありませんが……」安本尚志は腕時計をちらりと見た。時間はあまりない。

「待っている人がいますから」

「俺を血祭りに上げるのを？」

「まさか……」

「思うんだが、関西は独立国になったらどうかな。そうしたら自分たちで国会議員も選べて、昔のようにパワーゲームを楽しめるだろう」

「大臣、それはコメントしにくいお話です」

「ジョークだよ、ジョーク」

頼むからそういう話は壇上では口にしないでくれよ、と安本尚志は祈るような気分だった。この人は、普段から少し言動が危ない。サービス精神が旺盛過ぎるのか、講演や記者会見などで余計なことを喋ってしまう。

幸い、説明会は順調に進んだ。そもそも出席者は、総務省と地元の自治体が選んで声をかけた穏健派の人だけなのだ。こういうやり方では、本当は政策を広めているとは言い難いのだが。

今回は、地元選出の国民議員を二人、ゲストスピーカーに呼んでいた。普段の活動を報告し、直接民主制のメリットを語ってもらう狙いである。総務省側からの説明、そして国民議員二人の報告が無事に終わって、いよいよ三崎大治郎の出番になる。しかし、心配だ……壇上の様子は場内カメラで控室にも中継されていたのだが、三崎大治郎はほとんど聞いていなかったし、煙草とトイレ休憩で席を外していた時間もある。どうも熱心ではない――というより、やはりこの説明会を嫌がっている。首相も、どうしてこんな人を地方選挙を担当する総務大臣にしたのだろうと、安本尚志はしばしば首を捻っていた。

安本尚志は三崎大治郎につき添って舞台袖まで行き、本番へ送り出した。話が終わるまで、ここで待機。三崎大治郎に与えられた時間は十分だけなので、客席に行ったり控室に戻ったりしていたら、あっという間に終わってしまう。ここで待つ方が無駄がないだろう。

三崎大治郎が演台の前で一礼する。パラパラと拍手。一歩前に進み出て、よく通る声で「総務大臣の三崎でございます」と挨拶してもう一度頭を下げる。

しかし頭を上げた瞬間、三崎大治郎が「あ」と短く声を上げて下がる。後ろ向きに倒れそうになり、慌てて踏みとどまった。何が起きたか分からず、安本尚志はその場で固まった――しかし客席から「おい！」「待て！」と怒鳴り声が聞こえてきて、慌てて再起動する。

恐る恐る自分の顔を触っている三崎大治郎に駆け寄る。まさか、撃たれた？　一応、自分の足で立っているが。

「大臣！」声をかけると、三崎大治郎が嫌そうな顔でこちらを向く。顔が濡れている――しかし血ではない。何か透明な液体がかかって、顔がぬるぬるしているようだった。

安本尚志は三崎の腕を引き、急いで舞台袖に連れて行った。ハンカチを取り出し、大臣に差し出す。

「お怪我はありませんか？」

「怪我はないが……ふざけた話だ」

「卵……ですね」

高価《たか》そうなネクタイとワイシャツの一部が黄色くなっている。客席から壇上に向けて、誰かが生卵を投げつけたのだ。怪我はないようだが、どうにもみっともない……安本尚志は、袖に置いてあった椅子に三崎大治郎を座らせた。三崎大治郎はハンカチを握りしめ、怒りも不快感も収まらない様子だった。

すぐに、この集会の主催スタッフが飛んで来た。

「大臣！」

「大丈夫です。騒がないで下さい」三崎大治郎が落ち着いた口調で言った。外部の人間に対しては丁寧で愛想がいいのが、この男の嫌らしいところだ。

「犯人は？」安本尚志は思わず訊ねた。

「逃げられました」

「そうですか……」まあ、犯人のことなど、今はどうでもいいが。すぐに小声で、三崎大治郎に確認する。「大臣、講演はキャンセルしますか？」

「いや、汚れを落としたらやり直す。ただし、この状態の俺の写真を撮っておいてくれ。警察が捜査する時に、被害の証明になる」三崎大治郎は意外に冷静だった。

「たぶん、その瞬間はビデオで撮ってあると思います」主催のスタッフが遠慮がちに申し出た。

「ああ、でも、一応は」

言われるまま、安本尚志は自分のスマートフォンで三崎大治郎の顔、そして少し引いてバストアップの写真を撮影した。何の加工もなしで見ると、結構老けている……五十八歳なりの顔つきという感じだ。

三崎大治郎はその後、用意してあった別のシャツとネクタイを身につけた。一泊の出張だから着替えがあるのは当然だが、明日はどうするのだろう。今晩、大臣用の大きなサイズのシャツを探しに行くのは大変そうだ。

「よろしいですか？」

「今のでだいぶ時間が押してしまった」三崎大治郎が腕時計を見た。「急ごう。今日、この後の予定もあるんだから」

「では」

「今度は卵を投げられないようにちゃんと警戒してくれよ」三崎大治郎が皮肉っぽく言った。

慌てて処理はしたものの、これは自分の責任問題にもなるのでは、と安本尚志は不安に怯えた。今回の出張は、大臣の「おつき」である。それが、卵を投げつけられたとなったら……間違いなく処分される。

怯える安本尚志と対照的に、三崎大治郎は何事もなかったかのように演台に戻り「生卵というのは、結構染みになりますね」と軽口を飛ばして会場の笑いを誘っている。しかし、安本尚志はまったく笑えなかった。まさか、馘ってことはないだろうな……こっちには私立の小学校に通う長男と、多額の住宅ローンがあるんだぞ。

通報を受けて会場に現れた所轄の刑事は、すぐに映像の提供を要求した。説明会のスタッフが会場でカメラを回して記録していたので、取り敢えずそれを見ることになった。

「後でコピーしてもらいますけど、まず見てみましょう」

三崎大治郎は次の会場――大阪へ向かったが、安本尚志は現場に残った。本当は大臣に同行しなければならないのだが、生卵事件の時に三崎大治郎の一番近くにいた人間ということで、留め置かれたのだ。

警察の人間二人、それに会場のスタッフが、パソコンの画面を覗きこむ。会場の後ろの方から演台をアップで捉えた映像だ。三崎大治郎が左袖から入って来て、演台の前で一礼する。それから一歩前に出て、「総務大臣の三崎でございます」と挨拶してもう一度頭を下げる。顔を上げると、三崎大治郎がさっとステップバックした。卵がぶつかった瞬間は判然としないが、その時点で既に顔もワイシャツも濡れていた。この量からすると、犯人の投げた卵は複数――そのうち少なくとも二つが三崎大治郎に命中したようだった。

画面が一気にブレる。映像がさっと流れ、安定した時には、会場の左側の方を映し出していた。一人の男が非常口から駆け出して行く。数人の人間が慌てて追って行くのが確認できた。しかし実際には、犯人は逃げ切ってしまったのだ。

「ちょっと戻してもらえますか？」古井《ふるい》と名乗った初老の刑事が、腕組みしたまま言った。「卵が当たった直後ぐらいまで」

スタッフが映像を少しだけ戻す。三崎大治郎が後ろに下がる直前。「ここで止めて」と古井が鋭い声を飛ばした。

映像が静止する。古井は椅子から立ち上がり、モニターに近づいた。腕組みしたまま前屈みになって画面を凝視し、「西尾《にしお》やな」とあっさり断言した。同行してきた若い刑事が「西尾です」と同意する。

古井が膝を叩いて体を伸ばし、若い刑事に「西尾の動向を確認するように、署に連絡入れてや」と命じた。

若い刑事が無言でうなずき、部屋を出て行った。

「犯人が誰か、分かったんですか」安本尚志は思わず訊ねた。東京に残っている上司の村松には事件の第一報を報告したが、その後、「状況を説明しろ」と矢のように催促の電話がかかってきている。今もスーツのポケットの中でスマートフォンが震えたばかりだった。

「まあ、断言はできませんが、間違いないと思いますよ」

「何者ですか」

「ちょっと……言いにくいんやけど」古井が周囲を見回す。「今ここに、新日本党の関係者の方はいらっしゃいます？」

「いえ、全員役所の人間です」

「それならええけど、まだ口外せんで下さいよ？　犯人は民自連の関係者——京都市議の息子なんですよ」

「民自連所属の市議ですか？」安本尚志は確認した。

「ええ。まあ、こいつが色々問題の多い奴でね。元々親父《おやじ》の秘書をやってたんやけど、交通事故やら違反やら、呑み屋の女性に乱暴したりと、問題児なんですわ。親父さんも庇《かば》いきれなくなって誠にしたんやけど、暴力団との関係もあるような、ないような」
どうもはっきりしない。安本尚志はモニター上の静止映像を凝視した。聴衆は全員が座ってい
て、一人、演台の前にいる男だけが立っているので、上半身がはっきり映っている。横向きで、
上体は少し前傾している――テロ行為の後、すかさずダッシュで逃げた感じだ。
「この人がそうですか？」安本尚志は立っている男を指差した。
「ええ、まあね」途端に古井の口調が鈍くなる。
「民自連の市議の息子さん、間違いないですね」
「ここに映ってるのはね。実際にやったかどうかは、本人に確認してみないと分かりませんな。
卵を投げた直後の映像が、どうにもはっきりしない」
急に引いた態度になったのが気になる。市議の元秘書……多分、子どもの頃からろくでもない
人間だったのだ。秘書として監視下に置いたものの、犯罪行為の揉み消しが続いてうんざりし、
結局秘書を辞めさせた――そんなシナリオが簡単に頭に浮かぶ。政治家の子どもだからといって、
出来がいいわけではない。むしろ、大抵は間抜けだ。政治家を間近で見てきたから、安本尚志に
はそう断言できる。
「すぐ捕まるんでしょうか」安本尚志は古井の正面に立った。
「それは、捜してみないと何とも言えませんわ。まあ、立ち寄り先は何ヶ所か分かりますから、
すぐに当たり始めますよ」
「今、三崎大臣は大阪に向かっています。その後は神戸、明日は滋賀、奈良、和歌山と梯子なん
です。この予定は公表されていますから、犯人が逮捕されないと、安心して役目を果たせませ

ん」

「まあ、しかし所詮は生卵やからね」古井はそれほど事態を深刻に見ていない様子だった。

「冗談じゃない！」安本尚志は激昂した――激昂したふりをした。「大臣の安全が確保できなければ、今後の説明会は中止せざるを得ませんよ。そうなったら、大損害です。国の予定に大きな影響が出る。とにかく早く、犯人を確保して下さい。京都府警の中でそんなに有名人なら、簡単でしょう」

「今、手配してますんで」古井がうんざりした表情を浮かべる。「しかし、そこまで心配されんでもええでしょう。生卵を投げたというのは、一種の愉快犯ですよ」

「あれが拳銃だったら、三崎大臣は死んでましたよ！」この怠慢刑事が……安本尚志の怒りは沸点に達していた。三崎大治郎がそんなに大事なわけではないが、京都府警の――この老刑事の呑気な態度は腹に据えかねる。「今回の件は、国家公安委員会、警察庁にも直ちに報告します。犯人をいち早く確保できない場合は……」

「あんた、脅すつもりですか」古井の顔からさっと血の気が引いた。

「我々官僚には、責任があるんです。新日本党の大臣が生卵をぶつけられたぐらい、大した事件じゃないとあなたたちは思っているかもしれない。しかし私は、これで馘になる可能性もあります。それぐらい、重責を負っているんです！」

　さすがに馘にはならなかった。省内で調査委員会が立ち上げられ、安本尚志も何度も事情聴取を受けたが、結果的にはお咎めなし。極めて現実的な理由からだった。演台から、安本尚志が控えていた舞台袖までは距離十メートルほど。しかも演台の真下は、舞台袖からは死角になっていた。仮に西尾の存在に気づいてダッシュしても間に合わなかった、との判断である。西尾が事件当日に逮捕されたことも、安本尚志にとってはプラス要因になった。取り敢えず三崎大治郎の安全は確保され、事件は解決したのだから。

処分なしの結果を村松から聞かされた時、安本尚志はホッとして全身の力が抜けてしまった。

「お咎めなしだが、これは寛大な処分だからな」村松が厳しい口調で言った。「三崎大臣が口添えしてくれたんだ。後でお礼を言っておけよ」

「はあ……分かりました」ありがたいとは思うが、三崎大治郎に頭を下げるのも気が重い。

「この件はこれで終わりだ。三崎大臣の全国ツアーはまだ続くから、今後もよろしく頼むぞ」

「ずっと私がついていくんでしょうか」

「もちろん。乗りかかった船だろうが」

こういう時に使う言葉ではないと思うが……基本的に上の命令には逆らえないのが公務員だ。こういうのは、新体制になってからも変わらない――いや、仕事の内容は昔よりもずっときつくなっている。新日本党はあらゆることに対するフラット化、効率化を旗印に行政改革を進めてきた。ＡＩでやれることはＡＩで。職員それぞれのＩＴスキルを向上させることで、公務員の人数を減らす。その代わり、全体予算を減らしながら一人当たりの俸給を一気にアップさせる、というわけだ。「ＩＴ強化」の名目で、無理矢理大学や専門学校に通わされている同僚もいる。プログラミングを一から学び、ちょっとしたことなら外注せずに、自分たちで何とかしろということだ。それがまた大きな負担になっているのだが……。

「まあ、とにかくこの件はこれで終わりだ。飯でも行こうや」村松はあっさり気持ちを切り替えたようだった。本人は当事者ではないから気が楽……安本尚志は、とても食欲旺盛とはいかなかった。

庁舎内の食堂へ向かい、少し遅めの昼食を摂る。やはり食欲がないので、冷やしたぬきうどんにした。村松はAランチ——生姜焼《しょうが》きにコロッケがついたボリュームたっぷりの一品をがつがつと食べている。

食欲がない時は冷たいうどんに限ると思っていたのだが、今は天かすの油分さえ重く感じられる。俺も精神的に弱いよな……と情けなくなった。

「清村《しむら》の件、聞いたか?」

「何ですか?」

「自殺未遂」村松が声を低くして言った。

「マジですか」うどんを噴き出しそうになってしまう。よりによってどうして、昼食時にこんなことを言い出すんだ……。

「ああ。昨日、自宅で睡眠薬を大量に飲んだらしい。奥さんが気づいて救急車を呼んだんだが、危ない状態だそうだ」

「何であいつが……」声が震えてしまう。同期の清村のことは、よく知っている。酒好きで陽気な男で、しばらく前まではよく一緒に呑んだものだ。税務関係のエキスパートで、今は自分と同じ係長。家族構成も自分と同じ、妻と子ども一人だ。だから給料をどれぐらいもらっているかも分かっている。

「追いこまれてたんじゃないか？　あいつ、二年前からＩＴ担当に指名されてただろう」

「ええ」それで愚痴を聞かされたことがあった。ＩＴ担当に指名されることに関しては、大した根拠があるとは思えない。若手が「やってみたい」と手を挙げることもあるのだが「あいつはネットが得意だから」という結構いい加減な理由で指名を受けることも多いのだ。ＳＮＳの「中の人」が任されることもある。気の利いた情報を発信してバズることと、そういう仕組みを作ったり管理したりする能力はまったく別物だと思うのだが……清村の場合、まったく突然の指名だった。空き時間に専門学校に通い始めたのだが、相当参っている様子で、よく愚痴をこぼされた。

「向いてる向いてないもあるし、仮にスキルを身につけても、そう簡単にシステム構築なんかできるもんじゃないだろう。だからこそ、昔はずっと外注してたわけだし」

「高かったですけどね」はっきり言って、ＩＴ系の仕事を外注する時の「相場」は曖昧で、基本的に相手の言いなりになるしかない。コンピュータの前でちょっと考えながらキーボードを叩いているだけの仕事で、どうしてあんなに高い金を取るのか、と頭にくることもあった。それをやめて、全部内製で……というのは効率化の観点からは分からないではないが、無茶ではないだろうか。民間の仕事を奪うことにもなるし。

「あいつ、税金関係の新しいシステム構築を任されてたんだけど、この一ヶ月ぐらい、家にもほとんど帰れなかったらしい」

「やっぱり無理なんですよ」次第に怒りがこみ上げてきた。「通常の仕事をやりながらでしょう？　必死で残業しろって言ってるようなものですよ。今のご時世、それはないいんじゃないですか。いくら給料が高くなっても、やれないことはある」

「声がでかいよ」村松が唇の前で人差し指を立てた。眉間には皺が寄っている。

「すみません……持ち直しそうなんですか」

「何とも言えないな。こっちとしては何もできない。様子を見ているしかないな」

「悔しいですね……」陽気に酔っ払う清村の姿を思い出すと、胸が詰まる。それにこれは、清村だけの問題ではないのではないか。「前に、進言しようと思ったことがあるんですが……ＩＴ部隊の件です」

「ああ、関連職員を一ヶ所に集めて、ＩＴ系の仕事は全部やらせる?」

「はい。システム部みたいな感じでしょうか。民間企業なら、そういう風にしているところもあると聞いています」

「そうだな。君、ちょっと進言書を書いてくれないか? 俺も、そういう組織変更は必要だと思うよ」

「やってみます」それはそれで、新しい負担になるのだが。役所で進言書を書く場合――それも組織変更などに関する進言書だと、人員配置、予算の概略なども明記しなくてはいけない。それを計算して割り振るのは一苦労だ。

しかし、清村のような犠牲者――まだ死んではいないが――を出さないためには、組織の改善が必要だ。せっかく新体制になったのだから、この辺は柔軟にやっていくべきではないだろうか。


清村が死んだ。

飲んだ睡眠薬が大量で、しかも発見が遅れたために、ついに意識を取り戻さないまま、病院へ運びこまれて三日後に亡くなったのだ。

　この件に関しては、大臣官房の総務課が仕切って、家族と接触していた。妻は、役所の人間には葬式にきて欲しくない、と頑なだった。表向きは家族葬にするからという理由がついたが、実際は役所の仕事のせいで殺されたと怒り狂っているのだろう。「本音は読めないが、一種の過労死として役所を訴えてくる可能性がある」というのが総務課の予想だという。

　しかし……安本尚志としては放っておくわけにはいかなかった。数少ない同期で、家族とも顔見知りである。いくら何でも最後のお別れがないのは寂し過ぎる。

　葬儀が終わったタイミングを見計らって、安本尚志は役所には内緒で清村の家を訪ねた。清村も給料が上がり、郊外にそこそこ大きな一軒家を建てたばかりだった。新築祝いで訪ねた時「趣味の部屋を作ったんだ」と嬉しそうな表情で、釣り道具で一杯になった小部屋を見せてくれたことを思い出す。あの頃は、週末は必ず釣りに出かけていたのだが、最近はそんな余裕があったかどうか。

　追い返されることも覚悟していたが、妻の史恵《ふみえ》は安本尚志を家に入れてくれた。五月だというのにリビングルームの中はひんやりしていて、暖房が欲しいぐらいだった。部屋の片隅にある祭壇の前で正座し、線香を上げる。遺影は、まさに釣り竿《ざお》を持って大きな笑みを浮かべているものだった。よほどの大物を釣り上げた直後だろうか……。

「こっちへ座って下さい」

　史恵に促されるまま、ソファに腰を下ろす。どうにも落ち着かない。ここに清村が毎日のように座っていたのだと考えると、尻がむず痒くなるような感じだった。

史恵がお茶を出してくれた。家の中は静まり返っている。子ども――誠也《せいや》はどうしているのだろう。確か今、小学三年生。今日は平日とはいえ、葬儀が終わったばかりでもう学校に行っているとは思えないが。

「誠也くんは？」

「今、うちの親のところに預けているんです。ショックが大きくて……私も面倒見切れません」

母親として責任を放棄するような言い方だが、これは仕方あるまい。今の精神状態で、子どもの面倒を見ろという方が無理だろう。

「改めてお悔やみ申し上げます。あいつ、大変だったんですよね」

「安本さん、役所の使者なんですか？」

「違います」瞬時に史恵の言葉の真意を見抜き、安本尚志は否定した。「役所は役所で、この件については ちゃんと対応します。私は同期として、どうしてもお線香をあげたかっただけです」

「そうですか……ごめんなさい」史恵の目から涙が溢れる。「こんなこと言いたくないけど、役所に殺されたとしか思えないんです」

きつい言葉が安本尚志の胸に刺さった。殺された――しかも自分が勤める役所に。

「そんなに仕事が忙しいんですか？　旧体制の時は、ここまでじゃなかったですよ」

「いろいろ変わったんです。人も減りました。ＡＩに代理させようということなんですけど、そのシステム構築は人がやらなくちゃいけないですから」

「主人は、コンピュータ関係には全然詳しくなかったんですよ。それを無理に……」

「分かります。きつかったと思います」安本尚志はうなずいた。清村も、元々ＩＴ関連の知識については自分と同程度だったはずだ。同じような仕事を押しつけられたら、自分も精神的に追いこまれていたかもしれない。「しばらく家にも帰ってこなかったんですよね」

「民間企業だったら、こんなこと絶対にないですよね」

「社員の健康管理には気を遣っていますからね」それでも過労死が問題になることはあるのだが。

「……とにかく私は、絶対に許しません」史恵はあくまで頑なだった。

「すみません」安本尚志は思わず頭を下げた。「役所の代表じゃないですけど……清村とはもっと話しておくべきでした。そんなに大変だったら、少し手を抜くように話しておいたのに」

「結局、役所って何も変わらないんでしょうね」史恵が溜息をつく。「前例主義っていうけど、だからこそ、昔からの仕事をやりながら新しい仕事が増えて、職員の負担が大きくなる……」

「上から押しつけられた改革のせいかもしれません。僕らが声を上げて変えれば、こんなことにはならなかったかも……でも、これから変えていきます」

「そうですか……手遅れですけどね」

史恵は悪気があって言っているわけではないだろうが、言葉が一々胸に刺さる。しかしここは、黙って頭を下げて耐えるしかない。友人とはいえ、史恵から見れば自分は「夫を殺した役所の人間」でもあるのだ。

本当は、清村の趣味の部屋も見ておこうかと思っていた。安本尚志は釣りには興味がないが、清村がプライベートな時間を費やしていた部屋の様子は目に焼きつけておくべきではないかと思ったのだ。それが清村を偲《しの》ぶことになる……しかし、とてもそんなことは言い出せなかった。しかも清村は、自分の城――趣味の部屋で睡眠薬を大量に飲み、自殺をしたのだ。

結局清村の部屋には入らず、家を辞した。どうにもならない辛さが胸に染みついて離れない。

俺も追いこまれてるな、と安本尚志は不安になった。疲れ切った目を擦り、用意しておいた缶コーヒーを開ける。この缶コーヒーの糖分だけが、残業の頼りだ。しかし最近、コーヒーを飲むと胃が痛む時がある。

既に午後十一時。今日中に、組織改編に関する進言の原文を書き終えてしまいたい。こういうのはできるだけ早くやるのが肝要——課長の村松は知ったようなことを言ったが、自分は決して手を貸そうとしない。

新体制になってから、進言はしやすくなっている。むしろ積極的に法案、改善案を出すようにと、上からは指示が出ているぐらいだ。しかしそれもある種の命令であり、常に新しいことを考え、本来の仕事の時間を削って進言を書くのはかなりきつい。

しかし今回の進言はしっかり準備しなければ——誰も死なせないためなのだから。

ふと煙草が恋しくなる。子どもが生まれた時にやめたのだが、今は、仕事に集中するための刺激が必要だった。しかしここにいては煙草は手に入らないし、我慢、我慢……コーヒーを飲み干してから引き出しを探ると、開けていないガムの包みが出てきた。よし、こいつで何とか眠気ざましだ。

きついミント味のガムを忙《せわ》しなく嚙みながら、パソコンの画面に視線を戻す。予算の数字をもう少し弄って……いや、これは五年前の数字を基にしているから、去年の数字に変更して、計算はやり直しだ。クソ、いつまで経っても終わりそうにない。一気に頑張らないと。数字を弄って、

ＩＴ専門の部署を作った方が人件費の節約になる――と証明するのだ。そうすれば、とにかく節約が大好きな上の連中は気に入るだろう。

　スマートフォンが鳴る。大臣？　大臣だ。この時間に大臣が係長に直接かけてくることなど、考えられない。先日の京都の一件についてだろうか。その話だったら面倒臭い……しかし電話を無視するわけにもいかない。

「安本です」

「遅くに申し訳ないね」三崎大治郎の声は快活だった。「寝てたか？」

「いえ、残業中です」

「残業は、あまり推奨できないな」

「残業が増えないような案を作っているんです。近々大臣にも見ていただくことになると思いますが」

「結構、結構。仕事は効率よくやって、ワークライフバランスを考えないと。それより京都府警の話、聞いたかね」

「いえ」

「一応、裏はない個人的な犯行ということになっているらしいな」三崎大治郎が急に声を潜める。

「しかし、簡単には信じられない。京都府警がちゃんと調べているかどうかは分からんね」

「ああいう事件ですから、流石にちゃんとやっているでしょう。いい加減に処理したら、政治家は危なくて表に出られなくなります」

「まあ……そう簡単なものじゃないだろう。関西では民自連は未だに強い。だから、国民議会に露骨に反対する声がある。関西で地方議会を廃止するには、かなりの抵抗があるだろうな」

「しかし、全国一斉にそうなりますよ。そうしないと、整合性が保てません」

「分かるが、反対の声が大きくなれば、簡単には法案を通すことはできない。あれは絶対に、民自連の乱暴なアピールだよ。だから今後の各地の説明会でも、同じようなことが起きないとは限らない」

「それで……大臣は何を仰りたいんですか」

「説明会は続けるんだろう？」

「もちろんです」既に東海三県、北陸地方での説明会は終えている。今後も大臣のスケジュールを調整して、年内には国内全都道府県で説明会を開催する予定だ。

「私が行く必要があるかね」三崎大治郎がまた難色を示す。

「これまでの説明会では、大臣が話されたことで好影響が出ています。地域別に世論調査を行っているんですが、説明会後には、地方議会の廃止について賛成する声が数パーセント、アップしています」

「それは聞いている。しかし、あまりにも効率が悪くないか？　あれだけ全国行脚して、しかも危険にさらされて、賛成の声がわずか数パーセントしか上がらないとしたら……もう少し効率よくやる方法はないのかね」

「そう仰いましても、この説明会は既に各地で予定を入れていますから」

「もっとネットを上手く使いたまえ。ＳＮＳの方がよほど拡散力も説得力もある」三崎大治郎の声が急に険しくなった。「危険を排して、効率よくやる方法を考えてくれないか。君がそれを進言してくれるとありがたいね」

「お言葉ですが、この説明会は大臣官房が決定して、我々は日程などの実務を担当しているだけです。地方選挙課では、予定を覆すだけの力がありません」

「フラットだよ、フラット」三崎大治郎が馬鹿にしたように言った。「上が決めたことを下が実行する――それは旧体制のやり方だ。私も、風通しがいい役所を作ってきたつもりだけどね」

だから大臣がいきなり係長に電話をかけてくるわけか――最初にこの説明会のことを話した時には、「局長が説明に来るのが筋」と言っていたのに……何がフラットだ。

「大臣のお忙しさはよく分かっています。でも、この説明会は……既に決まったことですから。大臣のお力を、私たちに貸して下さい」

「また生卵をぶつけられたら困るんでね。とにかく、計画を立て直してくれ。どうしても私が話さないといけないというなら、私だけリモートでいいじゃないか」

話すだけならそれでいい。しかし「わざわざ大臣が来た」となれば、話を聞く方は真剣になるものだ。リモートは便利だが、それで全てが済むわけではない。

とはいえ、自分には大臣の希望を却下できるような力はない。

「――分かりました。取り敢えず、地方選挙課で相談させてもらえますか」

「時間はないぞ。今週末も、山陰へ出張だろう。島根や鳥取を回るのは大変だ。善処を期待するよ」

三崎大治郎はこちらの返事を待たずに電話を切ってしまった。

また面倒なことを……溜息をついて、安本尚志はスマートフォンをそっとデスクに置いた。意識してそうしないと、壁に向かって投げつけてしまいそうだった。

「そりゃあ、できないな」大臣から電話を受けた翌朝、村松課長に相談したところ、あっさり却下された。

「しかし、大臣から直接言われたので……」今日も寝不足――昨日はぎりぎり終電で帰ったので、ろくに寝ていない。目を瞬かせながら、安本尚志は訴えた。

「そう言われても、予定を大きく変えるのは無理だ。いきなりリモートと言われても、それなりの理由がないと、現地の人も納得しないだろう」

「大臣、びびってるんだと思います」

「生卵事件か？　あんなもの、単なる悪戯《いたずら》だろう」

「大臣は、民自連の陰謀、と考えているようです。単なる嫌がらせではなく、本格的な妨害の始まりではないかと」

「まさか」村松は鼻で笑った。「どこぞの発展途上国じゃないんだ。実力行使で法案反対なんて、あり得ない。そもそもまだ、法案も提出されていないんだから。今はあくまで、広報宣伝の時期だよ」

「だったら、大臣に無理をさせなくてもいいんじゃないですか」そもそもあの大臣は、新日本党の人間でありながら、地方議会廃止にさほど熱心ではない。単なる面倒臭がりなのか、党内で何かあって主流派と距離を置くようになったのか、あるいは個人的に考えが変わったのか。

「大臣に働いてもらわないと、地方議会廃止は上手くいかないぞ。君、ちゃんと話してこい。直接電話がかかってくるぐらいなんだから、さしで話せるだろう」

「冗談じゃないです。向こうが勝手に電話してきただけですよ」

「それでも、さ」

「誰もフォローしてくれないんですか」

「効率化だよ。何人もで一人の人を説得するなんて、無駄の極みじゃないか」

滅茶苦茶な……要はこの課長は、自分で面倒なことをやりたくないだけなのだ。

かすかな胃の痛みを抱えながら、安本尚志は自席に戻った。本当に俺が直接大臣と話さなければならないのか？　村松がこちらをじっと見ているのに気づく。何なんだ……新体制と言うと聞こえはいいけど、俺たちの仕事は増える一方じゃないか。

受話器を持ったまま、周囲を見回す。部下も上司も、皆疲れた顔だ。新体制になって以来、地方選挙課は総務省で一番忙しい部署になった。全国の自治体の議会を廃止して国民議会の地方版を作るのだから、作業の煩雑さは並大抵ではない。首長選挙は現在と同じ直接選挙のままだからいいとして、地方議会廃止に至る作業は面倒過ぎる。廃止と新しい議会の立ち上げ、そして議員選出システムの構築、それらに必要な法改正――作業は山積みだ。そして実際には、これら様々な作業の原案を大臣経由で内閣に何度も送っているのだが、その都度問題点を指摘され、突き返されてきた。内閣には、選挙制度改革のための専門委員会があり、そこでは法学者や弁護士らが、総務省から送られてくる原案に難癖をつけようと待機している。そもそも、今までにない制度を作ろうとしているのに、現在の、あるいはこれまでの法制度を研究している人たちに、何が分かるのだろう。批判のための批判になってしまっているのではないか？

新体制は、本当に正しいのだろうか。考え始めると、安本尚志は軽いめまいさえ覚えるのだった。

「駄目駄目」三崎大治郎はあっさり拒否した。表情はいつになく険しい。「俺は行かないよ」

「しかし現地には、大臣が直接来られるということで、もう話が通っているんです。大臣と会うのを楽しみにしている人もたくさんいるんですよ」

「都合は変わるものだ。そこを上手くやってくれ」

また胃が痛い……安本尚志は拳を胃のところにねじこんだ。今まで胃痛など経験したこともないのに、このところ頻繁に、刺すような痛みに襲われる。胃薬を飲むと何とか治まるのだが、不安でならなかった。かといって、医者に行っている時間もない。

「仮にリモートで登場となると、何か都合の悪いことが起きたのかと思われてしまいます。病気とか……大臣が病気という噂はまずいんじゃないですか」

「説明会は自治体の主催だろう。わざわざ自治体に説明する意味はあるか？」

「もちろんです。地方議会廃止には、自治体の理解が絶対必要ですよ。それに、一般市民もたくさん来場します」

「地方議会廃止反対派が多い自治体が主催する説明会に出席するのは、気が重いね。また生卵をぶつけられたらたまらん」

「――結局、ああいうことが嫌なんですか」予想通りだった。

「当たり前だ。君は生卵をぶつけられたことがあるか？」

「いえ」

「だったら分からないだろう。痛くなくても、あれは気持ちが悪い。心が折れる。大変な屈辱なんだ」

「それは理解できますが……」

「理由は何でもいい。君が考えたまえ」

「それは私の仕事ではありません」安本尚志は反発した。胃はますます痛む。

「いいから、私が行かない理由をちゃんと考えて、もう一度話を持ってきなさい。今のままでは話はできない」

何なんだ……顔が熱くなり、爆発しそうだ。しかしぐっと堪《こら》えて一礼し、急いで外へ出る。もう一言、余計なことを言われたら、大臣が相手でも摑みかかってしまうかもしれない。

自席に戻り、ペットボトルのお茶をぐっと飲み干す。すぐに村松課長がやって来て「どうだった」と訊ねる。

「いや……駄目ですね。まったく言うことを聞いてくれません。私では抑えられないと思います。ここは、然るべき人が――」

「ああ、それは駄目だよ」村松が顔の前で手を振った。「皆、自分の仕事で手一杯なんだ。君が担当したんだから、この件は最後まで面倒を見てもらわないと」

「しかし――」無理だ、と喉元まで言葉が上がってくる。

「頼むぞ」村松が安本尚志の肩を叩いた。「大臣が面倒な人なのは、皆分かっている。君は、一応上手くやってるじゃないか。そういうのは貴重な才能なんだぞ」

い「冗談じゃないです！」安本尚志は声を張り上げた。「上手くなんか——辛うじて話ができているだけです」

「まあ、そうイキリ立たないで」村松はあくまで他人事として捉えている。

「課長——」

安本尚志は立ち上がった。しかし、急にこれまで経験したことのない激しい痛みが胃を襲う。拳を胃に押しこむようにして何とか抑えつけようとしたが、苦しい……体を半分に折り曲げてしまう。

椅子に腰かけようとして、座面から滑り落ちてしまった。尻を強《したた》かに床に打ちつけ、そちらの痛みにも襲われる。

「安本？　大丈夫か？」

村松の声が耳に届いたが、返事ができない。この痛みの原因は、間違いなく三崎大治郎だ。あんなに平然と、人にストレスを与えられる人がいるとは……新体制になろうが、政治家という人間は何も変わらないのだと思う。結局、制度を変えても人の心は変わらない。そして自分たち下っ端の役人は、ただひたすら頭を下げているしかないのだ。

「災難でしたね、先輩」

「まあな」安藤司に慰められ、安本尚志は溜息をついた。入院して一週間。痛みは治まっていて、二度目の胃カメラで問題がなければ退院できることになっている。医者には「昔だったら手術だ」と脅されたのだが。「薬と点滴で何とかなったから、まだよかったよ。いい骨休めになった」

「また、強がり言って」

「強がり言わないと、やっていけないじゃないか」

「ですよねえ……」

「お前のところは、無茶な上司もいないし政治家も……国民議員なんて大人しいもんだろう？」

「あれこれ細かいことを言われてますけどね。子どもの面倒を見てるみたいなものですよ」

「でも、無茶は言わないだろう」

「まあ、そうですね」

「まったくさあ……」安本尚志はまた溜息をついた。「閣僚なんて、俺たちをただの使用人だと思ってるから。そして何があっても、自分が間違っていたとは絶対に認めない。三崎大臣がひど過ぎるのか、新日本党の大臣は全員そうなのか……悩ましいよ」

「三崎大臣の悪い評判は、うちなんかにも流れてきますよ。っていうか、あの人、答弁もいい加減ですよね」

「ああ……調査委員会としては、当然全部チェックしてるよな」

安藤司が所属する議員調査委員会は、国民議員の行動をチェックすると同時に、何か問題があった時にサポートするのも仕事である。いわば「素人」の国民議員が、「プロ」の議員になるのを手助けする仕事とも言え、当然全ての質問や閣僚の答弁を確認している。

「今まで、内閣で一番多く答弁に立ったのは、三崎大臣なんですよ」

「そりゃあ、地方議会の廃止が、この内閣の一番の課題だからな」

「それがまあ、評判悪いんですよね」安藤司が声をひそめる。安本尚志が入院したのは六人部屋で、現在の入院患者は三人。両隣のベッドは空いているが、大声で話し合うわけにはいかない。

「うちは独自に質問や答弁のＡＩ分析もやってるんですけど、分析不能になることがありますからね」

「問題は、三崎さんが地方議会廃止にあまり熱心じゃないことなんだ。急進派だから担当大臣になったのかと思ったんだけど、全然やる気がない。何か変わるきっかけでもあったのかな」

「ああ……変節したっていう噂は、聞いてますよ」

「迂闊《うかつ》なこと、言えないよな」安本尚志は頭の後ろで手を組んだ。「霞が関では、あっという間に噂が広まるから」

「公務員は、噂話が大好きですからね」安藤司がにやりと笑う。「でも、取り敢えずはどうしようもないですね。選挙もないから、大臣に就任したら、四年間は変わらない可能性が高いんですから」

「議会制民主主義をやめて、これが一番のデメリットかもしれないな」安本尚志は溜息をついた。「だけど俺たちは、文句を言える立場じゃない。高い給料もらってるんだし、これぐらいは我慢なのかな」

「きついですよね」安藤司の顔が暗くなる。「俺も、だいぶストレスが溜まってますよ。恨まれてるだろうし」

「何しろ安藤刑事は、議員を二人も辞めさせてるからな」

「やめて下さいよ」安藤司が真顔で言った。「やっぱり、精神的にはきついです。仕返しでもされたらヤバいですよ」

「そんなことはないだろうけど」

「で？　いつ退院なんですか？」

「週明けかな。取り敢えず、また胃カメラを呑まないといけないけど。君、呑んだこと、あるか？」

「幸い、ないですね」

「一度経験してみろよ。俺の苦しみ、よく分かるから」

「遠慮しておきます……退院したら、飯でも行きましょうよ。慰労会ということで」

「それはどうかなあ。禁止事項が結構あるんだよ。酒は駄目、刺激の強いものも駄目……人生、どんどんつまらなくなる」

「何か、穏やかな店を探しておきますから。とにかく、大事にして下さいよ」

「悪いな、忙しいのに」

「いえいえ」

　安藤司の呑気な態度は、少しは気休めになった。しかし俺は、本当に退院したいのだろうか……村松課長からは「ゆっくり休め」と言われているが、退院したらまた、仕事に追われることになるだろう。そうしたら、胃潰瘍再発か。あんな苦しみは二度と味わいたくない。

　北岡琢磨は思わず渋い表情を浮かべた。本来、総務省の一係長が胃潰瘍になった情報など、首相のところには入ってこないものである。しかしルートがある――やり過ぎかとも思ったが、こういう裏の制度を定めたのは北岡琢磨自身だった。

「そうか、三崎と対面した直後に倒れたか」

「はい。仕事もかなり厳しくなっていたんですが、三崎大臣が無理難題を押しつけまして。プレッシャーにやられたんだと思います」

「大事にはならないだろうな？」

「週明けに検査して何もなければ、退院して仕事に復帰する予定です」

「無理はさせないように。皆さんに負担がかかっているのは承知しているが、病気になるまで仕事はして欲しくない」

「こちらでも警戒していますが、何しろ責任感が強い人間の集まりですから」

「何かあったら――」

「はい。すぐに連絡します」

電話を切り、北岡琢磨はゆっくりと首を横に振った。

北岡琢磨は、三台のスマートフォンを常に持っている。首相としての公用、プライベート用、そしてこの「ホットライン」だ。ホットラインは首相になってから始めた裏ルートで、いわばタレコミ専用である。各省庁で、中堅どころの管理職――省庁内の噂が一番集まるポジションだ――を一人スカウトし、内部の様子を監視させているのだ。これまでにも何度か電話がかかってきたことがあったが、今回は非常に深刻だと思う。かけてきたのは、地方選挙課長の村松。地方議会の解散と再編を進める北岡内閣にとっては、肝と言える部署の責任者だ。

三崎大治郎は何かと問題のある男だった。国会議員時代にも、官僚に対する当たりは強く、評判が悪かった。同僚議員との関係もぎすぎすしていたが、国会廃止派の急先鋒として、様々な場面で表に出て、党の「看板」としても活躍してもらっていた。

そういう経緯もあって、北岡琢磨が首相になった時、新体制移行の担当省庁である総務省のトップに任命したのだが……当選回数などから、旧体制の時代に磯貝政権が成立した時、入閣してもおかしくないと言われていたのに、何かと評判が悪いので見送られていた。しかし新体制の磯貝政権時代に三崎大治郎は心を入れ替えたのか、地方議会廃止のキャンペーンのために、進んで全国行脚をしていたぐらいである。しかし、総務大臣に就任した後、また変わってしまったようだ。閣議で毎日のように顔を合わせるが、確かにやる気に欠ける……病気でもしているのではないかと思えるほど、覇気がなくなっていた。

北岡琢磨は受話器を取り上げ、内村晋助を呼んだ。首相の執務室と官房長官室は少し離れている。内村晋助はすぐに、少し息を切らして執務室に入って来た。官邸内の移動は常に速歩きというのが、彼の健康法である。最近は、階段の上り下りが少しきつくなってきたとこぼしているが、ゆっくりではなくダッシュなのだ。あれで息が切れない方がおかしい。前立腺ガンの治療を終えて無事に復帰してから、体力向上のために階段を使っているというが、無理して欲しくはなかった。治療の際に「身を引く」と言ったものの、やはり彼でないとできないことは多い。頼みこんで何とか戻ってきてもらったのだ。

「ホットラインに電話がありましたよ」北岡琢磨はスマートフォンを振って見せた。

「どちらからですか？」ソファに腰かけながら内村晋助が訊ねる。

「総務省」

「ああ……三崎大臣ですか」内村晋助の表情が曇る。「悪い評判は私も聞いてますよ。何か、最近面倒臭がって地方の説明会に出席したがらないとか」

「事件の前からだそうですけどね」

「何か思うところがあるんでしょうが、なかなか本音を見せない人なんです」

「それはそうですが、職員に対する当たりが強過ぎる。一人、胃潰瘍で倒れたそうです」

「それはまずいな」内村晋助が顔をしかめる。「今時、パワハラは許されませんよ。ただ、その職員が、メンタルが弱いタイプだと……」

「かなりタフな人間だと聞いてます。生卵事件の時も現場にいて、きちんと対処したそうですから。そういう人まで追いこんでしまうのだから……」

「よろしくないですね。どうされますか？」

「明日の閣議の後で、ちょっと話してみましょう」

「慎重にお願いしますよ。何を考えているか、分からない人ですから……とはいえ、変な噂を聞きますよ」

「それは？」

「来年の代表選で、出馬を狙っているとか」

「ああ」北岡琢磨は目を細めた。「勉強会を始めた話は聞いてますよ。ただ、どうかな……彼で党内がまとまるとは思えない」

四年に一度行われる首相選に向けて、各政党は代表を決め、国民の直接投票による選挙に臨む。新日本党の場合、まず来年一月に党の代表選を行い、そこで選ばれた代表を首相候補として、三月の選挙に立てるスケジュールだ。当然、首相選対策は代表選の前から始まっているわけで、代表選ではなるべく揉めずに、党内の意見を統一するようにしたい――とはいえ、このシステムになってからの首相選は二回しか行われていないので、まだまだ改善の余地はある。例えば政党候補以外の候補者をどうするか……政党をバックにせずに出馬した人もいたのだが、票数という点ではまったく話にならなかった。ただ、開票作業が煩雑になるだけである。

新日本党は、「国会を廃止する」「直接民主制を実現する」を公約に一気に議員数を増やした党だが、それまでの政党とはまったく意味合いが違う。政党は、議員を輩出して、議会内での多数を取ることを最大の目的にしていたのだが、新日本党は、それとはまったく逆のことを目指していた。今も地方議員はいるものの、国会議員は消滅――新日本党のかつての国会議員は、いわば「失業」したわけだ。地方議員に転身した者もいるし、政治活動から離れた者もいる。しかし首相公選制を導入したために、「大臣候補」として党に残っている人間もいるわけで、三崎大治郎もそうだった。無役でひたすら大臣の任命待ちというのは、なかなか厳しい経験だっただろう。経済的にも追いこまれる。そんな状況の中で、新日本党が掲げてきた理念に疑問を抱く人間が出てきてもおかしくない。

「将来のことも考えると思いますよ」内村晋助が言った。「三崎大治郎は今、五十八歳ですか……まだまだ働ける。しかし既に国会議員ではない。次の内閣で大臣になれる保証もない。となると、思い切って代表選に出馬して、首相の座を狙うのもありだと考えているようですね」

「まさか、民自連と組んでいることはないでしょうね」

「さすがにそれはないと思います。ただ、追いこまれると何をやるか分からない。自分の立場を守るために、制度を変えようとするかもしれませんね」

「国会を復活させると？　そうなったら、民自連と同じ主張になる。結果的に民自連に手を貸すことになりますよ」

「警戒しておかないといけないですね。今、総務省の地方説明会に乗り気でないのは、次のステップを考えているからかもしれない。首相になって、上手くいけば八年は勤められます。六十七歳まで政治家として仕事できれば、満足でしょう」

「彼に勝ち目はない？」

「工作は始めているようですが、そもそも人望のない人間ですから……」内村晋助が顎を撫でる。

「ただし、看板にするには適当だと考えている人もいるようです。そういう人が多いと計算できなくなる」

「今のうちに何とかしておきますか。少なくとも彼の態度、行動は、新日本党の党是とずれてきている」

「しかし、乱暴なことは避けたいですね。今後、小さな政党だけを残す方向に行くわけですから、内部で細々とした闘争が起きてはいけない……取り敢えず、話をしてみますよ」

どうやらここは、内村晋助に任せるしかないようだ。いや、自分でも何とかしないと。


翌日午前の閣議終了後、北岡琢磨は立ち上がって三崎大治郎のところへ行き、「ちょっといいですか」と声をかけた。閣議は、細長い巨大なデスクを囲んで、各閣僚の座る位置が決まっている。総務大臣の席は、首相席から一番離れたところにあった。

「ええ」三崎大治郎が怪訝そうな表情を浮かべる。

「各地での説明会の具合、どうですか？」既に内村晋助が話をしていて、それを受けての接触だった。

「順調にこなしてますよ」

「京都は災難でしたね。今時、生卵をぶつける人間がいるなんて、意外でした」

「民自連の差し金でしょう」三崎大治郎は北岡琢磨の予想と違って、平然としている。既に過去の出来事として消化できているのかもしれないが。「連中も、反対の動きが目立ちませんから、あんな形でアピールしようとしたんじゃないですか？　むしろ逆効果だと思いますけどね」

「確かに、あの話は盛り上がりませんでした」

「首相、そんなことまでチェックしているんですか？　お忙しいのに？」三崎大治郎が目を見開く。

「新日本党の根幹に関わる問題ですよ。三崎大臣の説明会には常に注目しています」

「それはどうも……ありがたいですが、プレッシャーですな」

「三崎大臣には、とにかく地方議会廃止の尖兵《せんぺい》になっていただきたい。三崎大臣の喋りには説得力がありますからね。さすが、雄弁会の出身だ」

「それとこれとはあまり関係ないと思いますが」三崎大治郎が苦笑する。「まあ、精一杯務めさせていただきます」

「全都道府県に行かれる予定ですから、大変ですよね」

「それはまあ……場合によってはリモートもありかもしれません。総務省の連中、スケジューリングが厳しいんですよ。かなり無理な日程を組んでくるので、普段の業務にも支障が生じることがある」

「そうですか」一歩後退した感じのコメントだ、と北岡琢磨は懸念した。普通は、嘘でも「全力で頑張っています」と言うものだが。つい本音が漏れてしまうタイプなのか？　腹芸ができないのは、政治家としては致命傷なのだが。

「手応えはどうですか？　地方を回ると、実際に有権者や議員の声を聞く機会も多いでしょう」

「これが、なかなか厳しいですよ。やはり地方では、まだ議会信仰は強いですね。特に、若い人の反対の声が多い」

「そうですか？」

「今の若い人は、政治には関わりたくないと思っているんでしょう。いつ国民議員に選ばれるか分からない……地方議員も無作為選出になれば、議員になって自分の時間を奪われる可能性が高まるわけですからね。若い人は、仕事よりも自分の時間を大事にします。国民の義務とは言っても、議員になるのが嫌だという声は、我々が想像しているよりも多いようですね」

「その辺、三崎大臣に説得してもらうしかないですけどね」

「もっと効率的に若者に訴求する方法を考えないと、きりがありません。ＳＮＳを上手く活用するように、職員には指示してるんですが、なかなかいいアイディアが出ない」

「そうですか……職員に発破をかけるのもいいですが、三崎大臣にも汗をかいていただかないと」

「十分努力させていただいてますよ」少しむっとした表情で三崎大治郎が言った。

「次の首相の座を狙うなら、まずは目の前のことをしっかりやっていくことですね。私はそうしました」

「そんな大それた野望はありませんよ」三崎大治郎が豪快に笑った。しかし目はまったく笑っていない。

この会話が、三崎大治郎との戦いの始まりになるかもしれないと、北岡琢磨は早くも覚悟した。しかし――三崎大治郎は分かっていない。党代表選、そして首相選は、古いタイプの選挙である。そして昔ながらの選挙では、現職が圧倒的に強い。実績を残した現職にゼロベースで新人が挑んでも、勝てる確率は極めて低い。現職の支持率がよほど下がっているか、何かスキャンダルを抱えていれば別だが。今のところ政権支持率は六割を超えて安定しているし、スキャンダルもない。三崎大治郎あたりが危険因子になりそうなのだが。

それだな、と北岡琢磨は決心した。危ない要因は早い段階で排除する。それが政治家の身の処し方ではないか。

きついな、と安本尚志は後悔した。無事に退院してその週末、四国で開かれた説明会に早速同行したものの、どうにも体がだるくて仕方がない。村松は「無理しなくていい」と言ってくれたのだが、三崎大治郎にダメージを与えられたまま引っこんでしまっては情けない、という意地もあった。もちろん大臣に復讐《ふくしゅう》することなど、絶対無理なのだが。

それにしても、三崎大治郎の態度にはむかつく。自分が倒れたことを知っているのかいないのか、顔を合わせても何も言わない。所詮は、思い通りに動かせる駒、しかも名前もない駒ぐらいに考えているのだろう。

既に高松での説明会を終え、長距離を移動して松山の市民会館で行われる説明会が、夜の部になる。これで明日は、高知、徳島と回る予定だ。

安本尚志が休んでいる間に、説明会のやり方が大幅に変わったようだ。まず、総務省の職員が地方議会の廃止についてロードマップを説明するのは同じだが、その後は地元自治体の長、議会関係者に加えて三崎大治郎が登壇し、座談会形式で地方議会廃止をアピールすることになっている。もちろん、自治体の長も議会関係者も、新日本党の人間だ。ある種の「やらせ」なのだが、参加者に地方議会廃止のメリットを訴えるのが目的だから、こういうことになる。それに、三崎大治郎一人を反対派のターゲットにしない、という狙いもあるようだ。複数の人間が壇上にいれば、悪さもされないだろう。

安本尚志は舞台袖で待機した。三崎大治郎は安本尚志をちらりとも見ないで、舞台に出て行く。何か、風向きが変わったのかもしれない……三崎大治郎に無視されて声もかけられないのはある意味ほっとするが、自分の全存在を否定されているような、嫌な気分にもなる。

座談会の司会は、課長の村松が自ら買って出ていた。まだ安本尚志に健康不安があるというので、今回限定で同行してきたのだ。だったら自分は休んでもよかったのだが、体を馴らす意味もある。何しろ、一週間以上も入院したのは生まれて初めてなのだ。今も複数の薬を服用しなくてはならないので、鬱陶しくて仕方がない。歳を取ると、どうしても薬漬けになるというが、自分はそれに耐えられるだろうか。

「それでは、これから後半の座談会を始めたいと思います」村松が切り出した。「まず、本日の登壇者をご紹介します」

村松も慣れたものだ。そして最初の登壇者紹介の後は、ほとんど口を挟む必要もない――それぞれの立場から、地方議会廃止のメリットを訴える。「しこみ」の人が多いといっても、聴衆は集中して聞いているようだ。

松山市長は財政面のプラスを主張した。

「既に、国政選挙を廃したことで、かなりのプラスになっています。さらに市議会議員選挙を廃すれば、議員報酬や議会運営費もカットできるので、その分を福祉関係の費用に回すことができます」

これも、新日本党が散々アピールしてきたことだった。国会議員一人当たりに支給される歳費や経費がなくなれば、千人の国民議員に報酬を払い、必要経費を国が負担しても、大幅な経費カットになる――結局「金を節約できます」という政策が、有権者には一番のアピールになるのだ。何しろ日本は、本格的な人口減社会になっている。今まで通りの社会保障を維持するために、地方議会を廃止するという大鉈《おおなた》をふるえば、税金アップをしなくて済む可能性が高い。

今回も、こういう「美味い話」の羅列で座談会が進むのだろう。しかし途中から、話がおかしな方向へ捻《ねじ》れてきた。新日本党系の県議・後藤《ごとう》が、微妙な質問をぶつけてきたのだ。

「年明けに、新日本党の代表選があります。北岡首相の代表続投は既定路線になっていると思いますが、三崎大臣、その辺についてはどうお考えですか？　仮に代表、そして首相が交代しても、新日本党の政策には変化はないと考えてよろしいんですか」

三崎大治郎がマイクに顔を近づけたが、一瞬間が空いた。眉間に浅く皺が寄る。事前にしこまれた質問ではなかったのだろう。

「新日本党は、国会の廃止、国民議会の発足を党是としてスタートした政党です。地方議会の廃止も、それに連なる方針であり、変わりはありません。誰が首相になっても、この動きはそのまま続けます」

「三崎大臣が代表選に出る可能性はないんですか」

「それは……」三崎大治郎が苦笑する。会場にも、かすかに笑いが広がった。「まあ、先のことは分かりませんよね。代表選までにはまだ間がありますし」

「否定はされない？」

「ここで出馬宣言する気はありませんよ。ただ、仮に私が代表に――首相になったら、少し手綱を緩めますけどね」

「どういう意味ですか？」

「地方には地方の事情があります。それは総務大臣をやってみて分かったことです。あまりにも早急に、一斉に改革を進めると、大きな問題が起きるかもしれない。憲法では地方議会の廃止も謳《うた》われていますが、急ぐことはないと思います」

「つまり、次期政権では地方議会の廃止は目指さないということでしょうか」後藤の質問は際どいところに入ってきた。

「党是としては当然、国内の全ての議会の解散と再編を目指しますが、タイミングについては慎重に見極める必要があると考えます」

何言ってるんだ、この人は……安本尚志は呆れた。こちらは、次の内閣が一気に地方議会解散を進めるものだと想定して、ここまで必死に動いてきたのに。三崎大治郎の腰が少し引けていたことは分かっていたが、こういう場でここまではっきり言うとは。

この話はそこまでになった。しかし会場の雰囲気が微妙に変わったのを、安本尚志は敏感に感じ取った。それまでは、次の首相選が終わった途端に地方議会廃止の動きが一気に始まるつもりで動いていたのに。

地方議会を廃する大前提である憲法の改正は、既に済んでいる。後は公職選挙法、さらに地方自治法の改正作業が待っているのだが、これについても、総務省内で必死に作業が続けられている。目標は、現内閣の任期が切れる来年三月までに、原案をまとめること――その作業が無駄になる可能性もあるではないか。

説明会ではその後大きな質問などは出ず、そのまま終了した。今夜は松山泊まりで、明日の午前中に高知へ出発予定だ。三崎大治郎の面倒は大臣秘書官が見る予定になっているので、安本尚志たちは解放される。説明会に参加した地元議員や首長との会合が予定されているが、安本尚志は参加を断った。体調はほぼ回復しているとはいえ、一応胃には気を遣っている。しばらくは酒も駄目、刺激物も避ける。松山といえば魚。魚なら刺激物とは言えないと思うが……。

ホテルで一休みし、ぶらりと街に出る。ホテルのすぐ前が市民病院なので、何かあっても大丈夫、とおかしなことを考えてしまう。一週間以上入院したせいか、体調には不安しかない。

それにしても、刺激の少ない食事か……大きな街だから色々な店があるが、「胃に優しいもの」という縛りつきでは、選ぶのは難しくなる。四国らしく、うどんにしておこうか。でも、夕飯にうどんを啜って終わりではあまりにも侘しい。

松山市内は、ＪＲの他に市電網があり、車がない人でもどこへ行くにも便利だ。まだ時間は遅くないし、道後《どうご》温泉にでも行ってみようかと思ったが、ふと目に入った中華料理店に惹《ひ》かれた。街のラーメン屋ではなく、かなりきちんとした中華料理店。ここなら中華粥《がゆ》があるのではないか？　中華粥はごま油が入っているが、それでもあの軟らかさは胃に優しいだろう。

時間が遅い——既に午後九時だ——せいか、店内には他に客はいなかった。営業が十時までだと確認して、野菜粥を注文する。それだけではいくら何でも少し寂しい……コーンスープをハーフサイズ、さらに迷った末に焼売《シユウマイ》を注文した。焼き餃子《ギヨーザ》は油まみれだし、ニンニクやニラの刺激もよくないだろう。焼売なら、それほど刺激はないはずだ。

まずコーンスープで胃を温める。なかなかレベルが高い……コーンはしゃっきりしているし、卵のとろみのせいもあって、飲むのではなく食べる感じになっている。お粥は穏やかな味で、塩か醤油《しょうゆ》を加えたくなったが、それは我慢——しかし慣れると、かすかな塩味がむしろ好ましい。胃潰瘍で入院した後は、これが正解の飯じゃないかな、と思う。焼売も刺激の少ない滑らかなタイプで、このチョイスは正解だった。

全部平らげると、さすがに満腹になる。お粥は、実際にはほんの少ししか米を使っていないはずなので、夜中に腹が減るかもしれないが、さっさと寝てしまおう。入院して以来、眠くて仕方がないのだ。退院する時に医師に相談すると、「疲れがきたんでしょう。胃潰瘍も、疲れとストレスが原因になります」と言われた。早寝早起き、適度な運動——当たり前のことを言われたが、とても実現できそうにない。

まあ、今日は美味い夕飯を食べたから、これでよしとしよう。のんびり歩いてホテルに戻る。間もなく午後十時という時間だが、歩いている人はほとんどいない。そう言えば松山市の中心は

ＪＲ松山駅ではなく、伊予《いよ》鉄道の松山市駅の方だと聞いた記憶がある。

ホテルに足を踏み入れようとした瞬間、スマートフォンが鳴る。もしも三崎大治郎だったら嫌だな……無視してしまおうかとも思ったが、画面を見ると村松だった。急いで電話に出る。

「もう寝てたか？」

「飯を食ってました」

「普通に飯を食って、大丈夫なのか？」

「中華料理店でお粥ですよ」

「ああ、お粥か……」村松自身が、力の入らない夕飯を終えたような口調で言った。「ちょっと来られるか？」

「どこにですか？」

「ホテルの近くのバーにいるんだが」

「宴会、もう終わったんですか？」

「抜け出してきた」

「……でも俺、今、酒は呑めませんよ」

「烏龍茶《ウーロン》を頼んでやるよ。今、店の場所をメールするから」

電話を切るとすぐに、メールが送られてきた。確認すると、確かにホテルのすぐ近くにあるバーだった。ビルの一階にあり、黒く重厚なドアが渋い雰囲気を放っている。胃が悪くなければ、アイリッシュウィスキーを炭酸水のチェイサーで楽しみたいところだ……いや、今はしっかり食べて胃壁は保護されているし、そもそも痛みもないのだから、呑んでも大丈夫ではないだろうか。

頭を振って酒への欲求を追い払い、重いドアを押し開ける。もしもここでまた倒れたら、村松だけではなく家族にも迷惑をかけてしまう。

奥に長い造りの店で、カウンターしかない。店員はマスターがいるだけで、本当の酒好きが酒を呑むためだけに通う店という感じだ。客は村松一人。カウンターのほぼ真ん中に座り、背中を丸めてウィスキーらしいグラスを傾けている。

「お待たせしました」

頭を下げ、上着を脱いでカウンターの背後にあるフックにかけた。七月……夜とは言え、梅雨の晴れ間の暑さがまだ残っている。

村松がマスターに目配せすると、すぐに洒落《しゃれ》たデザインの背の高いグラスが出てきた。入っているのは……やはり烏龍茶。

「お疲れ」村松がグラスを掲げる。安本尚志も慌ててトールグラスを顔の高さに持ち上げた。互いのグラスを合わせこそしないが、これで乾杯完了。烏龍茶を一口飲むと、胃の膨満感が多少落ち着いた。

「抜け出して大丈夫だったんですか？」

「三十人もいる宴会だから、誰も気づいてないよ」

「それで——何かあったんですか？」

「大臣、様子がおかしかっただろう」村松が指摘した。

「ええ……おかしいというか、俺が疑問に思っていたことが裏づけられました」

「疑問とは？」

「三崎大臣は、明らかに地方議会の解散に消極的になっています」

「そうだよな」村松が同意した。「俺もやばいと思った」

「どういうつもりなんですかね」

「そもそも今夜は、出だしからしておかしかったと思わないか？」

「出だしというのは……」

「後藤さんの質問、誘導尋問ぽくなかったか？」

「そう言えば、確かに」安本尚志はうなずいた。「三崎大臣に、代表選出馬を促すみたいな感じでしたよね」

そこから三崎大治郎の発言は捻れていった感じなのだ。

「まるで、自分が新日本党代表――首相になった暁には、地方議会の解散を先送りにする、みたいに聞こえただろう」

「ええ」

「この件、明日の朝刊に一斉に載るからな」

「確かに問題発言ですけど、地方紙や地方版に載っても、影響はないでしょう」

「いや、全国版に載るよ」村松があっさり言った。「そういう風に根回ししておいた」

「課長、それは……」

「ここだけの話にしておいてくれ」村松が声をひそめた。「首相が、三崎大臣の動きを気にしてるんだ。地方議会改革の所管大臣なのに、最近動きに熱がない。何か悪巧みしているんじゃないかと心配してる」

「何で課長がそんなこと、ご存じなんですか？」そういう噂が流れているのだろうか。霞が関の住人は、基本的に噂話が大好きなのだが。

「それは、まあ……とにかく、明日の朝刊全紙で、今日の三崎大臣の発言がニュースになる。新聞は事実を伝えるだけだろうが、読んだ方は、担当大臣の腰が引けていると思うだろうな」

「でしょうね」

「そうなると、内閣の中で大臣の立場が一気に悪くなる。言い訳はするだろうが、通用するかどうか」

「まさか、大臣を潰すつもりですか？」一課長の立場でそんなことができるのか？

「俺は言われた通りに動いただけだよ」

「誰の指示なんですか」

村松が黙りこみ、手の中で小さなグラスを回した。口元まで持っていったが酒は呑まず、グラスをそっとカウンターに置いてしまう。

「誰だと思う？」ちらりと安本尚志を見て、逆に訊ねる。

「それは、分かりませんよ。大臣を更迭しようなんて……」そこでふいにピンときた。「まさか、首相ですか？」

「三崎さんは、新日本党のプロパーじゃないだろう？　創設メンバーじゃなくて、後から入ってきた。そのせいか、当選回数は多いのに前内閣までは大臣になれなかった。今回、総務大臣になったのは悲願と言っていいだろうけど、どうも薄いんだよな」

「薄い？」

「新体制に対する思いが、さ。肩書きが欲しいが故に、新しい話に乗っかっただけ、という感じがする。だから大臣就任当初は、新体制推進派として派手にいろいろ言ってたんだけど、時間が経って本音が出てきたんじゃないかな。本当は、旧体制の方がいいと思ってるのかもしれない」

「それじゃ、裏切りじゃないですか」

「新日本党の元国会議員の中にも、こんなはずじゃなかったって言う人がいる。要するに、皆議員じゃなくなった。政治家と名乗るには大臣になるしかないけど、その椅子は限られている。地方の首長に転身したりする人もいたけど、基本的に新日本党の議員も失業したんだよ」

「それでも、新体制のために頑張ってくれる人はいるじゃないですか」

「いずれ、元国会議員から大臣が出ることもなくなるかもしれない。首相の本当の狙いは、大臣は全部官僚から出すことなんだ。つまり、次官の上に大臣がきて、キャリア官僚は最終的に大臣を目指すことになる」

「完全な官僚政治ですよね」ちょっとやり過ぎではないか、という感じがしてきた。

「そもそもの新体制の考えの基本が『日本に政治家は必要なのか』だったからな。首相がそう考えるのは自然だろう」

「何でそんなに、首相の考えが分かるんですか？」確かに首相は「フラット」をモットーにしている。一般の職員に電話をかけることさえあるそうだから、村松が直接話していてもおかしくはない。

「君、知らないか？　首相は各省庁にホットラインを持ってるんだ」

「ホットライン……」

「そう言うと聞こえはいいけど、スパイだよ。各省庁の中堅幹部に、省内の様子を観察して、何かあったら報告するように指示してる」

「もしかして、総務省では課長が……」

村松が無言でうなずいた。そこでようやく肩の重石《おもし》を下ろしたように、ウィスキーを一口呑んだ。

「もしかしたら今回の大臣の件も、首相にたれこんだんですか？」

「ああ。君が倒れたことも含めて」

「それは――」安本尚志は言葉を失った。プライベートな話……とは言えないが、そんな事情を首相に知られても困る。

「報告しなくちゃいけなかったことだよ」言い訳するように村松が言った。「大臣のパワハラ体質を説明するために」

「勝手にひどいなあ……虚弱体質だって首相に知られたら、恥ずかしいですよ」

「君は虚弱体質じゃないよ。実際にはタフだと思う。その君が倒れたんだから、大臣は悪質だ、と言いたかったんだ」

「そうですか……それで、今日の件は？」

「俺はどうして昨日、前乗りしたと思う？」

「会場の関係じゃないんですか」

「それはそうだが、後藤さんと相談しなくちゃいけなかったから」

「今日の質問について？」

村松が黙ってうなずく。グラスを一気に干して、そっとカウンターに置いた。すぐにマスターが、グラスに指二本分のウィスキーを注ぐ。酒好きなだけでなく強いので、まったく酔った感じがしない。これが何杯目かは分からないが。

「誘導尋問で、内閣の方針に反するようなことを言わせたんですね」

「聞いた通りだよ」

「誰の指示なんですか？」

「ホットライン」

首相が直にそんな指示を？　こんなややこしいことをしなくても、首相の権限があれば然るべく処理できたのではないだろうか。

「首相が何故こういう指示をしたかは、分からない」こちらの考えを読んだように、村松が言った。「こっちは、言われた通りに動くだけだ。それが官僚だからな」

「それは……俺には何も言えません。コメントする権利もないと思います。大臣は更迭されるんですか？」

「更迭なのか、自分で辞めるのか。いずれにせよ、新体制に対する不満分子ということで内閣からいなくなる」

「怖いですね」権謀術数の世界を目の当たりにした気分だった。政治家の考えていることは、やはり分からない……。

「まあ、次の大臣が誰になるかは分からないけど、今度はもう少しちゃんと話が進むんじゃないか？　もしかしたら、次官が持ち上がりになるかもしれない。我々としては、それが一番やりやすいけどな」

「でも、希望して何とかなるものじゃないですよね」

「ああ。それで、君にはまた一つ新しい仕事ができる」

「またですか」一瞬、胃に鋭い痛みが蘇ってぎくりとする。胃潰瘍の最初がこういう感じだった——しかし痛みは長くは続かなかった。

「デイリーの仕事じゃない。これからは、ホットラインを君に任せる」

「どういうことですか？　村松さんはどうするんですか？」

「俺は異動なんだよ」

「聞いてませんよ」

「内示がまだなんだから、君が知るはずがない。クアラルンプールの大使館だ」

「海外ですか？　総務省から外務省への出向は、あまりないでしょう」

「それは昔の話、な。今後は、省庁間の異動も盛んになるよ。これも新体制の方針の一つなんだ。スペシャリストを育てるのも大事だけど、ジェネラリストも必要、ということだよ。それで、ホットラインは君に任せる。もう首相には報告してあるから」

勝手なことを——と一瞬怒りがこみ上げたが、実際にはこれで極端に仕事が増えるわけではないと思い直す。庁内の噂に耳をそば立てていればいいだけではないか。よほど問題だと思ったら、首相に連絡する。そういう役目だって、北岡が次期も首相を務めなかったら、終わりになるかもしれない。

「きつくないですか？」

「いや。実際に首相と話すことなんか、ほとんどないよ。俺も二回話しただけだ」

「首相と、普通に話すんですか?」

「首相は常識人だよ。磯貝さんと一緒になって、国会を潰した人とは思えないぐらいだ。だから、心配いらない」

「そうですか……」

「俺の異動は、九月一日付になるそうだ。その時点で、ホットラインは君に引き渡す。いきなり首相から電話がかかってくることはないと思うけどな」

安本尚志は、ノンキャリアの官僚として、新体制に粛々と馴染んできた。賛成も反対もない。上が決めたことだから、実働部隊として全力を尽くすだけ——しかし新体制作りの仕事にかかわるうちに、その理想が理解できてきたと思っている。どんどん人口減が進む日本を生き残らせるためには、過去にとらわれず、無駄を省いた政治と行政が何より大事だという新日本党の理念にも全面賛成する気持ちになっていた。

首相とつながる——それが、自分の官僚人生の新たな第一歩になるかもしれない。胃潰瘍なんて、いくらでも乗り越えてやる。


「北岡首相も、非情な人ですね」新たに民自連総裁となった宮川英子はぼそりと漏らした。

「まったく」電話の向こうで富沢大介が同意した。「意外とこれが、あの男の本質かもしれない」

たった今、三崎総務相の辞任と新日本党からの離党が伝えられたばかりだった。解任ではなく、辞任。理由は「新日本党が進める地方議会の再編などの政策に疑問を感じるようになった。新日本党の政治家として、今後党と歩みを一緒にして政治活動を続けることは不可能である」だった。

この件が、一月ほど前の報道に端を発しているのは明らかである。松山で行われた地方議会廃止の説明会で、担当大臣なのに一歩引いた発言をしたのが大きな記事になったのだ。担当大臣として、党是である政策に対してマイナスの意見を持つのはどうか——意見は持っていても、それを口に出すのはいかがなものかと非難の声が集まり、首相との面談が何度も行われた。

どんなやり取りが行われたかは、宮川英子は新聞で報じられた以上のことは知らない。しかし、政治記者たちは、二人の間の非公開のやり取りをかなり詳細に取材して記事にしていた。こういう記事が意外に信頼できることは、経験上分かっている。

首相は発言の撤回と、今後も総務相としてしっかり仕事をしてくれるように頼みこんだようだが、三崎大治郎はそれを拒否。最終的に話し合いは決裂し、三崎大治郎は総務相を辞任、さらに新日本党を離党することを表明した。それが今日——たった今テレビのニュースで、その会見の様子が伝えられたばかりである。

「しかし首相は、上手くダメージを回避したんじゃないですか」富沢大介が分析した。「辞任なら、勝手に辞めたことになりますからね。それに、辞任したということは、その人が責任を認めた——世間はそういう風に判断します」

「首相はそこまで計算していると?」

「当然でしょうね。総裁が言われる通り、怖い人ですよ。新体制になっても、政治家の基本は変わらないという証明です」

「後任が、総務省の事務次官の持ち上がりですか……これはいよいよ、政治家を日本から消しための布石になるかもしれませんね」

「まあ、なかなかそういうことにはならないでしょうが」

富沢大介は楽観的過ぎるのではないかと思った。本当に近い将来、政治家と言える存在は、直接選挙で選ばれた首相だけになってしまうかもしれない。閣僚は全員、官僚出身。たった一人の首相を輩出するためだとしたら、政党が政治活動をしていく意味もなくなるのではないか。

それが健全な民主主義のあり方とは思えない。政党に属した国会議員の綱引きがないと、首相が独裁者になってしまう恐れもあるのだ。国民議会が、行政に対するチェック機能を持つとは思えない。

「しかしこれは、我々にとってはチャンスですよ」宮川英子は指摘した。

「ああ……分かりますが、本気でそうお考えですか」

「もちろんです。三崎さんを、民自連に引き入れましょう」

三崎大治郎と首相の確執が伝えられるようになってから、宮川英子と富沢大介の間で出てきた作戦だった。三崎大治郎は、新日本党の中核にいた。首相と確執ができて辞めたにしても、党の秘密を知る人間の一人である。だから民自連に引き抜いて、新日本党対策の中心に据えるのだ。

「すぐに動きますか？」

「早い方がいいでしょう。とにかく彼は、既に新日本党を離党して、今は自由な立場です。他の保守勢力が声をかける前に、民自連で取りこみましょう」

「分かりました。では早速、然るべき人間を動かして、接触させましょう」

「お願いします——富沢さん、体調の方はどうですか？」

「それがねえ、この十年で一番いいぐらいなんですよ」

宮川英子の首相選出馬に向け、既に様々な対策が行われていた。政治家としては半引退状態だった富沢大介を、再度幹事長の座に据えたのもそのためである。既に国会議員は存在しなくなっているのだから、それまで散々議論の対象になっていた「議員の引退」もなくなっている。一度顧問の座についた人が、幹事長に就任しても、党則の上では問題はなくなっていた。

「ご面倒おかけしますが」

「政治家というのは、動いている方が元気なんですよ。そういう意味で、私は死ぬまで政治家じゃないですかね」

「頼もしい限りです」たぬきジジイに寿命はないのかもしれない、と宮川英子は腹の底で思った。私が死んだ後も生き続け、永遠に民自連の政治にかかわり続けるのではないか――まさか。

電話を切り、暗くなったスマートフォンの画面をしばらく見つめた。全く唐突に、北岡琢磨と話したいという思いがこみ上げてくる。もう長いこと、話はしていない。今や敵と言える存在だから、簡単には話ができないのだが……昔の方が楽だった。国会内ではしばしば顔を合わせたし、与党・野党の立場で論戦を交わす機会もあった。

あの子に本音を聞いてみたい。しかしそんな機会はないだろう。あるとすれば来年の首相選――選挙戦では党首討論が行われるはずなので、そこで直接論戦する機会があるだろう。ただし、そういう論戦は得てしてまとまりがないものになってしまう。直後の世論調査で、「どちらが有利だったか」という結果が公表されるぐらいだ。それが、実際の選挙にどれぐらい影響するものなのか。

スマートフォンをデスクに置いて、立ち上がった。この後、民自連総裁としての定例会見がある。今日は、三崎大治郎の辞任という大きなイベントがあった。新体制になってから、閣僚の途中辞任は初めてである。民自連に誘う——そんな話をするわけにはいかないが、少しだけ突っこんだ話をしてみようか。現在の内閣制度の問題点について、批判的に話してみてもいい。

戦いは始まっているのだ。自分の武器は言葉。それをどう使っていくか。

第六章　逆転

地方自治法

第十七条　普通地方公共団体の長は、別に法律の定めるところにより、選挙人が投票によりこれを選挙する。議会については、選挙人名簿から、国民議会議員選出と同様、無作為に選出された議員でこれを組織する。

「ありがとうございます――ありがとうございます。この選挙結果が全てです。新日本党が新制度と呼んだものに対して、国民全体がノーと判断した結果、私、民自連の宮川英子が首相に選ばれました。ただちに組閣に入ると同時に、国会を復活させるための憲法、並びに関係法の改正準備を進めます。私の四年の任期の間に、正常な国会を復活させることを、ここで改めてお約束します。そのための組閣ですが、民自連、それに今回の首相選挙に全面的に協力していただいた民主前進党、さらに民間から、適材適所で抜擢したいと思います。また、民主前進党とは、近い将来、合流も検討していきたいと思います」

こんなことがあるか……北岡琢磨は唇を嚙んだ。第三回首相直接選挙。十五人が出馬したが、実質的には宮川英子対北岡琢磨――民自連と新日本党の一騎討ちだった。投票率七二・二一パーセント。結果は得票率四九・二パーセント対四八・一パーセントと、宮川英子がわずかに上回った。

本当に接戦だった。しかし、負けは負けである。ショックから立ち直るにはしばらく時間がかかるだろうが、今はとにかく敗戦の弁をまとめないと。

「首相、申し訳ありません」内村晋助が深々と頭を下げる。

「内村さんのせいじゃありませんよ」北岡琢磨の声はほぼ潰れかけていた。選挙期間中、四十七都道府県全てを回り、有権者に直接訴えてきたツケである。これだけ喉を酷使し、汗を流しても、負ける時は負ける。「全て私の責任です」

「首相として、新日本党代表として、敗戦の弁だけは語っていただかないと」

「分かっています」

北岡琢磨は立ち上がった。党本部の代表執務室から会見場へ……一階分階段を下りるだけなのだが、今はそれに耐えうる体力があるかどうかさえ、分からなかった。急に十歳、あるいは二十歳も老いてしまった感じがする。手すりをしっかり掴み、一歩一歩階段を踏み締めるように歩く。後ろからついてきた内村晋助が、「会見は少しの我慢です」と声をかけてくれた。立ち止まって振り返り、「四年間、ありがとうございました」と一礼する。顔を上げると、内村晋助の目に薄《うっす》らと涙が浮かんでいるのが見えた。

申し訳ないことをした、と胸が詰まる。内村晋助はこの四年間、自分を立て、しっかりサポートしてくれた。しかも途中で病気を乗り越えた精神力には、感服せざるを得ない。内村晋助がいなかったら、この政権はあっという間にたち行かなくなっていたと思う。大きな危機こそ少なかったものの、細かいトラブルは毎日のように起きていて、彼は内閣の引き締め役として解決に奔走してくれた。

しかし今日の会見には同席しない。あくまで新日本党代表としての会見であり、内閣の要・官房長官は関係ないのだ。党三役は同席するものの、基本的には自分一人が敗戦の弁を語らねばならないだろう。

会見場は満員だった。北岡琢磨が入って行くと、途端にフラッシュが一斉に煌《きら》めく。目を潰されないよう、記者席には目を向けずに真っ直ぐ演台に向かった。途中で一度立ち止まり、日の丸と党旗に一礼してから演台の前に立つ。記者団に向かって頭を下げ、顔を上げると、またフラッシュの攻撃を受ける。

「それでは、これから新日本党・北岡琢磨代表による記者会見を行います」司会の広報部員が開始を告げて、北岡琢磨に目配せした。北岡は軽く黙礼を返してから、マイクに少し顔を近づける。

「今回の首相選の敗戦は、ひとえに私の力不足によるものです。応援していただいた全国の有権者、並びに新日本党員に対しては、この場でお詫び申し上げます。また、新首相になる民自連の宮川英子総裁に対しては、今後の健闘を祈念いたします」そこで一息つき、記者団の顔を見渡した。敗戦の分析を聞きたがっている……そんなことは、この段階では分かりようもないのだが、話さずには済まないだろう。北岡は一つ深呼吸して続けた。「今回の首相選挙は、過去二回にはなかった接戦でした。私どもは、新体制の完成を公約にして戦いましたが、それが否定されたとは考えておりません。新体制については、賛成・反対はほぼ半々だったと分析しています。後ほど、新内閣には申し入れをするつもりですが、これまで全国で百七の地方議会が解散を決定し、国民議員方式への転換を待っています。これらの議会の判断を尊重していただきたい。頻繁な方針変更は、政治不信の原因になります」

情けないが、そこから先はほとんど、意味のあることを言えなかった。旧体制の政治家のように、明確な答えを出さず、どうとでも解釈できる曖昧な言葉を発するしかなかったのである。

そして、厳しい質問が相次いだ。

「今後、国会が再生する可能性がありますが、新日本党としてはどう対応する予定でしょうか」

「現在の体制を維持できるように、広報宣伝活動を続けます」

「国民議会の審議などが、国政に悪影響を及ぼしたという声もあります。国会だったら普通に通過した予算案が通過せず、予算編成が遅れたことが二度もありました。国民議会のマイナス面については、どう総括されますか」

「国民議会は、発足してまだ八年です。試行錯誤の段階だと考えていただければ」

「国政は、試行錯誤で停滞してはいけないという声が大きいと思いますが、どうお考えですか」

記者の厳しい指摘はもっともだと思う。予算案が否決されてやり直しになったことが二度あった。散々議論が交わされたにもかかわらず、だ。現役世代の負担が大きくなる年金改革法案も再三否決され、将来的には年金支給額に影響が出ると懸念されている。負担が大きくなると考えれば、法案は通さない――国民議員は、やはり理性よりも感情、感覚で動くから、仕方ないかもしれないとはいえ、将来へ向けて一抹の不安は残る。

しかし北岡琢磨は、強く宣言した。それが新日本党代表としての矜持――。

「国民議会は、民主主義の壮大な実験です。実験には失敗も停滞もつきものです。全ての国民がそれに責任を負うことが、本来の民主主義への道だと考えています」

「新日本党代表として、今回の首相選敗北の責任はどのような形で取るおつもりですか」厳しい質問はまだ終わらない。

「選挙の総括が終わったら、直ちに辞任します。今後は新しい代表に委ねるつもりですが、党として国民議会の維持、地方議会の解散を進めるという方針に変更はありません」

会見は一時間にも及んだ。首相時代にもこれほど長い会見は経験していなかった。終わって代表執務室に引っこんだ時には、背中が汗ですっかり濡れていた。秘書がおしぼりを持ってきてくれたので、思い切り顔を擦る。しかし、敗北の屈辱と疲れが取れる訳ではない。今すぐこの部屋を出て、妻の住むアメリカへ行ってしまいたいという欲求に駆られた。アメリカへ逃げれば、マスコミに追われることもあるまい。

しかし逃げるわけにはいかない。辞めるにしても、今後の対策をしっかり立てておかないと。ふと、新首相——宮川英子と話したいと思った。どこまでやるつもりなのか、国民議会廃止の法案はいつ出す気なのか、本音を探りたい。

公式に話す機会はある。慣例というわけではないが、内閣交代に際しては、引き継ぎの儀式があるのだ。四年間仕事をした首相執務室で行われる引き継ぎ式は、マスコミも入って冒頭の頭撮りが行われる。そこで、笑顔で握手を交わせるだろうか。

ノックの音に、はっと我に返る。「どうぞ」と声を張り上げ、おしぼりを丸めてデスクに置いた。ドアが開き、磯貝保が杖をつきながら入って来る。別に足が悪いわけではないのだが、この一年ほど、杖を持つようになっていた。彼に言わせると、これは一種のファッションらしい。そういえば、首相を辞めてから妙に服装に気を遣ってお洒落になった感じだ。噂だが、三十年前に離婚して以来ずっと独身を通してきた磯貝保には、少し前に若い恋人ができたのだという。それで服装にも気を遣うようになったのか……今も、ウィンドウペインの派手なジャケットに細身のグレーのズボンというスタイルに、アスコットタイを合わせている。元首相として党本部に来る格好ではないのだが、磯貝保の場合は許されてしまう感じがある。

「申し訳ありません。最悪の結果になりました」北岡琢磨は深々と頭を下げた。政治の師匠でもある磯貝保に対しては、心底申し訳ない気持ちしかない。

「まあ、座ろうか」

代表執務室で二人きり。人払いをしなくても、ここには誰も入ってこないはずだ。秘書が気を遣って、二人だけにしてくれるだろう。

「選挙の敗因については、何も言わない」磯貝保が切り出した。「あの票差は、ほとんど誤差だ。どちらに転んでもおかしくなかった」

「直接の原因は、予算編成だったと思います」北岡琢磨は言った。「来年度の予算を二度却下されました。あれは、ひどいマイナスイメージになった」

「国民議会のマイナス面が出たな」磯貝保がうなずいた。「政党で意見をまとめていたら、あんな風にはならなかった。だいたい予算は、必要な議論を通して、スムーズに成立するものだった」

「やり方としては間違っていませんでしたが、有権者にはマイナスイメージが植えつけられてしまったと思います」

「あなたの国民的人気も、役に立たなかったわけか」

北岡琢磨はぐっと顎を引いた。政治家の人気というのは、計算しにくい。頻繁に選挙があれば、得票数の推移を見て、少なくとも地元選挙区での支持率は予想できる。しかし現在のシステムではそういうことも分からず、世論調査の結果だけが指標だ。内閣支持率はほぼ六割前後で推移してきたが、予算案の却下が相次いだ今年になってから、ぎりぎり五割にまで落ちてきた――それが今回の選挙結果につながったという分析に無理はない。

「人気なんて、正確には測れないものですよ」

「宮川さんも、上手く立ち回ったな。そもそも、批判する立場の方が強いものだが」

宮川英子は、もちろん「国民議会反対派」の筆頭である。しかし都知事時代は立場上、四六時中批判や反対の声は上げてこなかった。しかしポイントポイントでは、舌鋒鋭く新体制を批判し、守旧派のメディアがそれを大きく取り上げてネットでも拡散される――その繰り返しで支持を広げていったのは間違いない。選挙戦では、こちらに大きなミスはなかったと思うが。

「まあ、国民議会廃止は、簡単には決まらないよ。憲法改正の壁は今でも高いんだ。内閣は何度も改正案を出してくるだろうが、その都度跳ね返されて、四年の任期は終わってしまうかもしれない」

「その後は……」

「最大の目的が達成できなければ、次の首相選では民自連は勝てない」

「ただし、守旧派の盛り返しで、民自連は組織として活性化するかもしれません。前進党との合同も気になります。この選挙の結果が地方にも及べば、うちとしては不安材料が増すだけですね。地方では、新日本党はまだまだ弱い」

「中央と地方の乖離が、今後どう影響するかだな……あなたは、代表を辞任するつもりか」

「責任は取らないといけませんから」

「ほとぼりが冷めたら復帰しなさい」磯貝保が強い口調で言った。「あなたは今、五十三歳か」

「ええ」

「次の選挙では五十七歳。政治家としては働き盛りだ」

「そうかもしれませんが、こういうタイミングで顔を変えるのは大事かと」

「逃げてはいけない」磯貝保が身を乗り出した。「逃げずに勝負することで、あなたは政治家として一皮剝ける」

磯貝保は「政治家」を連発しているが、その「政治家」を消滅させるのが新日本党の党是だ。

「私には、その権利はないと思います」

「まあ、私に任せろ。民自連政権は、四年は持たせない」

「任期が――」

「四年の任期を全うさせない方法は、いくらでもある。常に選挙の準備をしておきなさい。五割近い有権者の支持を集めたあなたは、やはり今の新日本党の代表に相応しい」

まさか……磯貝保は腹に秘めるものがありそうだが、それが何かは読めない。しかし彼は、あっという間に世論を味方につけて政権を奪取し、国会を解散させるという近代最大の大改革を成し遂げた人として、教科書にも載っている。引退したとはいえ、コネも知恵もあり、精力も衰えていない――その彼が、陰謀を企てている。

師匠の話とはいえ、軽い恐怖すら感じた。

「それでは、よろしくお願いします」

引き継ぎ書類に互いにサインして、儀式は終了。宮川英子は敢えて北岡琢磨と握手はせず、一礼するにとどめた。報道各社のカメラマンからは握手するように頼まれたが、にこやかに笑って無視する。

頭撮りが終わり、記者やカメラマンが退出した後で、ようやく宮川英子は心からの笑みを浮かべた。それを見て、北岡琢磨もふっと表情を崩す。

「顔、硬かったですね」予想もしていなかった軽い調子で語りかけてくる。

「責任重大ということよ」

「大変ですよ。宮川さんが想像しているよりも、議会のコントロールは難しい。簡単に法案は通りませんよ」

「私には四年間あるから。じっくり説得して議論を重ねます……とにかく、お疲れ様。あなたたちの夢は終わったわ。今度は国会議員としてのあなたに会うでしょうね」

「私は隠遁《いんとん》しますよ」

「あなたが、それで我慢できるわけがない。必ず出てくるでしょう——私たちが復活させた国会の議員として」

北岡琢磨は何も言わなかった。さっと一礼だけして、出入口に向かう。ドアに手をかけたところで、宮川英子は「琢磨」と声をかけた。北岡琢磨が振り向き、驚いた表情を見せる。

「あなた、立派になったわね。進む道は違っても、尊敬できる政治家になった」

「負けた政治家は、何者でもありませんよ。尊敬もクソもない」北岡琢磨は肩をすくめ、首相執務室を出て行った。

宮川英子はしばらくドアを見つめていたが、それで何かが変わるわけではない。あの可愛《かわい》かった甥っ子が堂々としたものだ……という感慨はあったが、彼はここを去っていく人間だ。すぐにドアが開き、新閣僚が入って来る。厳しい四年間が始まるのだ。

田村さくらは法科大学院で、司法試験受験の準備を始めていた。空いた時間には畑山の事務所に顔を出し、事務作業などを手伝っている。これまでは国民議員の仕事の合間だったが、三月に任期が切れてからは、大学院と事務所を行き来する日々だった。司法試験の準備は想像していたよりも大変だったが、仕送りを受けず、自立してやれているので気は楽だ。四年間、国民議員を務めた報酬は、やはり大きい。

新しい生活にも馴染み始めていたが、今日がまさにこれまでの四年間に対する「お別れ」になるかもしれない。新首相が就任し、国民議員も全て交代した。内閣の交代を伝えるニュースを見て、田村さくらは思わず本音を漏らしてしまった。

「ちょっと……複雑な気分です」田村さくらはテレビの画面から目を離さずに言った。

「確かにねえ」畑山がうなずいた。

「国民議会、本当に廃止になるんでしょうか」

「それが民自連の党是だからね。宮川首相も、それを公約として当選した。当然、国民議会を廃止して国会を復活させるための法改正を狙っていくでしょう」

「でも、それが国民議会で成立するとは限りませんよね」

「もちろん。それは、運です——いや、新内閣が議員を納得させることができるかどうかだな」

畑山がお茶を一口啜った。視線はテレビ画面に流れるニュースを追っているが、意識がそこにないのは明らかだった。

「私は、国民議会には存在意義があると思います」田村さくらはまだ画面を凝視しながら言った。

「私もそう思いますよ」畑山が即座に同調する。

「いろいろトラブルはありました——普通に通るだろうと思われた予算案が否決されたりした時は、大変でしたよね。でも、全般的には私たちの代は成功していたと思います」

「それだけどね……今、第二期の議員に対するアンケートを行っていますから、議員の意識は明らかになるでしょう」

国民議員になった人たちの心情は計り知れない。やりがいはあったのか、民主主義の学校としての役割は果たせたのか。本当は、この制度を推し進めた新日本党がやるべき調査なのだが、首相選敗戦後の混乱で、そこまで手が回らないようだ。それで議員自らが——と畑山が発案したのである。

「私は、国会の復活には反対です」田村さくらははっきり言い切った。「国民議会に問題はあっても、改善できると思います。何より、民主主義の学校としての役割は果たしたんじゃないでしょうか」

「逮捕者は二人出たけどね」畑山が皮肉っぽく言った。

「でも……調べたんですけど、各地の地方選挙では投票率が上がっているんです。それだけ、選挙に対する関心が高くなってきた証拠ではないでしょうか」

「国会議員の選挙もないのにね。もしかしたら、国会議員の選挙がない代わりに、地方の人が地方選挙に積極的に出かけるようになったのかもしれない。田舎では、未だに選挙は大きなイベントだからね」

「私はあくまで、国民議会が定着してきたおかげだと思います。次は自分が国民議員に選ばれるかもしれないと考えれば、政治に対する関心も高まるんじゃないでしょうか」

「小さなトラブルはあったにしても、意外に上手くいったからね」畑山がうなずく。「お年寄りはデジタル機器を使えないんじゃないかって言われたけど、案外スムーズだった」

「専用のデバイスが配られましたからね。法案を読む、審議に参加する、投票する――その基本ができていれば、国民議員としての活動はできます」

「確かにね……意外に横のつながりもできたし」

「楽しかったですよね。私、佐賀に住んでいる七十八歳のおばあちゃんと仲良くなったんですよ。今は議会と関係なくやり取りしてます。今度遊びに行くんですよ」

「各地に新しい家族が増えるようなものかもしれないね」畑山が微笑む。「そういうつながりが、新しい時代の呼び水になるんじゃないかな」

「それは大事にした方がいいと思うんです。だから、国民議会を守りたい――前任者として何かできることはないでしょうか」

「考えましょう。我々は、民主主義の尖兵なんですから」


敗戦の責任を取って新日本党代表を辞任した北岡琢磨は、急に暇を持て余すようになった。全ての役職から引いたので、基本的にやることがない。これが国会議員時代だったら、仮に落選しても、次の選挙に向けて準備を進めなければならない時期である。落選のショックで動けないようでは、リベンジはおぼつかない。磯貝も選挙の準備をするようにと指示していたが、この状態では何か準備ができるわけでもない。

党本部に顔を出すこともあるが、大抵は自分の個人事務所に足を運ぶ。といって、やることがあるわけでもない……代表を辞任してから二週間ほどはぼんやりと時間を潰していたが、そこで思い直して気合いを入れた。まず地方行脚して、新日本党の地方議員と話す——首相選敗北に対する謝罪もあるし、今後の党の活動について話し合う意味もある。同時に、地方議員が何を考えているか、探る目的もあった。彼らの気持ちが中央から離れたら、党自体が空中分解しかねない。

そんなある日、愛知県議の猪狩節子《いかりせつこ》と電話で話す機会があった。新日本党が地方議会にも進出して初めて県議に当選した、いわば「一期生」であり、北岡琢磨もつき合いは長い。初当選した頃は「小学生の子ども三人を抱えて奮闘中」という親しみやすいイメージを売りにしていたのだが、小さかったその子たちも、今は二人が成人して独立、末っ子も大学生になっている。本人にすれば、政治活動はこれからが本番という感覚かもしれない。地方の有力議員とのパイプは、北岡琢磨にとっても大事だ。

「わざわざ電話してくれたんですか、首相？　お忙しいでしょうに」

「二つ、訂正します。私はもう首相でも代表でもない。それに忙しくもないですよ。暇を持て余しています。無役というのは、なかなか切ないものですね」

「これまで全速力で突っ走ってこられたんですから、少しお休みになられたらどうですか？　次のチャンスに向けて、牙を研ぐ時間も必要でしょう」

「負け犬には、そんなことは許されませんよ」こういうのはいい加減にやめよう、とも思う。自虐的な言葉を吐き続けていると、そのうち本当に駄目になってしまうかもしれない。言葉は人を変えていくのだ。

「しかし、三崎大ちゃんには驚きますね」

「大ちゃんねえ」今思えば、自分にも任命責任がある。「ああいう流れを止められなかったのも、私の責任でしょうね」

「三崎さんが変わったんですよ。というより、あの人は昔から変節の人ですから」

「愛知時代から？」三崎大治郎は、元々は愛知県議からの叩き上げなのだ。

「細かい修正はしょっちゅうでしたよ。それを誤魔化して、上手く言い抜けるのが得意な人でした。私は変節する人だと思っていたけど、支援者からすると、『柔軟』なんですね」猪狩節子が苦笑した。

「言葉のマジックですね」

「今回の件で、変節漢だということははっきりしたんじゃないですか？　新日本党から民自連へ――それで大臣に就任したんですから、驚きを通り越して呆れますよ。民自連も節操がない」

「地元の反応は？」

「やはり批判が多いですね。ただし議員ではないから、有権者から直接批判を受ける機会もない。今の立場を上手く隠れ蓑にしているんじゃないですか」

「これは現制度のデメリットかもしれない」以前から指摘されていたことではあった。首相はともかく、大臣は国民の審判を経て選ばれたわけではない。内閣のメンバーが決まった時点で「信任投票」を行う案もあったのだが、それではあまりにも煩雑、かつ時間がかかるということで見送られたのだ。国民議員に対するのと同じようなリコール制度も設けられているものの、今のところは一度も発動されていない。

「北岡さん、当然復活は目指しているんでしょう？」猪狩節子が唐突に言った。

「磯貝さんにも言われたんですけど、出直しを言うにはまだ早過ぎますよ。私自身、一度人生をリセットしてもいいかなと思っています」

「アメリカに行って奥さんと暮らすとか？」

「家事を担当するのも悪くないですね」

「しかし、新日本党の支持者——国民に対する義務もありますよ」

「選挙で負けた人間にそんな義務が？」つい皮肉に返してしまう。

「だからこそ、もう一度です」

「あなたに責められるときついな」北岡琢磨は苦笑した。猪狩節子は昔から粘り強い——というかしつこい。

「この件では引けませんよ。あなたをもう一度代表に担ぎ出すために、新日本党の中で運動をしてもいい」

「それは、今の代表に失礼でしょう」

「今後の戦略を考えるとね……私たちは、北岡さんを推しますよ」

「そう言っていただけるのはありがたいですけどね」

「ほら、やる気あるじゃないですか」猪狩節子が面白そうに言った。

「今のは社交辞令みたいなものですよ」

「四年間待つだけが選択肢じゃないですよ」

「しかし、宮川内閣の任期は四年だ」磯貝保は何か陰謀を考えているようだが。

「リコール制度を使うんです」

「リコール請求する理由もないのに？」

「その突破口が、三崎さんですよ。愛知県連総出で、三崎さんを潰しにかかります。民自連は、八年間も政権から離れていて、組織もガタガタになっています。一人崩れれば、内閣全体に影響が及ぶ――最初の矢を、私から放たせて下さい」

「三河《みかわ》の人は、未だに戦国時代ですか」ついからかってしまった。

「私は尾張《おわり》の人間です」猪狩節子が素早く訂正した。

「――失礼しました。それで？　何を摑んでいるんですか」

猪狩節子が説明を始めた。しかし話が長い……彼女は昔から回りくどいのだが、今回は事情が複雑ということもあるようだ。

「一度会って、話しませんか？　事態を整理したい」

「構いませんよ。私の方で合わせます」

「いや、猪狩さんの都合で……何しろ私は今、無役ですから」

無役も悪いことばかりではない。動こうと思えば、いつでも自由に動けるのだから。

「首相」安藤司は思わず背筋を伸ばし、次いで周囲を見回した。電話の相手は北岡琢磨。既に交代したとはいえ、安藤司にとっては今でも「首相」である。しかし民自連政権下では、話しているところを他の人に聞かれたくはない――そもそも、勤務中に電話してくるのもどうかと思うが、直電は北岡琢磨の得意技だった。

「首相はやめてくれないか。今は無役だから」

「いえ……ちょっと待っていただけますか？　外へ出ます」

安藤司は慌てて廊下へ走り出た。人気はないので、ここなら普通に話せる。

「仕事中にすまない。忙しいか？」

「大丈夫です」

「第三期の国民議員はどうかな？」

「今は、いろいろお世話するので精一杯です。やはり、戸惑いはあるようで」

「それは当然だな。調査委員会は大変だと思うが、よろしく頼むよ」

「もちろんです」

こんなことを言うために、わざわざ電話してきたのだろうか？　労い？　様子を探ろうとしている？　北岡琢磨は実際に無役だから、本当に暇を持て余しているだけかもしれない。

「調査委員会は、国民議員の不正を調べる。そうだね？」

「ええ」

「君は、第二期では二人の議員を不適切として処分した」

「私が処分したわけではないですが」

「君の能力は、高く評価しているんだ。議会事務局ではなく、検察庁にでも勤めた方がよかったんじゃないか？」

「とても司法試験に受かりませんよ」これは雑談なのか？　緊張は解けてきたが、この会話の意味はさっぱり分からない。

「君の能力を少し貸してくれないか？　これは個人的なお願いだ。今の私には、何の権限もないことを承知で頼んでいる」

「それは……」

「ある件で調査をして欲しい。その後は、リコールに持ちこみたいんだ」

「相手は国民議員ですか？」第三期が始まったばかりなのに、もう問題を起こした議員がいるのだろうか。

「違う。ターゲットは大臣だ」

「大臣？」

「三崎大治郎」

この人事に批判が出ていることは、安藤司も知っている。北岡内閣の総務大臣を辞任して新日本党から離党し、その後民自連に移って、今回の宮川内閣で総務大臣に就任――何か密約があったのでは、と噂されてもいた。

「問題のある人間なんだ。それは新日本党時代から分かっていたが、今回新たな問題が生じている。それを是非はっきりさせて、リコールに持ちこみたい」

「それは……政治的な動きですよね」安藤司は腰が引けるのを意識した。

「否定はしない」

「私は一介の公務員です。政治的な意図で動くことは、国家公務員法に違反します」

「そんなことはどうでもいい。君は、国民議会が解散して、元の国会に戻ってもいいと思っているか？」

「それは……」

「私たちは理想を追い求めた。君たちもそれに応えてよくやってくれたと思う。私の個人的な意見だが、公務員が政治的な活動をしても問題はないと思う――あくまで良識的な範囲内で、だが」

「大臣を追い落とすことが、良識的な範囲の活動でしょうか」これは本格的にヤバい。北岡琢磨には恩義も感じているし、人としても尊敬しているのだが、こういう風に一本釣りで無理難題を押しつけてくるのはどうだろう。これでは、旧体制の政治家と変わらないではないか。

「君なら、理想に共鳴してくれると思ったが……それに、今から旧体制に戻すとなると、君たちは混乱する。日本という国を安定して運営していくためには、君たち公務員が落ち着いた環境で仕事ができるようにしないといけないいんじゃないか？」

「少し考えさせて下さい」今はそうとしか言えない。

「もちろん、すぐに返事をくれとは言わない。私は旧体制の政治家じゃないから、公務員いじめはしないよ」

ほぼいじめのようなものだが……相変わらず強引な人だ。

「この電話に、いつでも連絡してくれて構わない。私は待っている」

何ということだ。スマートフォンを見つめたが、そこに答えが書いてあるわけではない。この時点では、安藤司は、どうやって断るかしか考えていなかった。

「やればいいじゃないか」安本尚志があっさり言った。胃潰瘍で倒れて入院したのに、いつの間にかまた酒を呑むようになってしまっている。

「いや、それは……」

「最近、酒が不味《まず》いんだよ」愚痴をこぼしながら、安本尚志が焼酎のお湯割りをぐっと呑んだ。「三崎のおっさんが戻ってきてから、省内が毎日お通夜みたいでさ。正直、俺もビビってる」

「でも三崎大臣、何かしようとしてるわけじゃないでしょう？」

「今のところは、な。ただ、うちあたりは手を突っこまれる可能性が高いし、俺も飛ばされるかもしれない。前の大臣時代に因縁があるからな」

「係長クラスの人事にまで、大臣が口を挟みますかね」

「あの人は、それぐらいやりかねないんだよ。異常にしつこいから」

「それは、酒も不味いですよねえ」

新橋の居酒屋――久々に二人で呑んだのだが、どうにも意気が揚がらない。安藤司は早々、北岡琢磨から電話がかかってきたことを話したのだが、安本尚志は突き放すように「やればいい」と言い切ったのだ。

「お前、これはチャンスだぞ」

「何がですか？」

「北岡さんが、三崎のおっさんを潰す気になってるんだ。あの人が本気を出せば、潰せると思う。ネタがあるんだろう？」

「ある、という話でした。詳しいことは教えてもらっていませんけど」

「ネタがあるならやれるさ。三崎のおっさんを追い出せば、総務省としても本当に助かる。正直言って、次官以下、扱いに困ってるんだ。それを言えば、宮川内閣に対しても困ってる。今まで八年間積み重ねてきたものが、全部無駄になるんだから」

「それはうちも同じですよ。公務員って、変わらないで仕事を続けていくのが本筋みたいなものなんですけどね」

「お前、直接民主制についてどう思った？」安本尚志が話題を変える。

「混乱はありましたけど、最初に予想していたほどじゃなかったですね」

「昔の政治家は、自分たちを政治のプロだって思ってたんだろうけど、その時と状況、変わったか？」

「国民議会は通年開催ですし、訳の分からない質問が出たり、簡単に決まるべき予算案が何度も再提出になったりっていうのはきつかったですけど、それで大混乱するほどじゃなかったですよね」

「そうなんだよな」安本尚志が深くうなずく。「結局、誰がやっても政治なんて同じなのかもしれない。金がかからなくなっただけ、国民議会の方が全然ましだと俺は思うよ。日本を本当に良くするには、行政の方が変わらなくちゃいけないんだろうな」

「安本さんはやっぱり、新体制支持派なんですか？」

「正直、また変わったら面倒臭いしなあ」安本尚志が頭の後ろで手を組んだ。「霞が関の人間は、新日本党政権支持派が圧倒的多数だと思うよ。仕事は増えたけど給料は上がったし、やりがいは明らかに昔よりもある」

「倒れても？」

「あれは三崎のおっさんのせいだ」安本尚志の表情が急に険しくなった。官僚は政治家に絶対に逆らえないものだが、当然酷《ひど》い目にあった恨みは変わらない。「俺がお前の立場だったら、速攻でＯＫの返事をしてたな」

「やばいこと、ないですかね」

「お前一人でやるもんじゃないし……とにかくやれって説得するように、俺も北岡さんから連絡を受けた」

「安本さんが？　個人的に？」

「ああ」安本尚志が平然と言った。

「首相とつながってるんですか？」安藤司は目を見開いた。

「そうだよ」

「何でまた。何か、コネでもあるんですか？」

「北岡さんは、各省庁の中堅クラスの職員を、スパイとして飼ってたんだ。金を出してたわけじゃないけど……お前もそんなもんだろう？　だから首相から直接電話がかかってきた」

「ええ」

「たぶん、かつてのホットラインを使って、各省庁内にシンパを確保しようとしている。他にも電話を受けた人間がいるよ」

「知りませんでした」まったくあの人は、何をするのか……。「全部のホットラインが、まだつながっているんですか？」

「たぶんな。この前北岡さんから電話がかかってきた時、お前のことも含めて結構話したんだ。

たぶん、他のホットラインも同じような感じだろうな」

「北岡さん、官僚からは慕われてましたからね。滅茶苦茶だったけど、理不尽なことは言わなかったし」

「惜しいよな。あと四年、続けてやってもらいたかったよ。そうしたら、新体制はもう『新』じゃなくて普通になってたと思う」

「ですね……」

「だからお前、協力してくれよ。俺も、できることは手伝うからさ」

「忙しいんじゃないですか？」

「それが、暇で暇で」安本尚志が両手を広げた。「三崎のおっさんが来て最初の指令が、地方議会解散に関する仕事の停止だったからさ。法案作りでこの四年間、ずっとやってきたのに、いきなり全部棚上げだよ」

「それもひどい話ですね」

「そのうちお前も味わうよ。国民議会が解散して国会が再開したら、仕事が百八十度変わる」

「――ですね」

「変えないのが官僚の本分だよ。やれよ。北岡さんの話に乗れ。俺もできることは手伝うから」

「やれますかね」

「ここで電話しろよ」安本尚志がスマートフォンを取り出した。「話は早い方がいいぜ」

「いや、さすがにそれは……」

「いいから」

「いや――自分の電話でかけますよ」

強引に迫られて、安藤司はスマートフォンを取り出した。先輩に追いこまれた――しかし何故か、気持ちはすっきりしている。やらねばならないと、最初から分かっていたのだと思う。それを認めたくなかっただけだ。

面倒を嫌うのが、公務員の本質だから。


「総務省の方はどうですか」

朝の閣議が終わったところで、宮川英子は三崎大治郎に声をかけた。

「今のところ、地方議会解散の準備はストップさせています」三崎大治郎が自信たっぷりの口調で言った。

「官僚たちは不満なのでは？」

「不満があろうがなかろうが、これは指示ですから」

「不満が出ないように、十分気をつけて下さい。官僚も、昔とは変わっているのではないですか？」

「官僚は官僚ですよ。人事を盾にすれば、いくらでも自由に動かせる」

「あまり、そういう強引な手には出ない方がいいと思いますよ」宮川英子は釘を刺した。「官僚は上手く乗せて使うものです。上から押さえつけるだけでは、絶対に上手くいかない」

「気をつけましょう」三崎大治郎が、嫌らしい笑みを浮かべて頭を下げた。

やはり、この男は危ない。

首相選で勝てたのは、三崎大治郎が新日本党の内部データを持ち出したためでもある。その論功行賞として総務大臣に抜擢したのだが、最初から危うい感じがしていたのだ。総務省、そして北岡に対する個人的な恨みが強過ぎる。私怨で動くと、ろくなことにならない。

執務室に戻ると、すぐに官房長官の水谷《みずたに》が入って来た。四十三歳と、歴代官房長官の中で最年少。元々は総務省のキャリア官僚だったのだが、民自連が下野し、八年前に国会が解散した時に、民自連がスカウトした——いずれ民自連政権が復活した時の要になる人間として。以来、富沢大介たちの下で、エリート教育を受けてきた。民自連入りした時点で、地方議員や首長の選挙に出る手もあったのだが、それは避けて、党務について学び、各地の民自連党員とコネクションを作ってきた。首相選でも、中心になって選挙を仕切り、宮川政権誕生時には予定通り官房長官に任命された。今や、党内の若き実力者といった趣がある。

「どうですか、三崎大臣は」

「そうねえ」

宮川英子はソファに腰かけて脚を組んだ。水谷がすかさず、宮川英子好みのミネラルウォーターを置く——置く前にキャップを捻り取るのも忘れなかった。この子は、官房長官というより秘書官という感じもある。もう少し派手な顔だちだったら、歌舞伎町《かぶきちょう》のホストとして成功していたかもしれない。東大法学部首席卒業の経歴は、ホスト稼業には何の役にも立たないかもしれないが。宮川英子は水を一口飲み、座るよう水谷に促した。水谷は、斜め向かいの位置に慎重に腰を下ろす。

「ちょっと、個人的な思い入れが強過ぎると思うわ。総務省に対して恨みがあるのは分かるけど、当たりが強過ぎる」

「総務省の内部でも、不満の声が上がっています」表情を変えずに水谷が言った。「地方選挙課などは、実質的に仕事を取り上げられているようなものですから」

「もう少し穏便にやるべきなのに……地方議会廃止を決めた議会への対応とか、やることはいくらでもあるでしょう」

自分たちの存在を消す――その決議を行った地方議会が意外に多いことに、宮川英子は不安になっていた。もちろん新日本党が多数派になっている地方議会の話だが……まだ公職選挙法と地方自治法の改正が進んでいないから、勝手に議会を解散できないとはいえ、決議が無視されたと判断した議会が内閣に抗議してくる可能性もある。中央だけではなく、地方でも地殻変動は確実に進んでいるのだ。

「どうしますか？　監視は続けますが、どこかでしっかり釘を刺しておかないと、面倒なことになるかもしれません」

「言って聞くような人ではないのよね。民自連政権の成立は、自分の手柄だと思っているんだから」

「企業だったら、産業スパイ事件になるところですよ」

バレたらまずい――新日本党では選挙対策委員会の副委員長を務めていた三崎大治郎は、離党に際して党員名簿を持ち出したのだ。民自連ではそれを使って、新日本党員の切り崩しにかかった。その結果の薄氷の勝利である。

今のところこの事実が表に漏れた可能性はないが、明らかに窃盗罪にあたる。あるいは公選法違反になるかもしれない。選挙前に総裁になっていた宮川英子は悩んだ末「聞かなかったことにする」と側近に告げた。この名簿は絶対的な武器になる。しかし党の代表が名簿の存在を知っていた、いや、名簿を基に選挙戦を指示したとバレたら大問題だ。側近たちもその事情は理解して、新日本党員切り崩し作戦は、宮川英子が関与しないまま行われたのだった。こういうのは阿吽《あうん》の呼吸で行われるものだし、党のトップには影響が及ばないようにするのが常識なのだが、宮川英子としては、自分だけが逃げてしまった感覚がないでもない。

ただし、そういうことを今悔やんでも仕方ないのだが。

「この件は、絶対に秘密を守って。今のところ、うちの唯一のアキレス腱《けん》と言ってもいいから」

「もちろんです――差し出がましいことを言ってよろしいですか」

「どうぞ。遠慮しないようにと、富沢さんから教育されてない？」

「そう言われていますが、現職の首相に対しては気が引けます」

「本当に、遠慮しないで」

「三崎大臣は、外すタイミングを考えるべきです。今は自分が功労者だと思って鼻高々になっているでしょうが、それが危険です。勘違いしたままいくと、そのうち大きなトラブルを起こす可能性が高いですよ」

「でも、外す理由が考えられない」

「誰かに胃潰瘍になってもらったらどうですかね」

「さすがにそれぐらいでは……」北岡政権での総務大臣の辞任は、職員の一人が倒れたことがきっかけだったという。北岡の方で、既に三崎大治郎を危険視していて、職員の問題は単なるきっかけだったと思うが――同じことを繰り返すわけにもいくまい。「職員がパワハラを訴えて自殺でもすれば、問題にできるけど」

「現実味がないですね」水谷がうなずいた。「できるだけ穏便な形で切る――方法は検討させていただいていいでしょうか」

「もちろん。でも、そういう仕事はきついわよ」

「私は政治家ではありません。誰かに恨まれても、選挙に困るわけではないですから」

「よく割り切れるわね」

「現体制になって、むしろすっきりしました。内閣はあくまで、行政の長です」

「それだと、新日本党の業績を褒めることになるわよ」宮川英子は注意した。

「失礼しました」水谷が頭を下げる。「しかし私は、できるだけ客観的に物事を評価したいと思います」

「やりにくい人ね」宮川英子は苦笑した。

「よく言われます」

「それでも構わないけど、三崎大臣のケアはよろしくお願いします。何かあったら、逐一報告して下さい」

「承知しました」

　立ち上がって一礼。人間味が感じられない――まるでロボットを相手にしているようだ。官房長官に人間味はなくてもいいのだが、どうにもやりにくい。やはり自分たち政治家は、人間臭い存在なのだと思う。だからこそ政治家同士の争いは、血で血を洗う生臭いものになる。

安藤司は名古屋に来ていた。出張……ではない。どちらかというとこれは、ボランティアだ。週末を潰して、旅費も自分で出した。

北岡琢磨の「ネタ元」であるという愛知県議の猪狩節子の車に同乗して、面会相手の家を目指す。

「普通に話してくれる人なんでしょうか」安藤司は少しだけ心配していた。

「大丈夫よ、私はちゃんと話したから」猪狩節子は豪快なタイプの女性だった。何というか……地方の親分という感じ。

「地元の人には話すと思いますが、私は中央の人間ですから」

「心配しないで。話す気になってるから」

着いたのは、コインパーキングだった。名古屋はやはり東京よりも車社会という感じで、コインパーキングの数も多いようだ。しかも安い。大都会とは思えない駐車料金だった。

「ここから五分ぐらい歩くから」と言って、猪狩節子がさっさと歩き出す。

「どうしてそこまで行かないんですか?」家の前に車を停めておいても問題ないと思うが。

「誰かに見られたくないから。地方の政治情勢は複雑なのよ」

「そうですか……」そもそも今回会うのが微妙な相手である。微妙というか、猪狩節子にとっては政敵——民自連の県議なのだ。

実際には十分ほど歩いた。古いマンションの二階にある事務所——階段で上がり、猪狩節子がノックすると、すぐにドアが開いて、薄いカーディガンを着た初老の男性が姿を現した。六月、梅雨寒で今日は少し肌寒い。

「入って」男が低く忙しない口調で言った。

猪狩節子に次いで部屋に入る。玄関で靴を脱ぎ、スリッパに履き替えて中へ——普通のマンションを事務所として使っているようで、短い廊下の先の狭いリビングルームには、デスクと事務機器が押しこめてあった。猪狩節子の紹介で、名刺を交換する。相手は愛知県議会議員、民自連県議団の津《つ》崎《さき》正俊《まさとし》。

「津崎さんは、県議同期なのよ」猪狩節子が打ち明ける。

「あ、そうなんですね」それで何となく合点がいった。初当選が同じなら、ライバルであると同時に、党派を超えた仲間意識もあるだろう。「今回は、よろしくお願いします」

安藤司と猪狩節子が並んでソファに座り、向かいに津崎が腰かける。「これなんだが」と言って、早速一枚の紙を安藤司に示した。

「名簿ですね？」事前に事情は聞いていたが、さすがに受け取る時は緊張する。これはある種の証拠物件なのだ。

「ああ」

「間違いなく、うちの党員名簿よ。たぶんこれは、新日本党の本部から持ち出された名簿の一部ね」

「間違いないですか？」

「うちの県連からは、こういう情報流出はないから。それは確認しました」

「これを受け取ったのはいつですか？」安藤司は津崎に視線を向けた。

「首相選の二月ぐらい前だ」津崎の表情は険しい。

「誰からですか？」

「民自連県議団の団長から。どういう意味だったか、分かるね？」

「新日本党員を個別撃破して、民自連に寝返らせる」

「ああ」津崎がうなずく。「もちろん、金を使えとかそういう指示はなかった。そんな、露骨な選挙違反は……当然、私も金は使っていない」

「でも、個別の面会はしたんですよね？」

「した。ただ、相手が新日本党の党員だと分かって訪ねたとは言わなかった」

その辺は、かなり慎重にことを運んだようだ。新日本党員を民自連に寝返らせる――そんなことを露骨に言ったら、何かがおかしいと疑われるだろう。あくまで通常の個別訪問を装っての行動だったに違いない。

「どこから出たかは分かってるんですか？」

「三崎大臣が、党内から持ち出したらしい」

「間違いないですか？」

「噂だよ、噂。でも、調べてみたら、全国各地の県連に同じフォーマットの名簿が持ちこまれていた。つまり、党員名簿全体が流出したのはほぼ間違いない。それができるのは三崎大臣だけだろう。しかも彼には動機もあったはずだ。北岡政権で馘を切られたのは、彼だけだから。恨みは相当強いはずだ」

「確かにそうです」安藤司はうなずいた。「貴重な情報、ありがとうございます……でも、どうしてこの件を猪狩議員に話してくれたんですか？」

「私はね、選挙が終わった後で、民自連県議団の中でこの件を持ち出したんだよ。しかし県議団は、まともに議論しようともしなかった。それでかちんときた、と言ったら信じてくれるかね」

「いえ」

津崎が一瞬ぽかんとした表情を浮かべたが、すぐに笑いを爆発させた。「正直な人だ」と言ってから表情を引き締め、安藤司を睨む。

「安藤君、民自連っていうのは、単純な一枚岩の組織じゃないのよ」猪狩節子が諭すように言った。「右から左まで、結構幅がある。津崎さんは、その中でも最左翼なの」

「昔から、県議団の中でも煙たがられてるんだ」津崎が苦笑した。「そのせいで、本来は議長になるキャリアなのに、そういう声はまったくかからない」

「そうですか……」

「とにかく、この件はおかしいと思った。だから猪狩先生に相談したんだよ」

それで猪狩が北岡に話し、自分に話が下りて来た――これでようやく筋が通った。

「おかしいと思うか？」

「はい」安藤司は正直に認めた。「民自連に対する裏切りになりますよね」

「しかし君も、ある意味公務員の道を踏み外している。特定の政党のために調査をしているんだから」

「私は……それが正義だと思うからやっています」

「右に同じく、だ」津崎がにやりと笑う。「私は民自連と長くつき合ってきた。自分の人生そのものが民自連だったと言っていい。しかし、どこかで醒めた部分もあったんだ」

「それは本当にすごいことだと思います」安藤司は心底感心していた。誰でも自分の立場や行動を正当化する。自己批判・客観視など、簡単にできるものでもあるまい。

「よしなさいよ」津崎が苦笑する。「君みたいに若い人に褒められても、からかわれた感じがする」

「とんでもないです。自分の立場を客観的に見られるのは……私には考えられません」

「まあ、褒め言葉は素直に受け取っておくよ。とにかくこの件で、私は切れた。まだ民自連に籍は置いているが、この先のことは分からない」

「それで猪狩先生に相談された、と」安藤司は確認した。

「何しろ腐れ縁――いや、仲はよくないんだよ？　私は今も、国民議会には反対だ。愛知県議会も、何としても死守するつもりでいる。この件については意見は絶対に合わない。それでも許せないものは許せないんでね。選挙なら多少の違反はするのが普通だと思っている連中が多いんだが、そういう考え方もいい加減改めるべきだ」

「ありがとうございます。この情報は大事にします」安藤司は深々と頭を下げた。

「もしかしたら、私にとっては自殺行為かもしれないけどな」深刻な表情で津崎がうなずいた。

「この件が本当に全国的に広がっていたら、民自連は壊滅的なダメージを受けるかもしれない。そうなったら、この先私はどうなるか……想像しただけで怖いな」

「津崎先生のように正義感の強い方なら、今後の選挙でも支持を得られると思います」

「公務員は、そういうことを言うもんじゃない」津崎がぴしりと言った。

「すみません……」

「とにかく、後は任せた。私はここで息を潜めている」

津崎の事務所を辞して、二人はしばらく無言で歩いた。車に乗りこんでから、安藤司はようやく口を開いた。

「何か裏はないんでしょうか。為にするための情報だとしたら……」

「それはないわ」猪狩節子が断言した。「津崎さんは、そういうかけひきができる人じゃないから。だからこそ、議長になれないのよ」

「微妙な立場なんですね」

「是々非々の人で、寝業ができないのよね。これまでも、知事の不祥事を先頭に立って攻撃したりしていたし……民自連の知事なんだけどね」

「そうなんですか」

「だから有権者には人気があるけど、民自連の県連の中では一匹狼《いっぴきおおかみ》という感じ」

「それなら信用しても大丈夫ですね」

「しっかり頼むわね。首相も――北岡さんも、あなたは信頼できると言っていた」

「過大評価だと思います」

しかしこれは、大きな武器だ。自分に力がなくても、この情報があれば戦える。そして自分たちは、これまで通りに国民議会という新しい体制で仕事ができる。腰を落ち着けて仕事を続けることこそ、公務員にとって最優先事項なのだ。

――宮川政権が発足して、最初の山場を迎えた。憲法改正案の投票。

原案は既に、春先に議会に提出されていた。四年間、練りに練っていた案だし、宮川政権の公約でもあるので、真っ先に提出したのだ。その後、憲法審査会での審議が重ねられ、まず下院での採決に進んだ。

「結果は、期待しない方がいいですね」官房長官の水谷が淡々とした口調で告げた。内閣が答弁する際に使う、カンファレンスルーム。水谷は常に宮川英子の脇に座ることになっており、小声で話していれば、二人のやり取りは他の閣僚に聞かれることはない。

「そういうことは言わないものよ」宮川英子は釘を刺した。

「失礼しました」

今回は非常に重要な憲法改正に関する投票ということで、投票の日時は厳密に決められていた。午後三時から四時までの一時間。ただし投票結果はリアルタイムでは見られない。途中経過を確認できると、おかしな動きが出る可能性があるからだ。ある法案に賛成する人が、賛成票の伸びが鈍い場合、裏で賛成投票を依頼する工作を始める恐れがある。

午後四時。下院議長が投票の終了を宣言する。奇妙な光景で、宮川英子は未だにこれに慣れない。モニター上では、右上の小さな画面に議長と副議長が映っている。画面の真ん中には「賛成」「反対」の文字。オンラインでの投票結果は、直ちにここに反映される。

「それでは、国民議会廃止等に関する憲法改正案の投票結果を公表します」

議長が緊張した声で告げると、すぐに結果が反映された。

賛成二〇一、反対二九〇、棄権九。下院で否決されて憲法改正案は廃案となり、上院では審議されない。

リモート会議室の中に、ああ、という溜息が漏れた。やはりこうなるか……しかし宮川英子の感覚では、今回の憲法改正案はかなりの支持を得た。認めたくはないが、宮川英子自身が想像していたよりもいい結果だったのである。本当はダブルスコア、あるいはもっとひどい数字で否決されるものと思っていたのに。

宮川英子は、閣僚全員に向かって声をかけた。この場での会話はどこへも中継されないので、内輪の話ができる。

「私の力不足で、残念な結果になりました」深々と一礼。「しかし、下院の四〇パーセント以上の人が、国民議会の存在に否定的だと分かったことは大きな収穫です。国民議員自らが、自分の存在意義に疑問を抱いているわけですから……今後、広報宣伝活動をさらに活発化させるとともに、次の改正案提出に向けて準備を進めていきたいと思います」

軽い拍手。こうなることは予想できていたので、ショックを受けている人もいない。むしろ宮川英子と同じで、「善戦だった」と捉えているようだ。

閣僚たちが続々とリモート会議室を出ていく。宮川英子は、最後に残った水谷に「あなたの分析は？」と訊ねる。

「まあ……ほぼ読み通りでした」

「善戦だったでしょう」

「憲法改正に善戦はありません。イチかゼロか、です。ただしこの賛成の数は、今後国民議員の任期が進むに連れて減っていくことが予想されます」

「就任から半年だと、まだ国民議員の仕事がよく分からないし、不安も大きいということね」

「その通りです」水谷が真顔でうなずく。「うちの調査でも『面倒臭い』『負担だ』という声は少なくありません。ただ、この仕事は慣れます。第二期の国民議員も、任期が進むに連れて不満の声が少なくなっていきました――議員調査委員会の調査を信用するとしてですが」

「それで嘘をついても、あまり意味がないでしょう。それで？　今後は広報宣伝活動だけで上手くいくと思う？」

「無理でしょうね」

水谷が冷たく言い放つ。宮川英子は思わず苦笑してしまった。「あなたはいつも、平均の一〇パーセント下を考えてるわね」と指摘すると、水谷が真顔でうなずく。

「悲観主義でいた方が、何かあった時にショックが少ないもので」

「あなたでもショックを受けるの？」

「顔に出ないだけです。心臓が爆発しそうになることもあります」

「そう……広報宣伝活動に効果がないとしたら、どういう作戦を考えてるの？」

「直当たりですね」

「国民議員に？　それは大丈夫なの？」

「政党の政治活動として、自分たちの政策を訴えるために人に会う、説明する――そういうことは禁止されていません。だから、切り崩しをすればいいんです」

「法的に問題ないとしても、倫理的にはどうかしら」宮川英子は首を傾げた。

「正当な政治活動、という理屈で押し通せばいいんです」

「強引ね」宮川英子は苦笑した。

「接触できそうな議員のリストを作っています。民自連に近い議員、新日本党のシンパと言っていい議員、ある程度は分類できるでしょう」

「大多数は支持政党なし、でしょう。千人いれば、日本人の性向をある程度反映できているはずよ」思い出す――旧体制の末期、支持政党を明確にする人は減る一方で、無党派層は拡大する一方だった。選挙への関心がなくなり、投票率は落ち、民主主義の危機と言われた。ただし、民自連としてはありがたい傾向だったが。投票率が落ちれば、確実に投票を期待できる党員が多い政党が有利になる。いわゆる固定票の占める割合が多くなるからだ。

「支持なしの人の方が、洗脳しやすいですね。いずれにせよ、首相の任期はあと三年半あります。じっくりいきましょう。今回、否決されたことで、多くのことが分かりましたから」

「では、任せますよ」

一礼して、水谷がドアへ向かった。ふと思いついて名前を呼ぶ。ドアノブを握ったまま、水谷が振り向いた。

「水谷君、たまには笑ってみたら？」

「どういうことでしょうか」水谷が無表情で訊ねる。

「官房長官は内閣の顔――一日二回は記者会見するんだし、たまには笑顔を見せた方が、記者連中の受けもよくなるでしょう。あなた、テレビ映りは悪くないんだし」

「今、ご機嫌を取らなければならないマスコミの人間はいませんよ。マスコミの影響力は、もう無視していいでしょう」

また極論を……しかしこの過激主義が彼の持ち味だ。相手が拒絶反応を起こすぐらい過激な意見を吐いておいて、直後に少しだけ落とす。そうすると相手は、水谷が一気に譲歩したような印象を抱くのだ。この辺は、富沢大介の薫陶を受けた成果ではないかと思う。

国民議員に対する工作は、水谷に任せよう。彼のことだから何とかやってくれるはず——今回の改憲案提出で、宮川英子は少しだけ自信を強めていた。憲法はもはや、不磨の大典ではない。必要に応じて柔軟に変えられることを、国民議員も理解しているのだ。だからこその、四割の賛成票だろう。

やれる。この四年——三年半をどう使うかで、日本の命運が決まる。

「勝負だ」磯貝保が低い声で告げる。「やれるな?」

「ええ」北岡琢磨がうなずいた。磯貝保の気合いが確実に伝わってくる。引退して何年も経つのに、現役時代の雰囲気がはっきりと蘇ってきたようだった。

この会合には、新日本党の主だったメンバーが集まっている。四年間の首相時代に、全幅の信頼を寄せていた元官房長官の内村晋助も同席している。北岡に代わって党代表に就任した須川《すがわ》も。六十五歳の須川は「つなぎの代表」と言われているが、それでも反転攻勢には欠かせない存在である。

これまでの流れから、この集まりの音頭は北岡琢磨が取ることになった。

「磯貝先生からの情報提供で、これまで民自連の不正行為について調査を進めてきました。その結果、新日本党の党員名簿が持ち出され、前回の首相選に利用されたことが判明しました」

この情報は既に共有されていたのだが、北岡琢磨が正式に認めるのは初めてである。「ふざけるな!」「選挙は無効だ!」と怒りの声が上がる。場が静まるのを待って、北岡琢磨は続けた。

「民自連はこの名簿を利用して、地方の党員の切り崩しにかかりました。多数の党員から、民自連の個別訪問を受けたとの証言を得ています。また、この違法な選挙運動をリードした民自連の地方議員が、違法行為を認めています。やり過ぎだと感じていた議員もいたようで、公の場で証言してもいいと言ってくれている人もいます」

「問題が一つあります」内村晋助が指摘した。「噂としては、離党した三崎大治郎氏が持ち出したという話がありますが、確証はありません。どこに話を持ちこむか、どう戦うか、この肝心なポイントが分からない限り、作戦の立てようがありません」

「噂で十分だ。我々は捜査機関ではないから、立証責任はない」

「どうせなら、地検に持ちこみますか?　おそらく容疑としては、業務妨害等になるかと思います」内村晋助はあくまで冷静だった。「ただし、捜査も難しいでしょう。告発したという情報だけでも民自連に対する悪評は立つでしょうが、三崎大治郎氏に対する致命傷になるとは思えません。中途半端に終わってしまう可能性が高い」

「だから、方法は一つしかない。閣僚リコール制度です」

ほう、という声が漏れた。閣僚リコール制度はまだ一度も使われていない。それだけ閣僚の失敗がなかったということだが、追い落としの決定打になる可能性はある。

「党としてリコールを請求するんですか?」と内村晋助。

「いえ、一般の人から出してもらいましょう。その方がインパクトは強い」

「その方がいいですね」内村晋助がうなずいた。

このやり取りは事前のしこみである。内村晋助に疑問点を提示してもらい、それに答えることで、リコール請求の作戦に話を持っていく狙いだ。

「誰に請求させるか、細かい点は詰めておられるんですか？」

「心当たりがあります。前議員の中に弁護士がいますから、この人を代表にして請求してもらう——前議員ということで、インパクトもあると思いますよ」

「それで結構かと」内村晋助が重々しい表情でうなずく。

「皆さんのご賛同が得られれば、すぐに動きたいと思います。選挙に負けた責任がありますので、私は全てを懸けてこのリコール請求を完遂する所存です。その先は——」須川に視線を向けてうなずきかける。「リコールを機に、今度は国民議会での戦いになります。内閣不信任案を提出、可決に持っていって、現在の民自連内閣には総辞職していただく。その後は須川代表の出番です」

須川が重々しい表情でうなずく。とうに覚悟は決まっているのだ。

「では、代表、この件は進めてよろしいですね？」

「結構です」

須川の一言が締めの言葉になった。下野した政党の代表とはいえ、言葉は重い。

宮川英子は、今回の憲法改正案の投票結果について自信を深めているはずだ。これから何度も提案して、あくまで憲法改正、国会の復活を目指すだろう。

それはさせない。

時代を逆戻りさせることは、絶対に許されないのだ。

「――分かりました。では、一度そちらにお伺いして詳細を詰めたいと思います。ええ――そうです。民主主義を守るためです」

　電話を切った畑山が、田村さくらにうなずきかける。本当にリコール請求をやるのか、と緊張が高まってくる。

「首相――前首相から正式にリコール請求の話がきました」

「私たちがやるんですよね？」田村さくらは確認した。少しだけ声が震えているのを意識する。

「前議員として、です。その方が世間に与えるインパクトも強いでしょう。あなたも手伝ってくれますか？　もちろん、強制的な話ではない。あなたに、本当の民主主義を守る気持ちがあって、国民議会を存続させたいと願うなら、協力して欲しい」

「私は……」田村さくらはすぐには返事ができなかった。

　国民議員としての活動は充実していたと思う。学生をやりながらで大変だったが、社会の仕組みを学べたし、あれがきっかけになって法の世界へ進む気持ちも固まった。ある意味、制度に対する「恩義」のようなものも感じているのだ。

「無理はしなくていいですよ。これはあくまで個人の考えで、誰かに強制されてやるものではない。私は、あなたは信頼できると思っているから誘っているわけです」

「ありがとうございます」田村さくらはさっと頭を下げた。

「少し考えてみますか？　私は明後日、北岡さんと直接会って詳細を詰めます。リコール請求に参加する気があれば、あなたも一緒に来て下さい」

「それまでは考えさせてもらえますか?」

「躊躇う理由は何ですか?」畑山が穏やかな口調で訊ねる。「時間がないからですか? 確かに法科大学院での勉強にプラスして、この事務所での仕事もある。時間の使い方が難しくなるのは分かりますよ」

「時間は何とか……議員活動とも両立できていましたから」

「では、考え方の違いですか?」

「自分でもよく分からないんです。気持ちが整理できません」

「今後の日本の行き先を決める、大事なことですからね」畑山がうなずいた。「よく考えて下さい。時間はさほどありませんが」

自分が何に迷っているのか、やはり分からないままだった。


北岡琢磨のイケメンぶりは、首相を辞めても変わらなかった。立場が人を変える——とよく言うが、責任ある立場にいれば、緊張で表情は引き締まるだろう。逆に、辞めれば一気に気が抜けそうなものだが、北岡琢磨は首相在任時と同じ、芯が強いイケメンという感じである。

「ご足労いただいて、ありがとうございます」

北岡琢磨が丁寧に頭を下げる。田村さくらも慌てて一礼した。新日本党本部の会議室。同席しているのは、前官房長官の内村晋助、それに新制度を作る立役者だった磯貝保。磯貝は八十歳に近くなり、すっかり髪が白くなっていたが、それでもまだ政治家独特の生気を発していた。

「今回は、三崎総務相リコールの件に関してご賛同いただき、感謝します。民自連が、古い体制に引き戻すのを阻止するための手段として、このリコール制度を有効に活用していきたいと思います。手順は、内村の方から説明させていただきます」

　内村晋助が、二人にペーパーを渡した。それほど面倒な手順ではない。然るべき資料を集めて、内閣に提出。内閣は請求が要件を満たしていれば、国民議会で懲罰委員会を開き、最終的に本会議で閣僚に対するリコール採決を行う。賛成が過半数に達すれば、リコール成立。閣僚は辞職することになる。

「リコール成立に向けて、壁は高いと思います」内村晋助が厳しく指摘する。「まず、閣僚に対するリコール制度は、まだ一度も発動されていません。内閣は様々な理由をつけて、入口で却下してしまう恐れも否定できません。我々としては十分な材料を集めているつもりですが、さらに世論を味方につけて、審議を行う方向へ持っていきます」

「では、これから資料をお渡しします」

　北岡が言うと、内村晋助が分厚いファイルを二人に渡した。

「全部説明するには相当時間がかかりますので、後から資料を確認していただきたい。今は、概要だけご説明します」

　内村晋助の説明を聞いて、田村さくらは呆れてきた。これは明らかに犯罪行為ではないか？企業で言えば産業スパイのようなものだ。政党の業務を妨害したわけで、業務妨害などに当たる可能性がある。地検に告発して捜査、という手もあるだろうが、新日本党は公の場で犯罪を説明し、一気に辞めさせる作戦に出たのだ。この件は後で、じっくり資料を読みこもう。

「今回、畑山先生にリコール請求の代表になっていただきたいのですが、あくまで集団で、と考えています。原告団のようなものです」

「私の方で、声をかけています」畑山が答える。

「百人規模を考えています」内村晋助が言った。「こういう場合、人数は多ければ多いほどいい。畑山先生の方では、賛同者をどれぐらい集められそうですか？」

「私の方では二十――これからさらに頑張って二十五人というところでしょうね」

「では、新日本党としても請求のメンバーを集めます。できれば、民自連の議員を入れたいと考えています」

「そんなことができるんですか？」畑山が目を見開く。

「そもそもこの情報が、民自連の議員から出たものです」北岡琢磨が説明した。「民自連の中にも、あまりにもひどいやり方だと義憤に駆られた人がいるんですよ」

「一つ、いいですか」どうしても気になって、田村さくらは思い切って訊ねた。「三崎大臣が情報を流出させたことは、証明できるんですか？　それが分からなければ、入口で話が止まってしまいます」

「それは心配しないで下さい」内村晋助が硬い表情で言った。「我々も、曖昧な形で戦いたくはない。既に手は打ちました。自ら血を流すことにもなりますが、それぐらいの痛みに耐えないと、この戦いには勝てません」

「これは、フラット化に関する戦いでもある」磯貝保が口を開いた。「旧体制では、議員や閣僚を辞めさせる方法は限られていた。選挙で落とすしかない――しかし選挙では、地元の人は駄目な議員を許してしまう。中央と地元でまったく態度が違う議員も珍しくないからな。そのせいで質の悪い議員が守られ、国会のレベルも低下してしまった。我々は、レベルの低い国会は必要ないと判断し、代わりに国民議会の設立を目指した。だからこそ、国民議員を経験されたお二人に、リコール請求の主役になっていただきたい。これは、今後も直接民主制が続くかどうかの試金石になります」

　磯貝の口調は、年齢を一切感じさせない力強いものだった。

「田村さん」

　磯貝が急に話を振ったので、田村さくらは背筋を伸ばした。

「あなたは、どうして今回、参加してくれたのかな」

「――自分でもまだ分かりません。やらなくてはならないと思ったのですが、その理由が自分でも説明できないんです」

「感覚的なものかな」

「そうかもしれません」

「しかし感覚的なものでも、必ず理屈として説明できる。それを突き詰めて下さい。私は、懲罰委員会での説明はあなたがやるのがいいと思う」

「私が、ですか?」緊張の大波が襲う。そんな大役が果たせるとは思えない。「でも、私は……」

「我々は、そろそろ引っこむべきなのでね」磯貝保の表情が急に和らいだ。「年寄りがいつまでも権力にしがみついて、世の中をコントロールしようとするのは間違っている。あなたのように若い人が積極的に前に出ることで、新しい時代が来たことを証明できる。我々はそれを見て、あれやこれやと文句を言えばいい――老後の楽しみですよ。若い人が動かす世の中にして欲しい」

素晴らしい理想論だ――でも、いきなりそんな大きな責任を押しつけられても。自分がきちんと説明できるとは思えない。
しかしこの場にいる自分以外の全員が、それが当然だと思っているようだった。

本当に懲罰委員会で話すことになるなんて。

臨時に開催された懲罰委員会は、このためだけに集められた国民議員が参加して行われる。まず田村さくらがリコール請求の内容を説明し、その後で議員による質疑応答が行われる。さらに、リコール対象となっている三崎大治郎に対する質疑が予定されている。リコールの可否を決める懲罰委員会の採決は、明日だ。実際にリコールの採決を行う下院の本会議は、さらにその翌日に行われる。

懲罰委員会の一方の主役である田村さくらたち請求者は、旧国会議事堂内の委員会室に集まった。請求したメンバーの多くがここまで来てくれたが、説明は田村さくらが一人で行わねばならないので、心臓は爆発しそうなほど高鳴っている。しかも今回は全員がオンラインではなく、リコール対象である三崎大治郎と請求側は出席しての対面での委員会だ。被告を追い詰める検事のような気分――でいこうとしたのだが、それで落ち着くものではない。三崎大治郎は弁護士を伴って出席しており、自分に対するリコールが成立するわけがないとでも言いたげに、不敵な笑みを浮かべていた。

緊張の理由は、この懲罰委員会が一般公開されていることだ。もちろん、国民議会の各委員会や本会議も全て一般公開されているのだが、そこで質問や発言を行う機会は限られていたから、さほど緊張することもなかった。議員決議を提出して誹謗中傷を浴び、嫌な思いをしたのももう昔の話である。しかし今は、請求理由を一人でしっかり説明しなければならない。

時間が迫る――ドアがひっきりなしに開いて人が出入りし、その都度集中力を削《そ》がれてしまうが、仕方がない。ふと気になってドアの方に目をやると、懐かしい顔が見えた。

議員調査委員会の安藤司。ネットでの誹謗中傷から、自分を救い出してくれた人である。本当に感謝して何度も頭を下げたのだが、安藤司は「これが仕事ですから」と涼しい表情だった。その彼がどうしてここに？　調査委員会も議会事務局の一部だから、おかしくないかもしれないが……安藤司は真っ直ぐ田村さくらのところへ近づいて来た。

「念のため、今日の進行予定です」

一枚のペーパーを渡す。説明、質疑応答などの時間が細かく書いてある。しかしこれは、事前にもらっていた――どうしてわざわざと訝ったが、安藤司は平然としていた。そして「頑張って下さい」とささやくように声をかける。

「それは――」調査委員会の人間は、この件に関しては第三者的立場であるはずだ。

安藤司がすっと身を寄せ、小声で告げる。

「この件、ベースの調査をやったのは私です」

「それも調査委員会の仕事なんですか？」

「いえ――個人的に北岡首相に賛同したんです」

「公務員がそんなことをして大丈夫なんですか？」思わずこちらも声を低くしてしまう。

「公務員にも、政治的信条に従って動く権利はあります。今はそういう時代です」

そんなものだろうか……今それを考え始めると、また頭が混乱する。

「すみません、今そんなことを言われても困りますよね」安藤司が苦笑いした。

「一杯一杯です」田村さくらは掌で自分の顔を扇《あお》いだ。

「申し訳ないと思ったんですが、どうしても言っておきたくて。応援していますから、頑張って下さい」

「――ありがとうございます」田村さくらは肩を上下させた。今のやり取りで少しだけ緊張が抜ける――こんなところに味方が現れるとは。

時間が来た。午後一時から四時間の長丁場。とにかく集中して乗り切らないと。いや「乗り切る」のは三崎総務相の方か。こちらはあくまで攻める立場である。

懲罰委員会の委員長――やはり国民議員だ――がリモートで開会を宣言する。田村さくらの名前を呼び、請求の内容を説明するように求めた。

田村さくらは演台の前に立ち、目の前のカメラに向かって一礼した。三崎大治郎はカメラの向こう、田村さくらの正面に座っている。向こうは二人、こちらは二十人。数では圧倒されているのに、まったく気にしていない様子だった。

「今回リコール請求を行いました、田村さくらです。請求者百人を代表して、内容を説明させていただきます」話し出すと、案外落ち着いていたので自分でも驚く。

田村さくらは予め用意しておいた資料を読み上げる形で、請求理由の説明を始めた。三崎総務相が、新日本党を離党する際に党員名簿を持ち出し、それを民自連に持ちこんだ。民自連は首相選でこの名簿を利用し、全国の新日本党員に対する工作を展開した。実際にこの工作がどこまで功を奏したかは分からないが、明らかに新日本党の業務に関する妨害行為であり、政治家としての倫理観にもとる――これらの理由で、三崎総務相に閣僚辞職を求める。

意識してゆっくり話したつもりだが、最後の方はやはり焦って早口になってしまった。時間はあるのだから、急ぐ必要はなかったのに……実は、三崎大治郎の圧力――目力を強く感じていたのだ。政治家はやはり恐ろしい。睨みつけてくるわけでもないのに、心の底まで見透かされた感じがした。

「以上で、請求理由の説明を終わります」一礼して、田村さくらは自席に戻った。横に座る畑山が、「上出来でしたよ」と嬉しそうに声をかけてくる。

しかし説明が上出来だからと言って、話が簡単に進むわけではない。すぐに三崎が反論を始めた。

先ほど田村さくらが立った演台と反対側にある演台の前に陣取り、座った田村さくらを一睨みしてから低い声で話し始める。

「そもそもの話ですが、私は名簿の流出には関わっておりません。また、首相選が行われた時には、私は特定の政党に属しておりませんでした。新日本党の名簿が流出した経緯、そしてそれが使われたかに関しては、一切知りません。今回のリコール内容については、全面的に否認します。単なる言いがかりです」

最後の一言は余計だと思うが、三崎大治郎は完全に否定して全面的に戦うつもりのようだ。まるで裁判――田村さくらとしては、これから証拠を積み上げて三崎大治郎を追いこまねばならない。

田村さくらは発言を求めた。委員長の許可を得て、再び演台につく。ゆっくり深呼吸してから、新たな証拠を提示した。

「今回、名簿の流出に関して、三崎総務相が関与していたという証言を得ました。その証言をここで紹介します」

手元のタブレット端末に視線を落としてから、三崎大治郎の顔を見遣《や》る。三崎大治郎は相変わらず平然としていて、田村さくらの目を真っ直ぐ見返してきた。やれるものならやってみろ、とでも言いたげに……田村さくらは顔を上げた。証言の内容はタブレットで示しているが、何度も読み返して覚えてしまっていた。

「証言したのは、以前新日本党の職員で、三崎氏が北岡政権で総務大臣を務められていた時の秘書官、石川宗徳《いしかわむねのり》氏です」

この件を紹介すると考えただけでも胸が痛む。内村晋助は「それぐらいの痛みに耐えないと、この戦いには勝てません」と言っていたが、その痛みは、田村さくらが想像していたよりもはるかに強いものだった。

「証言はビデオで撮影してあります。本人の許可を得ていますので、これから再生して観ていただきたいと思います。許可をいただけますか」

すぐにOKが出た。田村さくらは振り返って、合図をする。畑山がうなずき返して、手元のパソコンを操作した。部屋の隅にある大型モニターで映像が再生され始める……田村さくらは何度も観ていて、観るだけで辛いのは分かっているのだが、それでも覚悟を決めてモニターに視線を据えた。

石川宗徳はきちんとネクタイを締め、スーツ姿でカメラの前に座っていた。カメラと手元に視線を往復させながら、何度かうなずき、ようやく意を決したように話し出す。

「新日本党職員の石川宗徳です。三十八歳です。北岡政権下で総務大臣を務めた三崎大治郎氏の秘書官をしていました。今回、新日本党の名簿流出事件についてご説明したいと思います」そこでもう一度手元に視線を落とす。「三崎氏から、党員名簿を渡すように依頼があったのは、今年一月十日でした。私は拒否しましたが、その後も三崎氏からは五回にわたって同じ要請があり、私はそれに負けて、全党員の名簿をデジタルデータで三崎氏に渡しました。私は当時、党の総務局に勤めていて、党員名簿の情報などにアクセスできる立場にありました。当然断るべきだったのですが、三崎氏の強圧的な態度に負けて、名簿を渡してしまいました。しかし、金銭などのやり取りは一切ありません。その頃三崎氏は新日本党を離党して、特定の政党には所属していませんでしたが、名簿を民自連に渡すのではないかと私は想像していました。それ以来私はずっと不安を抱えていて、現在は精神科に通院しています。脅しに負けて名簿を渡してしまったことに関しては、大変後悔しています。党、並びに有権者の皆さんにご迷惑をおかけしたことに関して、心よりお詫び申し上げます」

身を切る作戦とはこれだったのだ。三崎大治郎が直接党員情報にアクセスして持ち出したとは思えず、誰か協力者がいたと推測された。手当たり次第に事情聴取が行われたが、その中で、選挙後に精神科に通院を始めたという石川の存在がクローズアップされた。慎重に事情聴取が行われ、何回目かで本人が「自分がやった」と白状したのである。その後に行われたのが、このビデオ撮影だった。

「新日本党の機密保持に問題があったのは間違いありませんが、三崎氏の強引な依頼があったことが最大の問題です。この証言で、三崎氏が名簿の持ち出しの主犯格であったことは証明できると思います」石川の覚悟に応えるべく、田村さくらは強い口調で指摘した。

三崎大治郎が発言を求める。やや顔は引き攣っているが、それでもまだ落ち着いている。

「石川氏が私の秘書官をしていたことは間違いありませんが、この証言については、裏が取れるものなんですか？　適当な発言で、私を貶めようとする意図があるのではないですか？　きちんとした証拠があるなら、ここで示していただきたい」

この反論は予想できていたので、田村さくらは自信を持って再反論した。

「今年一月二十五日午後一時三十五分、石川氏が党のサーバにアクセスし、党員名簿をコピーしていったログが残っています」

「それでも、私が石川氏にそういうことを依頼したという証拠にはならない」

「確かにありません」田村さくらは認めた。「この証言が録画された三日後、石川氏は首吊り自殺を図り、現在も意識不明の状態が続いていることをお伝えしておきます。石川氏は覚悟を決めて証言したんです。その証言の信憑《しんぴょう》性を疑う理由はありません」

裁判だったら――自分が検察官だったら不合格の攻めだ。事実関係を詰めるのではなく、情に訴える。それでは裁判官の心は動かせないだろう。

「この証言の重要性を考えていただき、三崎大治郎氏には党員名簿の持ち出しを認めていただきたいと思います」

三崎大治郎がまたも反論した。証拠がない、証言だけでは弱いという一点張りだったが、果たしてこの反論にどんな効果があるだろう。懲罰委員会といっても、実際に聞いている人の反応が見えないが故に、田村さくらは不安でならなかった。自分だけ空回りしていないだろうか。

その後、懲罰委員会の参加者からの質問の時間になった。やはり石川証言の真偽を問うものがほとんどで、田村さくらとしては「間違いありません」と答え続けるしかなかった。

しかし最後の最後で、まるで田村さくらを応援するような予定外の意見が出た。懲罰委員会にオンラインで参加していた東京選出の議員、遠野由佳里《とおのゆかり》が、突然発言を求めたのだ。

「質問ではなく、私が今調べたことをここで申し上げますが、委員長、よろしいでしょうか」

「構いません。許可します」意外な展開だったが、懲罰委員会の進め方に決まりがあるわけではないせいか、委員長はあっさり認めた。

「先ほどの石川氏の件ですが、石川氏が自殺を試みて意識不明状態であることは確認しました」

田村さくらは息を呑んだ。どういうことだ？　確認したって、誰に？

「申し遅れましたが、私は病院に勤務する事務員です。石川氏の名前を聞いた時に、すぐに分かりました。患者様のプライベートは最優先で守らなくてはなりませんが、この情報は放置しておくわけにはいかず、患者様のご家族に確認を取らせていただきました。ご家族もちょうどこの懲罰委員会を見ていて、私がこの件について話すのを許可してくれました。さらに、新しい情報を教えてくれました。それをここでお話ししたいと思います」

「ちょっと待て！」三崎大治郎が大声を上げて立ち上がった。「これは茶番だ！　そんなに急に家族と連絡が取れるわけがない。演出だろう！」

「お静かに願います。不規則発言はご遠慮下さい」

委員長は冷静だった。その顔に嫌悪感が浮かんでいるのを、田村さくらははっきり見た。委員長が静かな声で先を促す。

「遠野議員、続けて下さい」

「ありがとうございます」画面の中の遠野由佳里はひどく緊張していた。かすかに震える手元に視線を落としながら話を続ける。「ご家族の話では、石川さんは選挙の前からひどく悩んでいたのに、その理由を家族にも話そうとしませんでした。しかし民自連が選挙に勝って、三崎氏が総務大臣に就任したのを見て、家族にはデータの流出にかかわったことを認めました。しかし全部話したわけではなく、自分に万が一のことがあったら、あるものを見て欲しいと言い残していたそうです。その『万が一』が起きてしまい、言われた通りにご家族が確認したところ、三崎氏とのやりとりを録音した音声データを、クラウド上に見つけたそうです」

「馬鹿な！」三崎大治郎が立ち上がる。目を大きく見開き、顔は真っ赤になっている。「そんなものがあるわけがない！」

「三崎大臣、不規則発言は謹んで下さい。これ以上続けると、退出してもらうことになります」

委員長が釘を刺すと、三崎大治郎が何かつぶやいてうつむき、ゆっくりと腰を下ろした。モニターの中の遠野由佳里は緊張しきっているが、それでも次のステップに進んだ。

「リコールの請求者ではない、単なる懲罰委員会のメンバーとしては差し出がましい提案ですが、ご家族から音声データを預かっています。よろしければ、それを送りますので、証拠として使っていただければと思いますが、いかがでしょうか」

委員長が副委員長と相談を始めた。閣僚のリコールにかかわる懲罰委員会は初めて開催されるので、ルールも細部まで明確に決まっているわけではない。国民議会の委員会や本会議でも、当事者ではない人間から証拠を提出――ということはないはずだ。それを始めたら、運営が混乱して結論に至らなくなる。しかし委員長は、懲罰委員会メンバーからの新しい証拠を採用することを許可した。

三崎大治郎が立ち上がって抗議を始めたが、委員長は取り合わない。新しい証拠のデータを確認するまで、暫時休憩を告げた。再開は十分後。

田村さくらは後ろの席に戻り、畑山と話をした。

「今の件、ご存じなかったんですか」

「まったく初耳ですよ」畑山も心底驚いている様子だった。

「信用できると思いますか？」

「厳密には、音声鑑定も必要でしょう。でもそれは、委員長が決めればいい。今は内容を聞くのが先です」

「でも、このデータがあることを、どうして石川さんは教えてくれなかったんでしょう」

「それは分からない……石川さんにすれば、最後の切り札だったのかもしれません。本当にぎりぎりの場面で使いたかったんだと思います。しかし彼は追いこまれて自殺を図った。家族にこのことを伝えておいてくれたのは、不幸中の幸《さいわい》だったと言えるかもしれませんね」

三崎大治郎は露骨に苛立った様子で、弁護士と話しこんでいた。さらにスマートフォンを取り出してどこかと電話を始める。党本部と相談しているのかもしれない。休憩の十分が終わる頃になっても、まだ話し終わらない様子……委員長が再開を宣言して、ようやく電話を切った。顔面は蒼白になり、額には汗が滲んでいる。

安藤司が入って来て、ペーパーを委員長に渡す。委員長がうなずき、「異例ですが、ここで音声データを再生します。これは懲罰委員会の証拠として採用しますので、注意して聞くようにして下さい」と宣した。

二人のやり取りを記録した音声データが再生される。


『何度も同じことを言わせるな』

『その件はお断りしました。はっきり断りました』

『君に断る選択肢はない。私が命じたら、その通りにすればいいんだ』

『これは明らかに法律に違反しています。こんなことに手を貸すわけにはいきません』

『だったらどうする？　君には選択肢はないぞ。君はただの党職員だ。私の一存で、君の処分を決めることもできる。君には家族もいるだろう。家族のために、ここは黙って私の言うことを聞いておけ』


聞くに耐えないとはこのことだ。田村さくらは気分が悪くなってきた。明らかな脅迫であり、三崎大治郎はこれで訴追されてもおかしくない。

音声データの再生が終わると、三崎大治郎の体からはすっかり力が抜けていた。一気に歳を取ってしまったようで、反論する気力も失ってしまったように見える。

「本日はここで終わりになります。明日、懲罰委員会での採決を行いますので、委員の皆さん、時間に遅れないように参加をお願いします」

委員長が宣言する。三崎大治郎は弁護士に支えられるようにして、何とか部屋を出て行った。

「勝ちましたね」畑山が穏やかな笑みを浮かべて言った。

「それはまだ、分かりませんよ」田村さくらは慎重だった。「明日の採決がどう転ぶかは、読めません」

「悲観的にならないようにしましょう。私たちは、やるべきことはやった」

「はい……でも、達成感がないのはどうしてでしょう？　やっぱり採決が終わってリコールが成立しないと、中途半端な感じなのかもしれません」

「いずれにせよ、あなたはよくやりました。検事、あるいは弁護士として、裁判で戦えますよ」

「いえ、甘かったと思います。反省点ばかりです」

「物おじしなかっただけでも、大したものです。私は最初の裁判で弁護に立った時に、足が震えましたよ。声も全然出なかった」

「これは裁判じゃありませんけど……明日、採決前に喋れますよね？　最終弁論みたいな形で」

「その予定ですね」

「私に喋らせてもらってもいいですか？」

「もちろん」畑山が笑みを浮かべる。「これはあなたの懲罰委員会になりました。あなたが最後までしっかりやるべきです」

翌日の採決前に、昨日と同じ部屋にリコール請求者が集まった。ここで懲罰委員会の採決結果を見守ることになっている。三崎大治郎はいない——訴えられている方は、ここへ来る義務はないし、来る気もないだろう。

田村さくらは、採決前の最後の説明に入った。三崎大治郎にかけられた容疑、そして昨日新たに入ってきた情報をコンパクトにまとめて説明し、リコールへの賛成投票を訴える。そこまでで時間ぴったり——しかし田村さくらは、制止されるのを覚悟で続けた。

「時間ですが、もう少し話させて下さい。私は第二期国民議員として活動したことをきっかけに、民主主義の意味について考えました。民主主義にも長い歴史があります。古代アテナイの直接民主制がその原点だと言われていますが、人口の増加に従って、直接民主制は現実味を帯びないものになっていきました。近代の民主主義は、あくまで議会制民主主義であり、選挙で自分たちの意思を国政に反映させるのが狙いだと理解しています。しかしネットワーク技術の発達により、全国民がフラットにつながった現在、誰もが直接政治に参加できる環境が揃いました——それは新日本党の党是ですが、私は国民議員として活動して、直接民主制に全面的に賛成するようになりました。

議会制民主主義はしばしば、腐敗した政党政治につながってしまいます。有権者は自分たちの考えが政治に反映されないことに絶望し、選挙に足を運ばなくなる。その結果、特定の政党の支持者だけが投票に行くことになり、政権交代が難しくなって政権は固定され、国民の生活レベルは低下して日本の国力は衰えました。

それに対して直接民主制は、国民全員が責任を持って政治に参加するシステムです。もちろんマイナス面はあります。議員としての活動は煩雑で、通常の生活に影響が出ますし、誹謗中傷を受けることもあります。実際私も、誹謗中傷に悩みました。それでも、プラス面の方がはるかに大きいと思います。審議が停滞することもありましたが、それも旧体制の時と同じです。一方で私たちは、旧体制では実感できなかった、政治への――もっと大きく言えば日本への責任感を抱くようになりました。国民議会は民主主義の学校です。私たちはここで多くのことを学んでいます。日本に本物の民主主義が根づくまでの準備――そしていずれはこれが、世界のスタンダードになるかもしれません。日本が、世界の政治システムをリードする存在になる可能性もあります。

三崎大臣の行為は、直接民主制のみならず、民主主義の根幹を否定するものであり、絶対に許されません。是非、リコールへの賛成投票をお願いします」

言い過ぎた――しばらくマイクに向かって頭を下げたままにしていた。何もこんな、民主主義擁護の演説などしなくてもよかったのだ。リコールとは直接関係ない話になってしまった。

畑山が珍しく厳しい表情を浮かべている。

「すみません」田村さくらはすぐに謝った。「今の話は関係ありませんでした」

「影響はないと思いますが……」

「どうしても、こういう機会に言っておきたかったんです。民主主義について考える機会をもらったことを、感謝したかったんです」

「まあ、分かりますよ。私も同じ気持ちですから」ようやく畑山の表情が緩む。

「これで失敗したら――私の責任ですね」

「全員の責任ですよ。それが直接民主制というものじゃないですか？　いや、それはちょっと筋が違いますかね」

後は採決待ち――しかし急に慌ただしい雰囲気になった。委員長にメモが差し入れられ、それを見た委員長が驚いて立ち上がりかける。副委員長と相談し始めたものの、話がまとまらない。

一体何が……早く説明して欲しいと思ったが、こちらから急かすわけにもいかない。

たっぷり十分ほどが経ち、採決時間が迫った。委員長がようやくマイクに向かい、今のトラブルの原因を説明する。

「ただいま、内閣官房長官から、三崎総務相が大臣を辞任するという連絡が入ってきました。リコールの採決を待たずに大臣を辞任するということで、採決をする意味がなくなってしまったのですが……この件について、事務局と相談しますので、暫時休会とします」

何、それ……呆れて、田村さくらは全身から力が抜けてしまった。畑山が、低い声で笑い始める。

「敵前逃亡ですね」

「何か……これでいいんですかね」

「目的は果たしましたよ。一般市民が大臣を辞めさせることができる――リコール制度は立派に機能したと言っていいでしょう」

本当に？　まさに敵前逃亡という感じだが、リコールを受けて辞めさせられるよりは三崎大治郎のダメージは少ないのではないだろうか。「辞めさせられた」と「辞めた」では、天と地ほどの差があるのだ。

これが、私が信頼している直接民主主義を守るきっかけになるのだろうか。

三年後――北岡琢磨は首相官邸で、また宮川英子と面会した。会うのは四年振り。前回の引き継ぎ以来である。結局、内閣不信任案は否決され、選挙での対決――今回、北岡琢磨は大勝した。

　本当なら相手を見下し、自分の勝利を祝ってもいい場面だ。しかし何故か、そんな気になれない。宮川英子は、四年間苦闘続きだったのだ。政権の座にあることは苦痛でしかなかったはずで、それを思うとこちらも厳しい気持ちになってしまう。

　四年前とまったく同じ、引き継ぎの頭撮りが終わると、宮川英子は人払いをした。ソファにゆったり腰かけると、かすかな笑みを浮かべる。

「何だか、四年前にタイムスリップしたみたいね。同じ場面の繰り返しじゃない」

「私は、四年前とは服が違いますよ」北岡琢磨はスーツの襟を撫でた。「今年あつらえたばかりです」

「お洒落なことで、結構ね」

　まだ皮肉を飛ばす余裕があるわけか、と北岡琢磨は思った。黙ってうなずき、先を促す。

「あなた、このまま直接民主制を進めるつもり？　地方議会は解散？」

「ええ。それを党の目標としてやってきましたから」

「私たち、どうして失敗したと思う？」

「それは――」答えは用意してあった。しかしこれを宮川英子に告げるべきかどうかは迷う。あまりにも単純な答えだし、検証しようがないので、歴戦の政治家たる叔母には通用しないのではないだろうか。

「あまり変化がなかったからじゃないですか？」

「国会が消えたのよ？　大きな変化じゃない」

「元々、熱心な政党支持者や政治に興味がある人を除いては、日本人はあまり政治に興味がなかったんだと思います。国民議会で、多少は近い存在になったかもしれませんが、それでもまだ他人事のように考えている人がほとんどでしょう」

「国民議員に選ばれる確率は十万分の一だから」

「そうなんです。ほとんど、宝くじに当たるようなものですよ。そしてそれ以外に、国民の暮しは何か変わったでしょうか。経済は普通に回り、普通の人が普通に生活している。そうするうに、民自連内閣も努力してきたのを、私は知っています。そして身近なところで大きな変化がなければ、わざわざ元に戻す必要はないと考えるのが普通でしょう。また金がかかるし」

民自連政権は、都合三回、国会を復活させる憲法改正案を提出したが、全て否決された。最も賛成が多かったのは初回で、回を重ねるごとに反対票が多くなった——新日本党で予想していた通りの結果である。国民議員も、就任当初は戸惑いや「面倒臭い」という気持ちが強いはずで、国会再設立のための憲法改正案を持ち出されたら賛成する人もそれなりにいるはずである。しかし慣れてしまえば、国民議会でも特に問題ないという印象に変わっていく。おそらく、国民議員のこういう意識は、今後人が代わっても同じだろう。そして日本国民は、実地研修のような形で「民主主義」を学んでいく。

「今回は完敗ね。私たちの戦略が甘かった」

「民主前進党が重荷になったんじゃないですか？　黒井さんの不祥事で、イメージも悪くなりました」黒井はこの政権で特命国務大臣に任命されたものの、政治献金の問題で何度となく槍玉《やりだま》に上げられ、閣僚、そして民主前進党の代表を辞任していた。その結果、民自連の解党や看板掛け替え、民主前進党の合流話も立ち消えになってしまった。

「黒井さん？　あれはどうしようもない人ね」宮川英子が肩をすくめる。「利用した後、切るタイミングを間違えたわ」

「――とにかく、この流れは止めさせません」北岡琢磨は宣言した。

「あなた、最終的には何を目指しているの？　直接民主制の行き着く先は？」

「全ての法案投票に、国民全員が参加する――それも不可能ではないでしょう」

「現実的ではないわ」宮川英子が首を横に振った。「そんなことをしたら、まとまるものもまとまらなくなる。国民議会についても今――上院下院とも五百人ぐらいが限界じゃないかしら」

「そうかもしれません。でも、それに固執する必要はないと思います。状況に応じて、どんどん変えていけばいいんじゃないでしょうか」

「あなたは――まだ若いわね」宮川英子がふっと笑った。「そういう風に柔軟に考えられるのは若い証拠よ。実際にやれるかどうかは分からないけどね」

「間違ったら謝って、すぐに変更しますよ。それができるかできないかが、新日本党と民自連の違いだと思います」

「選挙結果を見れば、そういうことになるかもしれないわね。でも、民自連はまだ、地方議会では圧倒的多数派なのよ？　地方議会の廃止は、そんなに簡単にはいかないわ」

「まだ戦うつもりですか？　地方議員は成り手がなくて選挙が成立しないこともあるんですよ」

「あなたたちは、政党も壊そうとしている。でも、考えが同じ同士が集まって、特定の政策を推進するために政党で活動するのは、全く間違っていない。それも民主主義の一つの形だから」

「政党にも、首相候補を出すための意味はあります。国のリーダーに関しては、大きく変えるアイディアは、私にもありません。首相ではなく大統領にする手はありますが、実態は変わらないし、無理に変える意味もないでしょう」北岡琢磨はうなずいた。

「とにかく、民自連はこれからも、国会の再設置を目指して動いていくわ。当然、次の首相の座も党として取りに行く。ある意味、二大政党制が定着するチャンスになるかもしれない」

「それは望むところです」

「あなたも色々大変ね」宮川英子が少しだけ表情を緩める。「由貴さん、とうとうノーベル賞を取っちゃったじゃない」

「ええ」由貴は去年、アメリカの大学での共同研究で、ノーベル生理学・医学賞を受賞していた。大学での終身在職権も得て、安定した研究生活を送れる見こみがついている。

「まだ別居生活を続けるつもり?」

「お互いにまだ、やることがありますから」北岡琢磨にとっては、誇れることでもあるのだ。それに、離れていても気持ちはしっかりつながっているという自信がある。

「そう……一つ、聞いていい?」

「ええ」

「あなたにとって民主主義って何?」

「権利のある人全員が参加できる政治ですけど——もう一つ言えば、まったく考えが違うあなたのような人とも、冷静に議論ができることです……お疲れ様でした」

それを機に、宮川英子が立ち上がる。引き際は心得ている人——なのだろうか。政界を自在に泳いで渡ってきた人にとって、引き際とは何なのだろう。今回の首相選の敗北も、一時撤退ぐらいに考えているのかもしれない。旧体制の時から、引退しない年寄り政治家は「老害」と揶揄されていたが、政治家は実際、歳を取っても元気なのだ。そういう人間だからこそ、長く権力にしがみつく気になるのかもしれないが。

北岡琢磨もソファから離れた。一応、ドアのところまで見送るのが礼儀だろう。

「それじゃあ——」宮川英子が立ち止まって振り返り、軽く一礼した。

「叔母さん」

数十年ぶりの呼びかけに、宮川英子が目を見開いた。

「何、いきなり」

「叔母さんはこれからどうするんですか？」

「私はもう、いいかな」宮川英子が微笑んだ。「六十八歳よ？　いい加減にしろって言われる年齢だわ」

「でもまだ、お元気じゃないですか」

「意識の問題。若い世代にも平等にチャンスを与えるのが、私なりの民主主義よ。昔の人だったら、老兵は去るのみ、なんて言うかもしれないけど……しっかりやりなさいよ。私はいつでも監視してるから」

北岡琢磨は深々と頭を下げた。一つの時代が終わる。そしてこれからも変わっていく。自分はまだ、その流れから逃げない決意を抱いている。

本書は書き下ろしです。

この作品はフィクションであり、実在の個人・団体・事件などとは、一切関係ありません。

装幀　岡　孝治
写真　yosan / PIXTA
O.D.O.

堂場瞬一（どうば・しゅんいち）
1963年生まれ。新聞社勤務のかたわら小説を執筆し、2000年、野球を題材とした「8年」で第13回小説すばる新人賞を受賞しデビュー。スポーツ小説のほか、警察小説を多く手がける。「ラストライン」シリーズ、「警視庁犯罪被害者支援課」シリーズ、「警視庁追跡捜査係」シリーズなど、次々と人気シリーズを送り出している。ほかにメディア三部作『警察《サツ》回りの夏』『蛮政の秋』『社長室の冬』、『弾丸メシ』『幻の旗の下に』「ボーダーズ」シリーズなど著書多数。

デモクラシー

2023年6月10日　第1刷発行

著　者　堂場瞬一《どうばしゅんいち》

発行者　樋口尚也

発行所　株式会社 集英社
〒101-8050
東京都千代田区一ツ橋2-5-10
電話　03-3230-6100（編集部）
03-3230-6080（読者係）
03-3230-6393（販売部）書店専用
印刷所　大日本印刷株式会社

製本所　株式会社ブックアート

ISBN978-4-08-775465-0 C0093
定価はカバーに表示してあります。

集英社文芸単行本
堂場瞬一の本

幻に終わった1940年東京オリンピック。
代わりに計画された、新たな国際競技大会。
その実現と参加に向け、
海を越えた友情を信じて奔走する二人の若者がいた。

幻の旗の下《もと》に

立ちはだかるのは、
官僚、政治家、陸軍、チームメイト……。
知られざる歴史を浮かび上がらせる
圧巻の交渉小説！

集英社文庫
堂場瞬一の本

ボーダーズ

銀行立て籠り殺人事件が40年におよぶ深き罪の全貌を抉り……。
才能と個性豊かな刑事チーム〝警視庁特殊事件対策班〟（ＳＣＵ）が
活躍するシリーズ第１弾。

夢の終幕　ボーダーズ２

人気バンドがライブ後、ツアーバスごと忽然と消え、
連続殺人事件が発生!?
警視庁の特殊能力刑事チームＳＣＵが残酷な罪を暴くシリーズ第２弾。